गुड़िया का घर

चार लघु उपन्यास

गुड़िया का घर

जीलानी बानो

रूपान्तर : सुरजीत

वाणी प्रकाशन ग्रुप
भारतीय ज्ञानपीठ
वाणी प्रकाशन : भारतीय ज्ञानपीठ की पुस्तकों के एकमात्र प्रकाशक एवं वितरक

राष्ट्रभारती लोकोदय ग्रन्थमाला : ग्रन्थांक 659

दूसरा संस्करण : 2009
तीसरा संस्करण : 2025

वाणी प्रकाशन : भारतीय ज्ञानपीठ की पुस्तकों के एकमात्र प्रकाशक एवं वितरक

वाणी प्रकाशन
4695, 21-ए, दरियागंज, नयी दिल्ली-110 002
दूरभाष : 011-23273167, 23275710
ईमेल : sales@vaniprakashan.in
www.vaniprakashan.com

ISBN : 978-93-7112-198-9

मूल्य : ₹ 350

गुड़िया का घर
(चार लघु उपन्यास)
जीलानी बानो

GUDIYA KA GHAR
(Four Urdu Novelettes)
by Jilani Bano

आवरण : सत्यसेवक मुखर्जी

मुद्रक : आर. टेक ऑफ़सेट प्रिंटर्स, दिल्ली-110 032

अनुक्रम

गुड़िया का घर

बादल धीरे-धीरे बढ़ते आ रहे थे। दिल में घुस आनेवाले यक़ीन की तरह शाम की भीगी-भीगी हवाएँ बुशारत (खुशख़बरी) दे रही थीं कि अब मेह़ बरसने वाला है। दिल्ली में जून की उस तपती हुई शाम को कोई यक़ीन नहीं कर सकता कि उस वक़्त उस्मानिया युनिवर्सिटी में ऐसे काले बादल छाये होंगे और फिज़ा में ऐसी खुनकी होगी, जो आदमी को आप-ही-आप कँपकँपा देती है। मैं बस-स्टाप पर तनहा खड़ा था।

मगर बिलकुल तनहा भी नहीं, मेरे आस-पास घरों को वापस जाने वाले लड़के, लड़कियाँ और कॉलेज के टीचरों का हुजूम था, जो बसों का इन्तज़ार कर रहे थे। कुछ लड़कियाँ इन्तज़ार से बोर होकर फ़ुटपाथ के पत्थरों पर जा बैठी थीं। लड़के भी किसी-न-किसी बहाने उसी तरफ़ ढुल गये थे और लड़कियों के हाथों से किताबें और मैगज़ीन छीन-छीनकर क़हक़हे लगा रहे थे।

मैंने युनिवर्सिटी की तरफ़ देखा। अभी कुछ और प्रोफ़ेसरनुमा सूखे मारे, थकन से चूर, अपने वज़न से ज़्यादा बोझिल ब्रीफ़केस सँभाले हुए लोग बस-स्टॉप की तरफ़ आ रहे थे। बहुत आहिस्ता-आहिस्ता, थके-थके क़दमों के साथ जब सड़क पर कोई कार गुज़रती, तो यह लोग बड़ी रश्क-भरी नज़रों से कार का तआकुब (पीछा) करते थे। यह मुल्क को दानिशवर (विद्वान्), लीडर, डॉक्टर और इंजीनियर ढालकर देनेवाले लोग थे, जिन्हें शाम को अपने घर पहुँचने के लिए किसी बस में सीट नहीं मिलती थी। पहले मैंने कारों के ख़्वाब देखे। फिर स्कूटर के और आख़िर में मैं सिर्फ़ उस तरफ़ देखने लगा जिस तरफ़ से बस आती है, मगर नहीं, मैं भूल गया...यह बस-स्टॉप दिल्ली युनिवर्सिटी का नहीं है। मैं तो सिर्फ़ दो दिन के लिए एक 'वायवा' लेने के लिए हैदराबाद आया था। आनेवाली बारिश की खुनकी से बोझिल हवाओं से मुझे नींद आ रही थी। जी चाह रहा था, जल्दी से गेस्ट-हाउस जाकर सो जाऊँ, मगर कैम्पस से दूर झिलमिलाने वाली रोशनियाँ जैसे मुझे आँख मारकर इशारे कर रही थीं कि इधर आओ न......

न जाने क्यों उस सुर्ख़ धरती और स्याह पत्थरों से घिरे, ऊँची ड्योढ़ियों वाले हैदराबाद में, क़दम रखते ही मुझे ऐसा लगता है, जैसे यहाँ अब आवारा हवाओं जैसे ऐशपसन्द शहज़ादे और विरह की मारी कोयल-जैसी किसी ग़म-नसीब शहज़ादी की

कहानी ज़रूर मिलेगी, मगर ऊँची-ऊँची ड्योढ़ियों की आरास्ता (सुसज्जित) ख़्वाबगाहों (शयनकक्षों) में सोने-चाँदी के पायोंवाले छपरखट पर, चाँद-सितारों की मच्छरदानी तले सोनेवाली नाज़ुक-अन्दाम (कोमलकान्त) शहज़ादियाँ, बेल-बॉटम और कोटी पहने, सड़क के फ़ुटपाथ पर बैठी मार्क्स के 'सरमाया' की वर्क़-गरदानी (पन्ने उलटते) कर रही थीं और उनके लिए हीरों के तौक़ पहनने वाले हाथी पर सवार होकर, ज़रे-बफ्त की शेरवानियों पर सुच्चे मोतियों का सेहरा बाँधे, दोनों हाथों से अशर्फ़ियाँ लुटाते आनेवाले बन्ने, अपनी कार्टून-छपी हुई रंग-बिरंगी बुश्शर्टों की ख़ाली जेबों को टटोल-टटोलकर देख रहे थे कि वह अपनी गर्ल-फ्रेण्ड का टिकट ले सकते हैं या नहीं ? पता नहीं क्यों, जब भी हैदराबाद आता हूँ, मेरा दिल एक तजस्सुस-आमेज़ (उत्सुकतापूर्ण) ख़ुशी से भर जाता है। इस अलिफ़-लैला की दास्तानों जैसे शहर में, रंगारंग कहानियों और अदब व तहज़ीब की महफ़िलों और गुलाब की तरह खिले हुए लोगों से मिलकर बेपनाह ख़ुशी का एहसास होता है। यों लगता, जैसे अब एक रुई के बालों-जैसा, स्याह फ़र्गुल पहने बूढ़ा लाठी टेकता हुआ उठेगा और कहना शुरू करेगा–

"तो प्यारे हाज़रीन बातमक़ीन...बहुत दिन हुए, जब दक्कन की एक साँवली, एक ख़ूबसूरत तरहदार पाशाज़ादे के दामे-उलफ़त में गिरफ्तार हुई, जीने से बेज़ार हुई, रात-दिन ग़म खाना और आँसुओं से मुँह धोना उसका शिआर (आचरण)..."

"अबे यूसुफ़, बे-कारवाँ कहाँ आ निकला यार, तू... !" अचानक भीड़ को चीरता हुआ सुरेन्द्र आया और हेस्बे-आदत (स्वभावानुसार) मेरी बाँहों में झूल गया।

"दिल्ली से कब आये ? किधर भागने की सोच रहे थे ? मेरे डिपार्टमेण्ट क्यों नहीं आये ?" उसके तमाम सवालों के जवाब में मैंने कहा–

"क़सम ख़ुदा की, यार 'वायवा' देनेवालों ने दिमाग़ निचोड़ लिया। अब मैं तुम्हारी तलाश की फ़िक्र कर रहा था।"

सुरेन्द्र के पीछे एक लड़की और एक मर्द भी था, "यह मेरे दोस्त डॉक्टर प्रकाश राव हैं, बॉटनी पढ़ाते हैं और यह हैं मिस विनीता गौड़....साइक्लॉजी की लेक्चरर..." लेकिन उन दोनों पर एक नज़र डालकर ही मैं समझ गया कि सुरेन्द्र को बीच में और लगाने की ज़रूरत नहीं थी, क्योंकि वे दोनों बहुत पास-पास थे या पास-पास होना चाहते थे।

"और भई, यह हमारे महात्मा, दानिशवर, जीनियस शायर और हिन्दुस्तान के बहुत अहम नक़्क़ाद (समालोचक) यूसुफ़ अली...प्रकाश ! यार इनसे ज़रा बचकर रहना, वरना यह अपना तमाम फ़लसफ़ा तुम्हारे दिमाग़ में उँडेल कर छोड़ेंगे।" हम सबने क़हक़हों के साथ एक-दूसरे से हाथ मिलाये। प्रकाश बड़ा सेहतमन्द, ऊँचा, पूरा, ख़ुश-शक़्ल नौजवान था। विनीता को देखकर यों लगा, जैसे दुनिया की हर

ख़ुशी को वह अपना हक़ समझती हो, जैसे उसके हँसने, क़हक़हे लगाने के लिए ही आज मौसम इतना सलोना हो रहा था। हवाएँ गुनगुना रही थीं। बादल झूमते हुए नीचे झुके चले आ रहे थे। दो मुहब्बत करनेवालों के बीच जो एक कशिश-सी होती है, एक अनजाना-सा बन्धन—वह मुझे प्रकाश और विनीता के दरम्यान न जाने कैसे महसूस हो रहा था। शायद इसलिए कि मैं कभी-कभार शायरी भी करता था। मैंने रिसर्च तो की थी—'उर्दू शायरी के आशिक़ाना मिज़ाज' पर, मगर जब मैं शायरों के आशिक़ाना मूड पर ग़ौर करने बैठा तो मुझे उर्दू शायरी में इन्सानी फ़ितरत के बड़े नाज़ुक गोशों पर भी ग़ौर करना पड़ा, मगर मीर और ग़ालिब को ऐसी महबूबा नहीं मिली, जो विनीता की तरह प्रकाश से बिलकुल लगकर ही खड़ी होना चाहती थी, किसी बेअख़्तियार जज़्बे के साथ उसकी जानिब (तरफ़) खिंची चली जाती थी।

बातें करते में, चलते में, हँसते में, बार-बार विनीता प्रकाश की तरफ़ देखे जाती थी। कभी उसका हाथ पकड़ लेती। कभी उसके कन्धे के पास सिर ले जाकर ग़ैर-महसूस धूल झटकने लगती थी और कभी बस यों ही क़हक़हे लगाये जाती थी। बस में सवार होने के बाद प्रकाश ने मुड़कर सुरेन्द्र से कहा, "सुरेन्द्र, यूसुफ़ साहब तुम्हारे दोस्त हैं, तो आज से हमारे भी दोस्त हो गये। अब इन्हें किसी होटल ले जाकर हैदराबादी बिरयानी खिलाएँगे !"

"होटल क्यों ?" विनीता ने बुरा-सा मुँह बनाया—"प्रकाश, इन्हें अपने घर ले चलो न ! मम्मी और मैं दोनों मिलकर झटपट खूब मज़ेदार खाना बना देंगी !" विनीता ने बेहद खुश होकर कहा।

"अरे नहीं," प्रकाश ने नागवारी से मुँह फेर लिया। "शाम के वक़्त घर में बड़ी बोरियत होगी !"

"हाँ, भई, यूसुफ़ ! मैं तुमसे यह कहना तो भूल गया कि यह जो हमारे प्रकाश बाबू हैं न, यह बड़े मनमौजी हैं। बस हर वक़्त पिकनिक के मूड में रहते हैं। इन्हें घर में बैठने से बड़ी नफ़रत है !"

"वाह ! वाह ! तो फिर मिलाओ यार हाथ," मैंने बढ़कर गर्मजोशी से हाथ बढ़ाया, तो प्रकाश बड़ी मुहब्बत से गले लग गया।

"मेरी उम्र चालीस बरस है, इसमें से बीस बरस मैंने घर से दूर सफ़र में गुज़ारे हैं," मैंने झुककर कहा।

"अरे, हाँ, यार ! यूसुफ़ मियाँ तो यूरोप की गली-गली छान आये हैं। बक़ौल शख़्से, घाट-घाट का पानी पी चुके हैं !" हम तीनों फिर ज़ोर से हँस पड़े। सबसे जानदार और ऊँचा क़हक़हा विनीता का था।

"यू ऑर वैरी लकी-मैन !" प्रकाश बड़ी देर तक मेरा हाथ थामे रहा। बस आबिद-शॉप के स्टॉप पर रुकी तो प्रकाश ने सबसे कहा, "बस, यहाँ उतर जाते

हैं। क्वालिटी चलेंगे !"

"मगर वहाँ अँधेरा बहुत होता है," विनीता ने बड़ी शोख़ नज़रों से प्रकाश को देखा।

"यह तुम दोनों के लिए अच्छा है," सुरेन्द्र ने मुस्कराकर विनीता से कहा, "अलबत्ता हम-जैसे अकेलों को बोरियत होगी ! क्यों यूसुफ़ भाई ?" इस बात पर फिर सबसे ऊँचा क़हक़हा विनीता का था। एक कोने की मेज़ के आस-पास सब बैठ गये, तो प्रकाश ने मुझसे पूछा, "बियर चलेगी यूसुफ़ साहब ?"

"यस..."

मैंने गर्दन हिलायी, "आप तीनों से मुलाक़ात की इस यादगार शाम को रंगीन तो बनाना ही पड़ेगा !"

विनीता के लिए ऑरेंज जूस आ गया। प्रकाश के चेहरे का हर रिऐक्शन विनीता के चेहरे पर उभरता, डूबता और झिलमिलाकर रह जाता था। दो बरस के बाद सुरेन्द्र से मुलाक़ात हुई थी। इसलिए बातों का एक बोझ मेरे दिमाग़ पर रखा हुआ था, मगर प्रकाश और विनीता के क़हक़हे किसी को संजीदा नहीं होने दे रहे थे। बार में बैठे हुए लोग मुड़-मुड़कर हमें देख रहे थे, बल्कि सिर्फ़ विनीता को। उसके चारों तरफ़ रंगों और ख़ुशियों का हाला (वृत्त)-सा खिंचा हुआ था। क्वालिटी के धुँधलके में उसकी आँखें चमक-चमक जातीं। होठों के गुलाब खिल-खिल उठते। विनीता के चेहरे पर सबसे अच्छे उसके होठ थे—तीख़े, उभरनेवाले और बार-बार अपनी बनावट बदलकर जज़्बात का इज़हार करनेवाले। उसकी आँखें छोटी-छोटी-सी थीं। बातें करते वक़्त, ज़ोर से हँसते वक़्त वह अपनी छोटी-सी नाक के साथ आँखों को भी और सिकोड़ लेती थी—नन्ही बच्चियों की तरह, मगर फिर भी उसके गन्दुमी रंग, कटे हुए बेतरतीब बालों और सेहतमन्द बदन में बड़ी कशिश थी। स्याह बेल-बॉटम और सुर्ख़ छोटी-सी शर्ट में भी वह अच्छी लग रही थी—यों ही जैसे आप हर रोज़ बस-स्टॉप, सिनेमा-हाउस या कॉलेज के सामने बहुत-सी ख़ुश-शक्ल लड़कियों को देखते हैं, जो ख़ूबसूरत नहीं होतीं, मगर फिर भी आपकी नज़रें दूर तक उनका पीछा करती हैं। उनके नज़रों से छुप जाने पर न जाने कैसे दुख का एहसास-सा हर तरफ़ छा जाता है। मगर विनीता तो मेरे सामने बैठी थी और आज बियर में बड़ा मज़ा आ रहा था। मैं सुरेन्द्र के साथ बातों में मसरूफ़ था। प्रकाश भी हमारा साथ दे रहा था। विनीता जूस का गिलास सामने रखे माचिस की तीलियों से एक घर बनाने में मसरूफ़ थी, जो बार-बार ढह जाता था। फिर भी वह हँसे जाती। न जाने किस बात पर ! कई बार कोई मज़ेदार चीज़ उसने अपने हाथ से प्रकाश को खिलायी। मुझे सुरेन्द्र की इस बात पर यक़ीन नहीं आ रहा था, जो उसने विनीता के बारे में बतायी थी। बी. ए. की स्टूडेण्ट मालूम हो रही थी। बीस-बाईस बरस की, मगर जब

वह चलते-चलते सबसे आगे निकल जाती, सड़क सबसे पहले पार कर लेती, आगे बढ़कर टैक्सी को बुला लेती थी, तो मुझे यक़ीन हो गया कि वह लेक्चरर भी हो सकती है। प्रकाश उम्र में उससे छह-सात बरस बड़ा लगता था, मगर वह एक बच्चे की तरह उसकी देखभाल कर रही थी। आज प्रकाश को जुकाम था और वह प्रकाश की हर छींक पर घबराकर कहती, "प्रकाश ! प्लीज़, डॉक्टर के पास आज चले जाओ न ! कहीं फ्लू न हो जाए !"

"उफ़्फ़ोह !" प्रकाश ने झुँझलाकर कहा, "वन्ती, ज़रा मज़े की बातें हो रही हैं यूसुफ़ साहब से इस वक़्त, डॉक्टर का नाम लेकर बोर मत करो–यार !" और फिर दिल्ली की सियासत के अन्दरूनी हक़ाइक़ (सत्यों) पर क़हक़हे लगाते रहे। बाज़ (कई) औरतें सिर्फ़ माँ होती हैं। वे अपने बाप, भाई, बेटे और महबूब सबके लिए ममता का जज़्बा जगाये रखती हैं। मगर मुझे ऐसा लगा–जैसे पल-पल की ख़बरगीरी (देखभाल) से प्रकाश बोर हो रहा था, लेकिन विनीता को मुँह फुलाये माचिस की तीलियों से खेलते देखकर वह उसकी तरफ़ मुड़ गया।

"हाँ, तो भई, वन्ती, अब तुम भी तो यूसुफ़ से कुछ बातें करो न ! वह जो शादी के बाद हमारा घर बनेगा, उसकी कहानी सुनाओ। एक बात सुन लीजिए, यूसुफ़ साहब..." –उसने वन्ती की तरफ़ बड़ी प्यार भरी नज़रों से देखकर कहा, "हमारे दरवाज़े पर कॉलबेल नहीं लगेगी। यह हमारी वन्ती को पसन्द नहीं है। आप आएँ, तो वन्ती का नाम लेकर ज़ोर-ज़ोर से चिल्लाना पड़ेगा !"

"मेरा क्यों ?" वन्ती ने छोटी बच्चियों की तरह तुनककर कहा, "आपका नाम लेकर पुकारेंगे लोग ! वह मकान तो आपका होगा !"

"हटाओ, झगड़ा क्या है ? क्यों न हम तुम दोनों को इकट्ठे पुकारें–प्रकाश विनीता !" सुरेन्द्र ज़ोर से चिल्लाया, तो विनीता भी हँस पड़ी और कुर्सी के तकिये पर सिर रखकर छत देखने लगी।

"कितनी खूबसूरत सीलिंग है न ! हम भी अपने घर में ऐसी ही छत लगवाएँगे !"

"अच्छा...ओहो..." –हम सब फिर हँसने लगे और प्रकाश ने दोनों हाथ अपने सिर पर रखकर कहा, "यारो ! मेरे सिर पर छत गिर रही है। मुझे बचाओ !" एक बार फिर बियर के सरूर में डूबे हुए क़हक़हों से सारा बार गूँज उठा।

"इस लड़की को दुनिया की हर ख़ूबसूरती चुराकर अपने घर में भर लेने का ख़ब्त है," प्रकाश ने हँसते-हँसते विनीता के सिर पर धप मारते हुए कहा।

"हाँ, जिस तरह इसने दुनिया की हर ख़ूबसूरती छीनकर अपने चेहरे पर जमा कर रखी है !" अब की बार सुरेन्द्र की बात पर सबका हँसना लाज़िमी था।

"चलो, हटो ! सुरेन्द्र भैया को हँसाना बहुत आता है," विनीता ने मुँह बना

लिया और फिर कुछ संजीदा-सी होकर मुझसे बोली—"यूसुफ़ साहब, मुझे घर सजाने का बहुत शौक़ है। जब मैं बहुत छोटी-सी थी न—मद्रास के एक हॉस्टल में पढ़ती थी, तो दिन-भर कार्ड-बोर्ड से नन्हे-नन्हे घर बनाया करती थी। मुझे गुड़ियों का घर बनाने का बहुत शौक़ था। फिर कपड़े की छोटी-सी गुड़ियाँ बनाकर उसमें बिठा देती। मुझे रात को सोते वक़्त ऐसा लगता था, जैसे वह गुड़ियाँ अब चुपके से उठकर घर में चल-फिर रही होंगी, मगर सुबह मुझे देखकर फिर सोती बन जाएँगी।" वह दोनों हाथों में चेहरा थामे मेज़ पर झुकी बहुत आहिस्ता-आहिस्ता कह रही थी, जैसे अभी तक वह किसी गुड़िया के बजाय अपने-आपको एक नन्हे-से घर में बैठा देख रही हो।

"तो मियाँ प्रकाश ! अब तुम भी काठ के उल्लू बनाये जाओगे ! बस चुपचाप बैठे रहना किसी ताक में !" सुरेन्द्र की बात पर हम तीनों का हँसते-हँसते बुरा हाल हो गया।

"सच कहते हो यार ! न जाने यह लड़की मुझे कितने नाच नचाने वाली है," प्रकाश ने नशे से बोझिल हाथों से विनीता को अपनी तरफ़ खींचा, तो वह दूर हट गयी।

"अच्छा, आपको एक मज़े की बात सुनाऊँगी !" विनीता ने मुँह पर से बाल झटककर बड़ी सरखुशी (मस्ती) के साथ कहा, "प्रकाश को घर में बैठना अच्छा नहीं लगता है न, इसलिए यह अपने घर का नाम पिंजरा रखेंगे !" अपनी बात पर विनीता खुद ही बड़े ज़ोर से हँस पड़ी।

"हाँ, और मैं किसी जानदार को पिंजरे में बन्द नहीं देख सकता," प्रकाश ने सिगरेट सुलगाया और दूसरा सिगरेट मुझे ऑफर किया।

"यारो ! यहाँ सब हमें पागल समझ रहे हैं। इससे पहले कि मैनेजर खुद आकर गेट-आउट कर दे, हमें खुद अब सिर पर पैर रखकर भागना चाहिए यहाँ से !" प्रकाश ने बिल की प्लेट में सौ का एक नोट रखा और उठ खड़ा हुआ। बाहर सड़क पर आये, तो ठण्डी हवाएँ हमारे इस्तिक़बाल (स्वागत) को खड़ी थीं। बारिश होकर थम चुकी थी। इक्का-दुक्का बूँद बर्फ़ की डलियों की तरह गर्म बदन पर लग रही थी।

"बाहर तो खूब सर्दी है," विनीता ने अपने दोनों हाथ दोनों बाज़ुओं पर लपेटकर कहा।

"मुझे तो यों लग रहा है यार सुरेन्द्र, कि यूसुफ़ साहब से हमारी बहुत पुरानी मुलाक़ात है," प्रकाश ने सुरेन्द्र से कहा।

"हाँ, इनमें एक यह भी ख़ासियत है कि यह दोस्ती को मिनटों में पुराना कर देते हैं," सुरेन्द्र मेरी तरफ़ बढ़ा।

"तो फिर कब आओगे हैदराबाद ?"

"मेरा ख़याल है प्रकाश और विनीता की शादी पर आना पड़ेगा। ज़रा मुझे यह बताइए कि आप दोनों की शादी कब और कहाँ होगी ?"

"हमारी शादी ?" प्रकाश ने सिर खुजाकर सोचते हुए कहा, "मेरा ख़याल है कि हमारी शादी तो हो चुकी है। क्यों वन्ती ?" विनीता ने इस बात पर ख़ालिस लड़कियों वाले अन्दाज़ में शरमाकर सिर झुका लिया। मैं और सुरेन्द्र फिर हँस पड़े।

"अच्छा तो इसका मतलब यह है कि अभी नहीं हुई है," वह फिर मेरी तरफ़ मुड़ गया, "कब होगी और कहाँ होगी, इस बात का यक़ीन नहीं है, अलबत्ता अब की छुट्टियों में हम एक टूर पर निकलेंगे। पहले बंगलोर, फिर कोडी कनाल, फिर शिमला, फिर दिल्ली...बस इस सफ़र में कहीं-न-कहीं शादी भी कर लेंगे...क्यों वन्ती, ठीक है न ?"

"बस करो !" वन्ती ने झूठ-मूठ के गुस्से से प्रकाश के मुँह पर हाथ रख दिया, "मुझे अभी से थकान हो रही है इतने पहाड़ों पर चढ़ने से...तुम्हारा बस चले, तो हर वक़्त हवाओं में उड़ते फिरो। न जाने क्या मिलता है इस आवारागर्दी में !"

"बहुत-कुछ मिलता है। क्यों यूसुफ़ साहब ?" उसने हँसकर मेरी तरफ़ देखा।

"क्या...क्या... ?" विनीता ने चिढ़कर पूछा।

"दूसरी रंगीन चिड़ियों का साथ...." प्रकाश ने पहले ही से विनीता की चपत से बचने के लिए सिर पर दोनों हाथ रखकर कहा। विनीता उसे पकड़ने लपकी और फिर चारों तरफ़ बेफ़िक्रे तमाशाइयों को अपनी तरफ़ मुख़ातिब पाकर उसकी कलाई पर काटने लगी।

"हाय, मर गया !" प्रकाश झूठ-मूठ के गुस्से से चिल्लाया।

"मुझे इस साइक्लॉजी की उस्तादनी माँ से बचाओ, यारो ! आइ ऐम वेरी सॉरी ! कहो, तो हॉस्टल जाने के बाद मुर्ग़ा भी बन जाऊँ !" वह छोटे बच्चों की तरह कान पकड़कर कह रहा था।

"बनने की क्या ज़रूरत है ?" विनीता की इस बात पर एक बार फिर सब हँस पड़े।

"अच्छा, तो अब इजाज़त दीजिए। यह खुशगवार शाम जो आप लोगों के साथ गुज़ारी, मैं कभी नहीं भूलूँगा !" मैंने प्रकाश से हाथ मिलाया और फिर विनीता की तरफ़ देखा।

"तो फिर अगली बार जब हैदराबाद आऊँगा, तो आपसे आपके घर पर मुलाक़ात होगी ?"

"लेकिन आपको प्रकाश से एक बार मिलने के लिए हमारे घर दस बार आना पड़ेगा।" विनीता ने मुँह फुलाकर कहा।

"अच्छा, वह क्यों ? क्या आप इनसे हर वक़्त नहीं मिलने देंगी ?"

"जी नहीं। जनाब ! यह मिस्टर सैर-सपाटे के बड़े शौक़ीन हैं। मुझे मालूम है कि कभी वक्त पर घर नहीं आया करेंगे। मुझे तो डर है कि यह मुझे बिलकुल ही अपनी धर्मपत्नी न बना दें कि रात के बारह-बारह बजे तक मेज़ पर खाना लिये जागती रहूँ–पतिदेव के इन्तज़ार में !"

"यह तो हुआ करेगा !" प्रकाश ने चाबियों का गुच्छा हवा में उछालते हुए कहा, "अपन रमी तो छोड़नेवाले नहीं हैं !"

"तो फिर क्या छोड़नेवाले हैं ?" विनीता एकदम संजीदा हो गयी।

"फ़िलहाल तो इस सड़क को छोड़नेवाले हैं, वरना होटल का मैनेजर अब हमें नाश्ता करने फिर अन्दर बुला लेगा !" प्रकाश ने आगे बढ़कर एक टैक्सी बुलायी।

"तो फिर कल मिलेंगे यूसुफ़ भाई ! आप सुबह आठ बजे तक विनीता के हॉस्टल आ जाइए ! कल उसमान सागर ले चलेंगे आपको। ज़रा खुले आसमान तले गपशप होगी !"

"मगर एक बात सुनो प्रकाश। जब तुम अपना घर बनवाओ न, तो उस पर छत मत डलवाना, ताकि खुले आसमान तले रह सको," सुरेन्द्र ने टैक्सी में बैठने से पहले कहा।

"मगर घर की भी क्या ज़रूरत है यार ! हम घूम-फिर कर भी ज़िन्दगी गुज़ार सकते हैं," उसने विनीता के थप्पड़ की उम्मीद में फिर दोनों हाथ सिर पर रख लिये।

"बहुत हो चुकी बकवास ! मुझे जल्दी हॉस्टल पहुँचा दो, वरना वार्डन मुझे मारेगी," विनीता ने सचमुच घबराकर कहा।

"आप हॉस्टल में क्यों रहती हैं ?" मैंने विनीता के कमरे में आने के बाद पूछा।

"अभी आप से बात करती हूँ।" विनीता अपने भीगे बालों को झटकती हुई अन्दर चली गयी। विनीता ने आज बड़ी खूबसूरती से मेकअप किया था और स्याह प्रिण्टेड मैक्सी पहनी थी और कोई भीनी खुशबू लगायी थी, जो कमरे के अन्दर आते ही एक खुशगवार मूड के साथ इस्तिक़बाल (स्वागत) करती थी। उसका कमरा लकड़ी की पार्टीशन से दो हिस्सों में बँटा हुआ था। एक तरफ़ बेड-रूम। दूसरी तरफ़ जहाँ मैं बैठा था, उसमें विनीता ने किचन, स्टोर, ड्राइंग-रूप और डाइनिंग-रूम सब-कुछ बना रखा था। हर चीज़ बड़ी नफ़ासत और सलीक़े से अपनी जगह रखी हुई थी, जैसे उसने उस छोटे-से कमरे में हर चीज़ रखने के बारे में काफ़ी सोच-विचार

किया हो। कोने की एक मेज़ पर स्टोर और उसके ऊपर शेल्फ में किचन का सामान रखा था। छोटे साइज़ के फ्रिज़ के ऊपर सूर्यमुखी के ताज़ा फूलों का बड़ा-सा गुलदस्ता था। रेडियो के ऊपर मनीप्लाण्ट की बेल का वाज़ था। सोफ़े पर ख़ूबसूरती से बनाये हुए कुशन सजे थे। शो-केस में हर क़िस्म की गुड़ियाँ मुस्करा रही थीं। नाचती-गाती, बनजारों का लिबास पहने, पंजाबी सूट में मुस्कराती दूल्हा-दुल्हन बनी, छोटे बच्चों की तरह देखनेवालों की तरफ़ हुमकती हुई। इन गुड़ियों की वजह से यों लगता, जैसे कमरे में बहुत-से लोगों की चहल-पहल हो। विनीता तौलिये में बाल लपेटकर अन्दर आयी। उसने फ्रिज़ से फल और मिठाई निकाली और मेरे सामने रख दी।

"यह गुलाब-जामुन मैंने खुद बनाये हैं। प्रकाश बड़े शौक़ से खाता है !"

इन गुलाब-जामुनों का ज़ायका मुझे विनीता के सारे चेहरे पर खिला हुआ लग रहा था।

"आप हॉस्टल में क्यों रहती हैं ?" मैंने गुलाब-जामुन खाते-खाते फिर पूछा। विनीता ने गर्म पानी टी-पॉट में डालते हुए मेरी तरफ़ देखा और फिर कुछ रुककर बोली—"मेरा घर कहाँ है अभी ? मुझे अभी छह महीने पहले जॉब मिली है," फिर वह मेरे सामने वाले सोफ़े पर आ बैठी और अपने हाथों को नैपकिन से साफ़ करने लगी।

"इससे पहले मैं एक मकान में पेइंग-गेस्ट थी !"

"तो क्या आप हैदराबाद की रहनेवाली नहीं हैं ?" विनीता ने काँटा उठाकर प्लेट में पड़ी हुई गुलाब-जामुन के दो टुकड़े किये। फिर तीन और फिर इन टुकड़ों को अलग-अलग करते हुए धीरे-धीरे कहने लगी—"मेरा घर कहीं भी नहीं है यूसुफ़ साहब ! मैं तीन बरस की थी, जब मम्मी के मरने के बाद पापा ने दूसरी शादी की, तो मुझे बोर्डिंग में दाख़िल कर दिया। छुट्टियों में घर जाती थी, तो मेरी सौतेली बहनें कहती थीं, तुम हमारे घर क्यों आती हो ? तब मैं सोचती थी, फिर मेरा घर कहाँ है ? मेरे ऐसे सवालों से घबराकर पापा मुझे छुट्टियों में आण्टी के घर भेज देते थे। कभी चचा के यहाँ। इसी तरह मैं इतनी बड़ी हो गयी..." उसने छत की तरफ़ नज़रें उठाकर देखा। उसकी आँखें छलक रही थीं, जिन्हें वह रोकने की कोशिश कर रही थी।

"ख़ैर, अब प्रकाश आपके लिए बहुत ख़ूबसूरत घर बना देंगे," मैंने उसे खुश करने के लिए कहा।

"हाँ, मुझे भी ऐसा ही लगता है !" वह एकदम बच्चों की तरह खुश हो गयी, "मैंने सोच लिया है, मैं अपना घर खुद बनाऊँगी। खुद ही उसे सजाऊँगी। वैसे प्रकाश का बड़ा ख़ूबसूरत मकान है। उसका डैडी बहुत बड़ा बिज़नेसमैन है। वह

अपनी माँ का इकलौता बेटा है न ! इसलिए मम्मी ने उसे बचपन में हर वक़्त अपने सीने से लगाये रखा। बस घर में रहते-रहते प्रकाश बोर हो गया है अब !''

''आप जाती हैं प्रकाश की मम्मी से मिलने ?'' मैंने चाय की प्याली उठाकर पूछा।

''हाँ, बड़ी प्यारी-सी हैं प्रकाश की मम्मी ! वह हमारी एंगेजमेण्ट पर बहुत ख़ुश हैं। वह भी यही चाहती हैं कि प्रकाश अब किसी एक जगह ठिकाने से बैठना सीखे ...आप चाय और लेंगे ?''

''जी, बस, शुक्रिया...सिगरेट सुलगा सकता हूँ ?'' मैंने झुककर कहा और विनीता के गरदन हिलाने पर शुक्रिया अदा किया।

''अब तो आपको इस कमरे में सिर्फ़ चन्द महीने रहना है, मगर आपने यहाँ हर तरफ़ बाग़ लगाने की कोशिश की है,'' मैंने दीवार के सहारे लगे हुए रंगबिरंगे पौधे और बेलें देखकर कहा।

''मुझे पौधे लगाने का बड़ा शौक़ है,'' विनीता ने एक बेल के पास जाकर उसकी पत्तियों पर बड़ी मुहब्बत से हाथ फेरते हुए कहा, ''फूलों, फलों के दरख़्तों की मौजूदगी से घर की-सी फ़िज़ा बनती है न ! यह जो बेल है, इसे मैंने ज़रा-सा रस्सी का सहारा दिया, तो कितनी ऊपर आ गयी !'' दूर कहीं सड़क पर प्रकाश की कार का हॉर्न गूँजा और विनीता चौंक पड़ी।

''वह आ गये...'' मैक्सी को दोनों हाथों में समेटकर वह बाहर भागी—''प्रकाश आ गये...!'' विनीता छोटी बच्ची की तरह तालियाँ बजाती हुई अन्दर आ गयी, ''आज मैंने खाने के लिए रात-भर जागकर ख़ूब चीज़ें पकायी हैं।'' वह जल्दी-जल्दी टिफ़िन-कैरियर, बास्कट और कुछ पैकेट ला-लाकर सामने रख रही थी, ''इसमें पूरियाँ और आलू की करी, यह करेले का सालन है। प्रकाश करेले बहुत शौक़ से खाता है।''

''हैलो...यानी आप आ चुके हैं !'' प्रकाश ने अन्दर आकर मुझसे हाथ मिलाया।

''अब जल्दी उठिए, वरना सूरज निकल आया तो ठण्डी हवाओं का मज़ा नहीं आएगा।'' फिर उसने विनीता की छोड़ी हुई अधूरी चाय की प्याली मुँह से लगायी और मुड़कर विनीता की तरफ़ देखा।

''उफ् ! इतनी मीठी चाय...यक़ीनन विनीता, तुमने इसमें अपने होठ डुबोये होंगे !''

''चलो, हटो...'' विनीता सचमुच शरमा गयी।

''मगर तुम इस सज-धज के साथ मेरे साथ बैठोगी, तो मैं कार कैसे चलाऊँगा,'' उसने फिर विनीता की तरफ़ देखा—''यूसुफ़ भाई ! आपको कार ड्राइव करनी आती है, तो बस आप और सुरेन्द्र सामने की सीट पर...''

"अब बनाइए मत, वरना मैं नहीं जाऊँगी !" विनीता बालों को झटककर मचलने लगी। फिर उसे अचानक कुछ याद आया और वह टिफ़िन-कैरियर उठाने लगी।

"प्रकाश, गुलाब-जामुन खाओगे ? मैंने बड़ी मेहनत से बनाये हैं !" प्रकाश कुछ जवाब देना चाहता था, मगर उसकी नज़र टिफ़िन-कैरियर पर गयी और फिर उसने बास्कट को देखा।

"यह...यह क्या सामान है, वन्ती ! क्या तुमने गाँववालों की तरह अपने खाने की पोटली तैयार कर ली है ?" प्रकाश अचानक गुस्से में आ गया, "कोई सामान साथ नहीं जाएगा। अरे, जंगल में भी जाओ, तो साली घर की पूरियाँ ही निगलनी पड़ेंगी।" विनीता का चेहरा उतर गया। वह एक कोने में हटकर खड़ी हो गयी, तो सुरेन्द्र ने कहा, "मगर हम तो आज विनीता के हाथ का बना हुआ खाना ही खाएँगे, इसलिए यह टिफ़िन-कैरियर हमारे साथ जाएगा !"

"प्रकाश साहब, आपको मालूम है—इस खाने को तैयार करने के लिए विनीता रात-भर जागी हैं।"

"मुझे मालूम है," प्रकाश ने मुँह बनाकर कहा, "तो फिर हम बाहर क्यों जाएँ ? सारी रात जागकर बनाया हुआ खाना यहीं खाये लेते हैं !"

"बिलकुल अड़ियल टट्टू है यह शख़्स," सुरेन्द्र ने मेरी तरफ़ देखकर कहा, "सब का मूड तबाह कर दिया इस वक़्त !"

"मूड तो मेरा तबाह हुआ है," प्रकाश बच्चों की तरह जताने लगा।

"अब यह खाना कोई नहीं खाएगा," विनीता ने टिफ़िन-कैरियर उठाकर ज़ोर से दरवाज़े से बाहर फेंका। पर्स उठाया और तेज़ी से बाहर चली गयी। चन्द मिनट तक सब चुपचाप खड़े रहे। फिर मैंने प्रकाश से कहा, "विनीता को मनाकर ले आओ, प्रकाश !"

"वह कहीं नहीं जाएगी। अभी मूलियाँ और गाजरें ख़रीदकर आ जाएगी...?" प्रकाश इत्मीनान से सोफ़े पर बैठकर गुलाब-जामुनें खाने लगा।

"यूसुफ़ भाई, मेरे डैडी ने मेरे लिए बहुत रुपया जमा किया है। मैं ख़ुद दो हज़ार रुपये कमाता हूँ। फिर विनीता को अपने हाथ से काम करने की क्या ज़रूरत है, लेकिन खाना बनाना और तरकारियाँ ख़रीदना उसकी हॉबी है !"

"ख़ैर, चलो—अब देर हो रही है," मैंने सबको बाहर की तरफ़ हाँका।

"पहले चलकर विनीता को मना लें, वरना रास्ते भर मुँह फुलाये रहेगी।" प्रकाश ने कार स्टार्ट करते हुए कहा।

हम सब बहुत देर तक मार्केट में विनीता को तलाश करते रहे। फिर हम विनीता की दोस्त सलमा के यहाँ गये। वह वहाँ भी नहीं आयी थी।

"वह मम्मी के पास गयी है—मेरी शिकायत करने !" प्रकाश ने माथे से पसीना पोंछकर कहा। विनीता के खो जाने से वह कुछ घबरा-सा गया था। इधर पिकनिक का प्रोग्राम ख़राब करने की वज़ह से सुरेन्द्र उसे लगातार ताने दिये जा रहा था।

"अब मम्मी के चाँटे भी खाने पड़ेंगे," प्रकाश ने कार फाटक के बाहर ही रोक दी और दौड़ता हुआ अन्दर गया। फिर उतनी ही तेज़ी से बाहर आया। पीछे-पीछे उसकी मम्मी थी। घबरायी हुई-सी ! विनीता वहाँ भी नहीं आयी थी।

"क्या बात है प्रकाश ? विनीता कहाँ चली गयी ?" गोरी-चिट्टी, नरम व नाज़ुक-सी मम्मी घबरा-घबराकर पूछती रहीं, मगर प्रकाश ने हाथ हिलाकर टाटा करते हुए कहा—"घबराओ मत मम्मी, कोई बात नहीं है ! हम ज़रा जल्दी में हैं..." मकान से ज़रा आगे जाकर प्रकाश ने कार सड़क के किनारे रोक ली और स्टियरिंग-व्हील पर सिर रखकर बैठ गया।

"इतना घबराने की क्या बात है ? तुम पीछे आ जाओ। मैं कार ड्राइव करता हूँ।" सुरेन्द्र ने उसे पीछे बिठाया और कार स्टार्ट करके बोला—"फिर हॉस्टल चलते हैं। शायद वहीं वापस आ गयी हो !" प्रकाश पीछे की तरफ़ सिर टेककर बैठ गया। हम दोनों चुपचाप बैठे रहे।

हॉस्टल में विनीता का कमरा अभी तक उसी तरह खुला पड़ा था, जैसे हम छोड़ गये थे। प्रकाश अन्दर गया और चुपचाप बिस्तर पर लेट गया। सुरेन्द्र भी बहुत परेशान था, मगर वह प्रकाश के पास बैठ गया।

"घबराओ मत प्रकाश ! कहीं अपनी किसी दोस्त के यहाँ जा बैठी होगी। गुस्सा कम हो जाएगा, तो खुद ही आ जाएगी ! वह भला तुम्हें छोड़कर कहीं जा सकती है ?" और फिर सुरेन्द्र ने मुझे इशारा किया कि हम दोनों एक बार फिर उसे ढूँढ़ें।

"हम ज़रा युनिवर्सिटी कैम्पस जाकर देखते हैं। मुमकिन है, अपने किसी दोस्त के यहाँ बैठी हो।" प्रकाश ने कोई जवाब नहीं दिया। वह अपनी बाँहों में मुँह छिपाये चुपचाप लेटा रहा। विनीता को हर जगह ढूँढ़ा। वह कहीं नहीं मिली, मगर हम यह बात प्रकाश से कहने भी नहीं जा सकते थे। मुझे शाम की ट्रेन से दिल्ली जाना था, इसलिए मैं गेस्ट-हाउस जाना चाहता था। मगर सुरेन्द्र ने कहा कि एहतियातन हम दो-चार पुलिस-स्टेशनों पर भी इत्तिला दे दें, क्योंकि वह बड़ी जज़्बाती लड़की है। न जाने प्रकाश अपनी इस तेज़-मिज़ाजी से क्या कर देगा किसी दिन। दो-चार अहम पुलिस-स्टेशनों को इत्तिला देने के बाद विनीता और प्रकाश की उस मुहब्बत के अंजाम से दिल घबराने लगा। दिन-भर की उस भागदौड़ से हम दोनों बहुत थक गये थे। सुबह नाश्ता भी ठीक से नहीं किया था, लेकिन अभी प्रकाश को तसल्ली देकर रुख़सत हासिल करने का मरहला (पड़ाव) बाक़ी था, क्योंकि सिर्फ़ एक ही दो मुलाक़ातों में हम बहुत क़रीब आ चुके थे और मुझे विनीता से ग़ैर-मामूली

दिलचस्पी पैदा हो चुकी थी। कार बाहर रोककर हम निहायत मरियल क़दमों से हॉस्टल की तरफ़ बढ़े। पता नहीं, प्रकाश कितनी बेचैनी से हमारा इन्तज़ार कर रहा होगा और विनीता को हमारे साथ न पाकर क्या कर बैठे। कमरे का दरवाज़ा आहिस्ता से खोला और हम दोनों उछलकर पीछे हटे। विनीता सामने सोफ़े पर बैठी थी और बड़े प्यार से प्रकाश को केक खिला रही थी।

हमें देखकर उन दोनों ने एक ज़ोरदार क़हक़हा लगाया—ऐसा क़हक़हा, जो आतिशबाज़ी के अनार की तरह अँधेरे आसमान पर बहुत ऊपर जाकर हज़ारों रंग-बिरंगे सितारों में बदल जाता है ! मगर यह क़हक़हा बुझा नहीं, क्योंकि हमारे भी ख़ुशी से भरे क़हक़हे बड़ी देर तक उसको जगमगाते रहे। हम लोग कोई दस-पन्द्रह मिनट तक ख़ूब क़हक़हे लगाकर अपनी थकन उतार चुके, तो सुरेन्द्र ज़रा सँभलकर बैठ गया और चेहरे पर काफ़ी संजीदगी लाकर बोला—"हम तो अब किसी पुलिस-स्टेशन से तुम्हारी डेड-बॉडी उठाकर लाने के इन्तज़ाम में मसरूफ़ हो चुके थे और मोहतरमा यहाँ बैठी अपने दूल्हा मियाँ का मुँह मीठा करने की फ़िक्र में हैं।"

"मैं क्या करूँ ?" विनीता ने मुँह पर से बाल झटककर बड़ी मासूमियत से कहा, "यह घर की बनी हुई चीज़ें नहीं खा रहे थे, इसलिए ऑटो-रिक्शा में बैठकर सिकन्दराबाद गयी थी—अनन्नास का केक लाने। देख लीजिए, अब कैसे मज़े से खा रहे हैं !" प्रकाश चुपके-चुपके हमारी तरफ़ देखकर मुस्करा रहा था। "अभी न जाने कितना सताएगा यह आदमी मुझे !"—विनीता ने हँसते हुए कहा।

"और जो हम दोनों का सारा दिन तबाह हुआ है ? आज बेचारे यूसुफ़ को ख़्वाहमख़्वाह भूखा-प्यासा परेशान होना पड़ा। कमबख़्तो ! अब तुम दोनों हम दोनों से माफ़ी माँगो और जुर्माना दो, मगर जल्दी से। यूसुफ़ की ट्रेन छूटने में सिर्फ़ दो घण्टे बाक़ी हैं !"

"सिर्फ़ दो घण्टे !" प्रकाश घबराकर उठ खड़ा हुआ, "वन्ती, जल्दी चल। यह सब तेरी वजह से हुआ है !" प्रकाश ने विनीता का हाथ पकड़कर कार की तरफ़ धकेलते हुए कहा।

मुझे हैदराबाद से वापस आये तक़रीबन छह महीने हुए होंगे कि एक दिन अचानक प्रकाश हमारे डिपार्टमेण्ट में आ निकला—यों ही हँसता-खिलखिलाता हुआ। प्रकाश का क़हक़हा गूँजदार होता है। रँगीला-चमकीला ! वह बात महज़ इसलिए करता था कि क़हक़हा लगा सके। वह हर बात पर हँसता था—अपने ऊपर, दूसरों पर, हालात

पर ! कल के बारे में सोचनेवालों से वह बहुत चिढ़ता है। उसे सिर्फ़ आज पसन्द था। किसी बात के लिए सब्र करना, इन्तज़ार करना उसे बिलकुल नहीं आता था।

वह दिल्ली अकेला आया था। दिल्ली-जैसी जगह और प्रकाश अकेला ! मुझे न जाने क्यों अकेला प्रकाश अच्छा नहीं लगा।

कई औरतें न जाने क्यों अच्छी लगने लगती हैं, चाहे वे खूबसूरत न हों, क़ाबिल न हों, किसी और मर्द को प्यार करती हों, ज़िन्दगी की किसी भी मंज़िल पर उन्हें पाने छूने की उम्मीद न हो, मगर फिर भी उन्हें गुलाब के खिले फूल की तरह हम देखे जाते हैं। वे गुलाब के काँटे की तरह दिल के आस-पास खटकती रहती हैं। जी चाहता है, वे सामने रहें। उनकी बातों को सुनते रहें, बेमानी और बेतुकी सहल-सी बातों पर ताज्जुब और बड़ी अहम बातों से बेतक़ल्लुफ़ी का इज़हार.......

"विनीता को साथ नहीं लाये ?" आख़िर मैंने पूछ ही लिया।

"वह तो बहुत मसरूफ़ है घर बनाने में। मम्मी ने उसे ज़मीन ख़रीदकर दी है, ताकि वह अपनी पसन्द का घर बना ले। अब उसे मेरे साथ कहीं आने-जाने की फुरसत कहाँ है !" अचानक प्रकाश ने अपना क़हक़हा रोककर पहली बार संजीदगी से जवाब दिया।

"मैंने सोचा, जब तक वह किचन के डेकोरेशन में मसरूफ़ है, मैं दिल्ली की एक मीटिंग में शरीक़ हो आऊँ।" वह फिर हँसने लगा।

"मुबारक ! फिर तो बड़ा आइडियल घर तैयार होगा तुम्हारा ?" मैंने भी हँसने में उसका साथ दिया।

"हाँ, मेरा ख़याल है कि विनीता का आइडियल घर यक़ीनन तैयार हो जाएगा, क्योंकि उसे घर बनाने के सिवा कुछ याद नहीं है !"

"शादी की तारीख़ भी...?" मैंने ताज्जुब से पूछा।

"वह भी शायद इसलिए याद हो कि बेड-रूम सजाने के लिए एक मर्द की मौजूदगी ज़रूरी है !" इस बार प्रकाश बहुत ज़ोर से हँसा, मगर मुझे उसका क़हक़हा बहुत फ़ीका लगा—बुझा-बुझा-सा, बेजान-सा और फिर वह ख़ामोशी से पाँव हिला-हिलाकर थोड़ी देर चुपचाप बैठा रहा, लेकिन अचानक उसे एहसास हुआ कि उसकी ख़ामोशी से मैं कुछ महसूस न कर लूँ।

"चलो, बाहर चलकर ज़रा दिल्ली की हवा खाएँ। तुम्हारा ड्राइंग-रूम बहुत छोटा है, यार !" वह घबराकर उठ खड़ा हुआ। फिर सड़क पर आकर थोड़ी देर के लिए रुक गया।

"पता नहीं यार, मुझे यह क्या बीमारी हो गयी है कि कमरे में बैठूँ, तो यों लगता है, जैसे दीवारें आपस में मिलकर मुझे पीस देंगी !" वह जल्दी-जल्दी सिगरेट के कश लेने लगा।

"यार, तुम बड़े वहमी हो। दीवारें तो हमारी पनाहगाह हैं। एक हद हैं, जिनके पार हमेशा ख़तरे हैं," मैंने उसे समझाया। फिर मैंने घड़ी देखी।

"अरे ! तुम्हारी फ्लाइट का वक्त हो रहा है। तीन बज गये !"

"बजने दो !" फिर उसने एक टैक्सी बुलाते हुए कहा, "बड़ा मज़ा आएगा, अगर मैं विनीता को प्लेन से उतरता हुआ नज़र न आऊँ !" वह फिर हँसने लगा। टैक्सी आगे बढ़ गयी, मगर प्रकाश का क़हक़हा नहीं रुका। मैं जब अपने ड्राइंग-रूम में वापस आया, तो वहाँ भी जैसे प्रकाश के क़हक़हों का टेप किसी ने लगा दिया था। वह हँसे जा रहा था। सोते वक़्त भी मुझे जैसे एक धड़का-सा लगा हुआ था, कि कहीं ऐसा न हो कि विनीता को प्लेन की सीढ़ियों से उतरता हुआ प्रकाश नज़र न आए ! इस ख़याल के साथ ही जैसे किसी ने प्रकाश के क़हक़हों का टेप फिर लगा दिया।

रात धीरे-धीरे यों बढ़ रही थी, जैसे आदमी का अपने ऊपर से विश्वास उठता है !...

आज मुझे हैदराबाद में बड़ी सर्दी लग रही थी। आप-ही-आप सारा बदन काँप-सा उठता। मीटिंग ख़त्म करके बाहर आया, तो शाम हो चुकी थी। प्रकाश और विनीता घर जा चुके होंगे। हवाएँ थमी-थमी-सी थीं। सख़्त गरमी और घुटन-सी थी। हैदराबाद के इस बदले हुए मौसम पर मुझे ताज्जुब हुआ। अभी ठण्ड थी, अब गरमी लग रही है—मेरे मूड की तरह ! मुझे प्रकाश के मकान का रास्ता याद न था। सुरेन्द्र का फ़ोन नम्बर भी भूल चुका था, अलबत्ता विनीता के हॉस्टल जा सकता था, मगर तीन बरस हो गये उन सबसे मिले हुए। अब तक तो विनीता माँ बन गयी होगी ! उस हॉस्टल में क्यों रहने लगी ?...

मैं बस-स्टॉप पर खड़ा हुआ था। कई बसें आयीं और लोग उनकी तरफ़ भागे, मगर मैं आगे नहीं बढ़ा। मुझे कहाँ जाना था ?—अभी मैं यह सोच ही रहा था कि बढ़ते हुए अँधेरे में बिजली-सी चमकी—नहीं, तारा-सा टूटा...नहीं, शायद कहीं दूर सड़क के उस पार विनीता चमक रही थी—बिलकुल उसी-जैसी शक़्लो-सूरत—मगर साड़ी पहने बड़ी संजीदा-सी बनी। शाम के धुँधलके में रीडियम के मोती की तरह चमकनेवाली विनीता ही हो सकती है। वह मेरी तरफ़ पीठ किये अपनी किसी स्टूडेण्ट से बातें कर रही थी, लेकिन मैं रास्ते से गुज़रनेवाली कारों और बसों की परवाह

किये बग़ैर उसकी तरफ़ यों भागा, जैसे एक मिनट भी देर की तो वह ख़्वाब की तरह खो जाएगी।

''हैलो विनीता !''

''हाय यूसुफ़–कैसे हो ? कब आये दिल्ली से ?...'' विनीता ने हस्बे-आदत आँखें फैलाकर होंठ खोल मुस्कराकर कहा। वह हमेशा चेहरे पर तेज़ असर फैलाकर बात करती थी, मगर ऐसा ख़ुश्क और बग़ैर क़हक़हे का इस्तिक़बाल (स्वागत) देखकर मैं कुछ रुक-सा गया।

''एक मीटिंग के सिलसिले में आज ही सुबह आया था। सारा दिन उसी में मसरूफ़ रहा। अब मेरी शामत है। मैं अभी तक सुरेन्द्र से नहीं मिला हूँ, न प्रकाश से–अब उन्हें तुमसे मालूम होगा, तो दोनों ख़फा हो जाएँगे !''

''हाँ, वह तो होगा।'' आँखें अँधेरे की आदी हो गयीं, तो मैंने देखा कि विनीता काफ़ी बदली-बदली-सी लग रही थी, जैसे इन तीन बरसों में वह कम-से-कम दस बरस और बड़ी हो गयी हो। शायद इसलिए कि मैंने पहली बार उसे साड़ी पहने देखा था।

''प्रकाश कैसे हैं...?''

''बिलकुल ठीक !'' विनीता ने सिर हिलाकर कहा। वह कुछ रुकी। मेरी तरफ़ देखा और फिर हँसकर बोली–''हमारा एक घर बन गया है अब !''

''अच्छा, मुबारक ! यह कब हुआ ?'' मैं वाक़ई बेहद खुश हुआ, ''तो आख़िर चुपके-चुपके ही शादी की तुम दोनों ने। हमें ख़बर तक नहीं की ?'' विनीता ज़रा-सा मुस्करायी। फिर अपना बड़ा-सा बैग कन्धे पर लटकाकर कहा, ''यूसुफ़, यहाँ बस के इन्तज़ार में खड़े-खड़े तो लोग बूढ़े हो जाते हैं। आइए, कैण्टीन में बैठकर चाय पियें !''

''हाँ, मगर प्रकाश कहाँ हैं ? वह हज़रत तुम्हारे साथ नहीं हैं आज ?'' मैंने इधर-उधर देखकर पूछा।

''ऊँह !'' विनीता ने हस्बे-आदत मुँह बनाकर जवाब दिया। हम दोनों कैण्टीन में जा बैठे। विनीता गुमसुम-सी थी। शादी ने उसे कुछ संजीदा-मिज़ाज बना दिया था। अब उसके स्वभाव में एक संजीदगी और ठहराव-सा आ गया था।

वह बार-बार मेरे चेहरे को देखे जा रही थी।

''यूसुफ़, बहुत दिनों के बाद...तुम्हें यहाँ कैण्टीन में देखकर मुझे एक बहुत ख़ूबसूरत शाम याद आ रही है। वह क्वालिटी का अँधेरे वाला डिनर, जब हम लोग ख़ूब हँसे थे !''

''हाँ, हाँ, मुझे याद है।'' मैं हँसने लगा। वह चमकीली रात तो मुझे एक ख़ूबसूरत पेण्टिंग की तरह याद थी। मुझे इस वक़्त भी यों लग रहा था, जैसे हम

सब आज भी उस शाम की पेण्टिंग में बैठे एक फ्रेम के अन्दर जड़े हुए हों और किसी मुसव्विर (चित्रकार) के हलके-हलके ब्रश से मेरे और प्रकाश के और विनीता के नक़्श उभर रहे हों।

विनीता भी जैसे शाम की सारी तफ़सील अपने ज़ेहन में जगा रही थी। उसने आहिस्ता से प्याली मेज़ पर रखी।

''कितनी अच्छी शामें थीं वे ! हम लोग कितना हँसते थे !''

''हँसते थे !''—मैं विनीता के चेहरे पर कुछ ढूँढ़ने लगा। विनीता ने अब उसे तनहा क्यों छोड़ दिया ? बाज़ लड़कियाँ शादी को भी किसी फ़िल्म का रूमानी मंज़र समझती हैं। फिर जब फ़िल्म ख़त्म हो जाए, तो हक़ीक़त का सामना करना पड़ता है। प्रकाश आशिक़ तो बहुत अच्छा था, मगर शायद वह अच्छा शौहर नहीं बन सका। जभी तो आज विनीता के चेहरे पर हर लम्हा बदलने वाले रंग ग़ायब हो चुके थे। वह बात-बात पर उसका चमकीला रंगदार क़हक़हा कहाँ गया, जो उजाले की एक लक़ीर की तरह दिल के अँधेरे में चला जाता था और बड़ी देर तक उसमें से रंगीन सितारे चमक-चमककर बुझते जाते थे।...अर्थहीन-सी बातों पर ताज्जुब करना और अहम बातों पर बेपरवाही का इज़हार ! वह सिर झुकाये चाय की प्याली में न जाने क्या घोले जा रही थी।

''क्या तुम्हारे दो-चार बार हिलाने से उसमें मिठास नहीं आएगी ?'' मैंने उसे छेड़ने के लिए पूछा।

''नहीं,'' उसने सिगरेट-केस निकालकर एक सिगरेट मुझे पेश किया और दूसरा अपने मुँह में दबाकर लाइटर ढूँढ़ने लगी। मुझे ताज्जुब हुआ, क्योंकि विनीता सिगरेट नहीं पीती थी। प्रकाश को औरतों का सिगरेट पीना अच्छा नहीं लगता था।

''अच्छा, बात क्या है ? मुझे यों लगता है कि अब तुम क्लास-रूम में साइक्लॉजी बड़ी संजीदगी से पढ़ा रही हो !''

''हाँ, मगर मैं तुम्हें संजीदा नज़र आ रही हूँ क्या ?'' उसने हस्बे-आदत बड़े ताज्जुब से पूछा, ''हालाँकि अब मुझे संजीदा होना चाहिए—लेकिन वही अड़ियलपन, बचपन के रंगीन ख़्वाब और उन ख़्वाबों की ताबीर पर इसरार, यह सब क्या हिमाक़त है !'' मैंने देखा, विनीता के आस-पास धुएँ की एक रस्सी-सी लपक रही थी।

''और फिर तुम्हारा साथ भी तो एक बच्चे से पड़ा !'' मैंने हँसकर कहा।

''बच्चा ?'' उसने सिगरेट का धुआँ उगलकर कहा, ''प्रकाश बच्चा नहीं है यूसुफ़, वह तो बहुत बड़ा है। कई सदियों से जी रहा है वह !'' विनीता के लहजे से मैं समझ गया कि उसे प्रकाश से क्या शिकायत हो सकती है, इसलिए मैंने बेपरवाही से कहा, ''शादी के साल-भर बाद सब मर्दों का यही हाल हो जाता है विनीता ! उनकी दीवानगी कम हो जाती है। रूमानी खुमार उतर जाता है !''

"दीवानगी...? रूमानी खुमार...?" विनीता बहुत ज़ोर से हँसी।... "तुम प्रकाश के साथ बहुत कम रहे हो, यूसुफ़ !"

दूसरे दिन शाम-ढले मैंने प्रकाश के गेट पर कॉल-बेल बजायी, तो मैं एक बेपनाह खुशी से सरशार (विभोर) था। एक ऐसी दिली मसर्रत (हार्दिक खुशी) से जो अपने किसी चहेते दोस्त का घर बन जाने, उसकी महबूबा से उसकी शादी हो जाने और फिर उन दोनों को इकट्ठा देखकर होती है।

आज मैं प्रकाश के घर पर खड़ा था। गेट के एक तरफ़ डॉक्टर प्रकाश राव की नेम-प्लेट लगी हुई थी। सारा घर चारों तरफ़ से दरख़्तों से घिरा हुआ था। फ़िज़ा में न जाने कितने फूलों की महक घुली हुई थी। "बस यही स्वर्ग है," मैंने सोचा, "जिसकी आरज़ू में इन्सान मज़हब और समाज के सहारे कितनी मंज़िलें तय करता है। कहाँ-कहाँ भटकता है, मगर रूह का सुकून, ज़िस्म को आराम किसी ऐसे ही घर में मिलता है।" दरवाज़ा विनीता ने खोला। मेकअप-विहीन फ़ीका-फ़ीका चेहरा और एक बदरंगी-सी ढीली-ढाली मैक्सी पहने...हालाँकि नयी शादीशुदा औरतों को ख़ब्त होता है, शाम के वक़्त मेकअप के तमाम रंगों को चेहरे पर खिलाने का, दहेज़ की तमाम साड़ियों को बदन पर चमकाने का !

"तुम्हें घर आसानी से मिल गया ?" उसने अन्दर आते हुए कहा, "बाज़ वक़्त (कई बार) यह घर बड़ी मुश्किल से मिलता है। छोटी-छोटी गलियाँ और मोड़ बहुत हैं न, इसलिए।..." साफ़-सुथरे, बड़ी नज़ाकत और नफ़ासत से सजाये हुए ड्राइंग-रूम में मुझे लाकर वह बीच में क़ालीन पर खड़ी हो गयी और दिली मसर्रत (हार्दिक प्रसन्नता) से कहा, "यह प्रकाश का घर है। मैंने बड़ी मेहनत से सजाया है। अच्छा लगा न ?"

"वाह ! क्या कहने भई ! तुम दोनों को दिली मुबारकबाद कि आख़िरकार प्रकाश का घर बन गया, मगर यह हज़रत कहाँ छुपे बैठे हैं ? क्या पिंजरे से बाहर नहीं निकलते ?" अचानक विनीता जैसे किसी पत्थर की ज़र्ब (आघात) से उछल पड़ी। पीछे हटी और मेरी तरफ़ पीठ करके वाज़ के फूलों को ठीक करते हुए बोली—"हाँ, उन्हें भी घर में होना चाहिए था न ! नहीं हैं !" एक वक़्त ऐसा होता है, जब हम किसी दुःख की खुशबू आप ही आप सूँघ लेते हैं। मैंने महसूस किया कि विनीता के घर में मुझे इतनी ज़ोर से नहीं हँसना चाहिए और फिर अचानक जैसे किसी कमज़ोरी के एहसास को लिये मैं बैठने की जगह ढूँढ़ने लगा। सोफ़े पर प्लास्टिक की बॉस्केट में सुर्ख़ ऊन के गोले पड़े थे और एक नन्ही-सी आस्तीन एक सचमुच के स्वेटर में बदलनेवाली थी। एक सिगरेट का पैकेट और एक सस्ता-सा रूमानी उपन्यास भी पड़ा था। मुझे वहाँ बैठने के लिए इन चीज़ों की जगह बिगाड़नी पड़ी, तो विनीता घबरा उठी।

"इन चीज़ों को वहीं रहने दो, यूसुफ़ ! तुम यहाँ बैठ जाओ। यह सामनेवाला सोफ़ा प्रकाश का है।" वह अपने दोनों हाथ अपनी गर्दन में लपेटकर एक कोनेवाली कुर्सी पर बैठ गयी।

"प्रकाश का सोफ़ा मैंने ऐसी जगह रखा है कि शीशे से बाहर लॉन का सारा 'व्यू' नज़र आता रहे !"

"यह तुमने अच्छा किया कि प्रकाश की जगह मुक़र्रर कर दी !" बेसाख़्ता क़हक़हे लगाने का मेरा मूड हो गया, मगर विनीता सिर्फ़ मुस्कराकर रह गयी। फिर वह उठी और टेप-रेकार्डर ऑन कर दिया। रविशंकर सितार पर न जाने कौन-सी उदास धुन बजाने लगे और मैं जैसे सहम-सा गया। फिर मैंने विनीता की तरफ़ देखकर कहा, "ख़ुश तो हो न !"

"बहुत..." —विनीता ने जवाब में कहा, "ख़ुश न हूँगी भला ? तुम्हें ऐसा शुबहा क्यों हुआ यूसुफ़ ?" वह मेरी तरफ़ घबराकर देखने लगी। उसकी आवाज़ में न जाने क्यों मुझे हलका-सा तंज़ (व्यंग्य) लगा, सिर्फ़ मेरे ही लिए नहीं, बल्कि उस पूरी फिज़ा पर, जिसका मैं उस वक़्त एक हिस्सा था। विनीता अपनी मैक्सी की सलवटें साफ़ कर रही थी। अब मुझे ख़याल आया कि उस सजे-बने कमरे के सारे रंग विनीता की बदरंग मैक्सी ने फ़ीके कर दिये थे। बार-बार मेरे सामने से विनीता का चेहरा खो जाता। उसकी बदरंग मैक्सी फैल जाती।

"तुम औरतें बड़ी धुन की पक्की होती हो। मैं जानता था, कि अब तुम प्रकाश को ज़िन्दगी भर छोड़नेवाली नहीं हो।"

"मगर प्रकाश ऐसा नहीं सोचता था।" उसने छोटी-सी ऊन की आस्तीन को उधेड़ते हुए कहा। फिर उसने ऊन को उँगलियों पर लपेटना शुरू कर दिया।

"घबरा गये मेरी बात पर ?" उसने हँसकर मेरी तरफ़ देखा, "तुम हमारा घर देखकर बहुत ख़ुश हुए हो न, तो बस ख़ुश ही रहो, क्योंकि आजकल दुनिया में ख़ुशी बड़ी नायाब (दुर्लभ) शै है। इसलिए अगर कोई ख़ुश है, तो उसे ख़ुश रहने देना सबसे बड़ी नेकी है।" वह हाथ से आस्तीन का साइज़ नापते हुए बोली।

"लेकिन तुम लोग तो अभी हनीमून पीरियड में हो। अभी से ख़ुशी और ग़म के मसाइल (समस्याओं) पर ग़ौर करने की क्या ज़रूरत है ?" मैंने ग़ौर से विनीता को देखा और सिगरेट निकालकर सुलगाने लगा। मुझे ऐसा लगा, जैसे विनीता आज हर बात कहने से पहले उसे तोल रही थी। कई बातें तो वह सिर्फ़ तोलती रह जाती, बोल नहीं पाती थी।

"प्रकाश कहाँ है...?" अब मैंने उकताकर पूछा।

"वह है..." मैंने जल्दी से गर्दन फेरकर देखा। दीवार पर प्रकाश का एक बड़ा-सा पोर्ट्रेट लगा था। चेहरे पर बाल बिखराये एक भौंह उठाये वह अपने ख़ास

स्टाइल से मुस्करा रहा था। विनीता क़हक़हा मारकर हँस पड़ी।

"डर गये ? प्रकाश को इस कमरे में देखकर डर गये क्या ?" विनीता के क़हक़हे पर मैं सचमुच सहम गया। उस बोझिल-सी घुटी-घुटी रात में मुझे विनीता की यह आवाज़ अजनबी-सी लगी, जिसका नाम हँसी था।

अब मैं एक ऐसी फिज़ा में पहुँच गया था, जहाँ बहुत-सी बातें अजनबी लगती हैं या कुछ भी अजनबी नहीं लगता। आप ही सोचिए, कि जब घर का एक अहम व्यक्ति अचानक ग़ायब होकर किसी दीवार के फ्रेम में कील से जड़ा हुआ नज़र आए, तो ऐसी मसलूब (सूली चढ़ायी गयी) फिज़ा में दम कैसे नहीं घुटेगा ? रविशंकर जिस धुन पर द्रुत पर पहुँच गये थे, उसमें शिकवे-ही-शिकवे थे। शिकायतें और तनहाई का दुख...बस ऐसा ही कोई रोग था, जिसकी मुझे पहचान नहीं हो रही थी।

"नहीं, यह उम्मीद फ़िज़ूल है कि आज प्रकाश देर से आएगा ! वह किसी दोस्त के यहाँ गया है। अभी लौट आएगा !" यह कमरा उसका मुन्तज़िर (प्रतीक्षारत) नहीं था। इसलिए विनीता ने प्रकाश के वजूद को एक कील से दीवार पर जड़ दिया था और मुझसे कह रही थी–"इन्तज़ार करो न अपने दोस्त का ! आते ही होंगे !"

"मगर मैं तनहा कब तक उसका इन्तज़ार करूँ ?" –मेरे दिल की बात जैसे विनीता ने सुन ली और वह अचानक जैसे बेक़रार होकर उठी और बास्केट ज़मीन पर गिर गयी। वह अपनी ढीली-ढाली मैक्सी समेटकर खिड़की की तरफ़ गयी और दूर तक सड़क पर प्रकाश को ढूँढ़ने लगी।

"तुम यहाँ तनहा बैठे हुए मुझे अच्छे नहीं लग रहे हो, यूसुफ़ ! मैंने तुम्हें हमेशा सुरेन्द्र और प्रकाश के साथ ही देखा है न ! अगर मुझे मालूम होता कि तुम आज ही शाम को आ रहे हो, तो मैं तुम्हारे लिए उन दोनों को कहीं से ढूँढ़ लाती। तुमने आने से पहले मुझे रिंग क्यों नहीं किया ? अब तक तुम तीनों मिलकर एक हज़ार क़हक़हे लगा लेते न !"

"मेरे लिए...? मेरे क़हक़हों के लिए...?" मैं सिर्फ़ यही बात सोचता रहा। विनीता को क्या जवाब देता ? फिर एक अधेड़ उम्र की आया अन्दर आयी। विनीता ने मुझसे पूछा, "अकेले बियर पीते हुए बोर तो नहीं होगे ?" उसने मेरा सिगरेट-केस उठाया और मेरे पास बैठकर सिगरेट सुलगाने लगी। मैंने झुंझलाकर कहा–"ऊँह ...क्या अकेले-अकेले की रट लगायी है तुमने ?–सच्ची बात तो यह है विनीता कि मैं तुम्हें अकेला देखकर सख़्त बोर हो रहा हूँ। तुम्हें एक बात सुनाऊँ !" मैंने उस वक़्त की बोझिल फिज़ा को बदलने के लिए कहा–"जब सबसे पहले सुरेन्द्र ने तुम दोनों का परिचय करवाते वक़्त कहा था कि यह प्रकाश है और यह विनीता, तो मैंने सोचा था कि सुरेन्द्र को बीच में 'और' लगाने की ज़रूरत नहीं थी, क्योंकि तुम दोनों बहुत क़रीब थे !" मेरी बात सुनकर विनीता खुशी से खिल उठी। उसने जल्दी

से सिगरेट ऐश-ट्रे में मसल दिया।

"सच ? तुमने ऐसा सोचा था। तो यह बात प्रकाश को भी बतानी थी !" इतने में आया बियर के दो मग एक ट्रे में रखकर ले आयी। ट्रे उसने तिपाई पर रखी, तो मैंने विनीता से कहा, "तुम भी साथ दे रही हो क्या ?"

"मैं...?" उसने दिल पर हाथ रखकर ताज्जुब से कहा–"आई ऐम वेरी सॉरी ...मैं नहीं पीती..., यह दूसरा गिलास तो प्रकाश के लिए बनवा दिया है। शायद आ जाए वह ! मुझे बड़ी तलाश के बाद उसके लिए अच्छी शराब लाकर रखनी पड़ती है।" मैंने ग़ौर किया कि विनीता जब यह कह रही थी, तो आया बड़े ध्यान से विनीता को देख रही थी।

"हाँ, अब प्रकाश को आना चाहिए," मैंने घड़ी देखी–"दस बज रहे हैं ! क्या रोज़ इतनी ही देर से आते हैं ?" मैंने बियर चखी। उसका मज़ा बिलकुल फ़ीका था, जैसे विनीता ने अपनी उदासी उसमें घोल दी हो।

"यह मत पूछो यूसुफ़ !" उसने दोनों हाथ मलकर सोफ़े की पुश्त पर सिर टेककर कहा–"मैं प्रकाश का कितना इन्तज़ार करती हूँ। दस-दस बार सालन गर्म करो, चाय तैयार करो, पिक्चर का प्रोग्राम बना लो, कुछ कर लो, मगर वह नहीं आते। मेरी बजाय कोई और औरत होती न, तो पागल हो जाती अब तक !" इस बार वह अपने बहनेवाले आँसू नहीं रोक सकी। विनीता के आँसुओं से मैं डर गया और फिर उसका मूड बदलने के लिए कहा–"तो आख़िर बना दिया न प्रकाश ने तुम्हें अपनी धर्मपत्नी !"

"ओह, प्लीज़ ! ऐसी बात मत कहो यूसुफ़ !" उसने कानों पर हाथ रखकर बड़े दुख से कहा। अब मुझे चुप हो जाना चाहिए था, लेकिन मुझमें एक ऐसी हरारत आ गयी थी, जो सिर्फ़ पीने के बाद ही आती है। इसलिए मैंने बियर का गिलास मेज़ पर रखकर आहिस्ता से पूछा–"प्रकाश की क्या मसरूफ़ियत है ?"

विनीता सिगरेट केस में से एक और सिगरेट निकालकर सुलगाने लगी। इसका मतलब यह था कि वह मेरी बात का जवाब देना नहीं चाहती थी।

"तो इसका मतलब यह हुआ विनीता, कि तुम्हें प्रकाश को बाँधने का गुर नहीं आया, हालाँकि यह गुर शादी के बाद हर लड़की को खुद-ब-खुद आ जाता है !"

"शादी के बाद ?" विनीता ने ताज्जुब से पूछा और फिर सिगरेट की राख ऐश-ट्रे में झाड़कर उसने कुछ सोचते हुए कहा–"हो सकता है, क्योंकि उसे पीछे-पीछे दुम हिलाते हुए चलना आता है। यह मैं जानती हूँ !"

"किसके पीछे ?" मैंने गिलास उठाकर विनीता को ग़ौर से देखा, तो वह फिर मेरी बात का जवाब तोलने लगी और इत्मीनान से कहा, "मेरा ख़याल है। अब आया को मछली तलने के लिए कह दूँ ? तुम्हारा क्या ख़याल है। अब प्रकाश को आ

जाना चाहिए न ?''

''यक़ीनन...ग्यारह बज रहे हैं न !'' मैंने घड़ी देखकर कहा। विनीता किचन में गयी और सोती हुई आया को उठाकर मछली तलने के लिए कहा। मैंने देखा, वह परेशान-सी थी। घर में एक मेहमान आया था। शायद इसलिए उसका जी चाह रहा था कि आज प्रकाश जल्दी से आ जाए। वापस आकर ऊन की बनी हुई नन्ही-सी आस्तीन उसने घुटने पर रखी और बड़े प्यार से उस पर हाथ फेरने लगी। शायद उस स्वेटर को पहननेवाला अब जल्द ही उस घर में आनेवाला था। यह बात पूछने की क्या ज़रूरत थी। मछली की भूख लगानेवाली ख़ुशबू से ड्राइंग-रूम भर गया। विनीता खिड़की से बाहर फैले हुए अँधेरे को देखकर बोली—''हर चीज़ ठण्डी हो जाती है उनके इन्तज़ार में ! बस इन्तज़ार किये जाओ उनका !'' मैंने ग़ौर से देखा—विनीता भी धीरे-धीरे ठण्डी हो रही थी, जैसे अगरबत्ती का आख़िरी सिरा न जाने कब चुपके-से राख बन जाता है। विनीता के चेहरे की शादाबी (तरोताज़गी) उसके क़हक़हे और उसके बदन की रानाई (सुन्दरता) हर चीज़ यों मुरझा रही थी, जैसे किसी पौधे को लोग पानी देना भूल गये हों।

अब मुझे विनीता के कमरे में वहशत होने लगी। शायद और थोड़ी देर यहाँ बैठा, तो मेरा दम घुट जाएगा।

''परसों तो दिल्ली वापस जाना है। कल शाम प्रकाश को रस्सी से बाँधकर रखना। मैं तुम्हारी मछली खाने ज़रूर आऊँगा, मगर मिठाई पहले खानी है !'' मैं कुर्सी से उठ रहा था कि लाइट चली गयी।

''यह अलग मुसीबत है इस कॉलोनी में। आये-दिन लाइट चली जाती है।'' मगर मुझे घुप अँधेरे में भी विनीता यों नज़र आ रही थी, जैसे रीडियम का मोती चमक रहा हो।

''मोमबत्ती ले आऊँ ?'' कहीं से आया की आवाज़ आयी।

''नहीं, ज़रूरत नहीं है,'' विनीता ने कहा।

''यूसुफ़ ! बाज़ वक़्त मुझे यों लगता है, जैसे अँधेरा ही पनाह है। हम अपनी बहुत-सी ख़ुशफ़हमियों को अँधेरे में छुपाकर जी सकते हैं। उजाला तो ख़्वाब भी छीन लेता है हमसे !''

''मगर अँधेरा तो धोखा देता है, विनीता। ख़्वाबों से कब तक कोई बहल सकता है,'' मैंने कहा। विनीता ने नया सिगरेट सुलगाया। एक लमहे को लाइटर का शोला उसके चेहरे पर भड़का और फिर बुझ गया।

''तो फिर ज़िन्दगी में और क्या है ? हक़ीक़त कोई मानी रखती है क्या ? हर दानिशवर हक़ीक़त की तलाश करते-करते मर गया। वही फ़ायदे में रहे, जिन्होंने अपने-आपको बहलाने के लिए खिलौने सामने रख लिये। जैसे एक छोटी-सी बच्ची

काग़ज़ की कतरनों से एक छोटा-सा घर बनाती है और गुड़िया के बजाय ख़ुद उसमें बैठ जाती है। पल-भर में उसके बच्चों से घर भर जाता है। बच्चे ही बच्चे...सारे घर में, सारी कॉलोनी में, सारी दुनिया में...और फिर...'' फिर उजाला हो गया... अचानक मर्करी लाइट ने विनीता को चुप करा दिया। वह बार-बार आँखें झपका के बड़ी मुश्किल से उजाले को क़बूल कर पायी।

''अच्छा, तो अब इजाज़त दो, विनीता !'' उसने कुछ नहीं कहा। स्वेटर की छोटी-सी अधूरी आस्तीन पर हाथों से इस्त्री करती रही।

''अब तुम भी सो जाओ। न जाने किस अहम काम में उलझ गये हैं प्रकाश !''

''हाँ, न जाने किस काम में उलझ गये होंगे। गुड नाइट यूसुफ़ !'' मैं बरामदे में आया, तो चारों तरफ़ से उस ख़ुशबू ने फिर घेर लिया, जो उस घर में स्वर्ग की याद दिलाती थी। गहरे अँधेरे में अशोक के ऊँचे-ऊँचे दरख़्त चारों तरफ़ से विनीता को घेरे खड़े थे।

बहुत दूर जाकर मैंने पलटकर देखा। वह अपने स्वर्ग की खिड़की में रीडियम के मोती की तरह चमक रही थी, जैसे कार्डबोर्ड के नन्हे-से घर में एक गुड़िया बैठी हो। पता नहीं, प्रकाश की क्या मसरूफ़ियत है अब ? उसे अभी तक घर में बन्द रहने से वहशत होती है, तो विनीता को साथ क्यों नहीं ले जाता ! शादी के बाद इतनी लापरवाही !....

कल मैं प्रकाश को इस बात पर खूब डाँटूँगा। मैंने विनीता को अपने होटल का पता दिया था। इसलिए मैं सारा दिन मुन्तज़िर (प्रतीक्षारत) रहा कि प्रकाश विनीता के साथ हँसता-गाता मेरे पास आएगा और फिर सब मिलकर कहीं खुली फ़िज़ा में क़हक़हे लगाने चलेंगे, मगर शाम हो गयी। मेरे दिल पर न जाने क्यों उदासी की बारिश-सी होने लगी। शादी के बाद प्रकाश को शायद यह पसन्द न हो कि मैं पहली वाली बेतकल्लुफ़ी को क़ायम रखूँ। फिर मैं क्यों जाऊँ उसके घर ? सुरेन्द्र को कई बार फ़ोन किया, लेकिन वह उस वक़्त आया, जब मैं एयरपोर्ट के लिए टैक्सी में बैठ चुका था। रास्ते में ख़ूब गपबाज़ी हुई और जब मुसाफ़िरों को प्लेन में बैठ जाने की हिदायत मिल गयी, तो मैंने ब्रीफ़केस उठाया और अपने दिल के ऊपर से एक भारी पत्थर हटाने के लिए कहा, ''सुरेन्द्र, इस बार प्रकाश से मेरी मुलाक़ात नहीं हुई। परसों रात उसके यहाँ गया था, मगर विनीता बता रही थी कि बड़ी रात गये घर आता है वह !''

''रात गये...?'' सुरेन्द्र बड़ी ज़ोर से हँसा। ''विनीता बेचारी तो पागल हो गयी है। क्या तुम्हें नहीं मालूम, प्रकाश से विनीता की शादी नहीं हुई !''

''क्या ?...'' मेरे हाथ से ब्रीफ़केस छूट गया। फिर मैंने उसे दोबारा थामकर पूछा—''यह क्या कह रहे हो सुरेन्द्र ?''

"हाँ भई ! ढाई बरस हो गये, प्रकाश तो यूरोप में है। सुना है, किसी आवारा अमेरिकन लड़की का चक्कर है !"

"तो उसने अमेरिकन लड़की से शादी कर ली ?"

"अब यह मुझे नहीं मालूम !" सुरेन्द्र ने हस्बे-आदत (स्वभावानुसार) सिर खुजाते हुए कहा, "उसने अमेरिकन लड़की से शादी कर ली है या अभी उसे साथ लिये खुली फिज़ाओं में उड़ता फिर रहा है !"

□

अबॉर्शन

"कमीने...साले...निकल...भाग..."

कुत्ते भौंक रहे थे। हड़बोंग मची हुई थी।

"आधी रात को भी साले सोने नहीं देते !"

बारिश ने रात को और भी काला कर दिया था। रह-रहकर बिजली नकटी चुड़ैल की तरह आँखें दिखा रही थी।

"इन मुसलमानों को बच्चे पैदा करने के सिवा और कोई काम नहीं है।" नारायण रेड्डी के यहाँ कॉकटेल पार्टी हो रही थी। जब भी शहर में फ़िरकादाराना फ़साद होते, वह ख़ूब हाथ रँगता। पुलिसवाला जो ठहरा !

"हाँ, जनाबे आली ! मुसलमानों को अल्लाहताला ने हुक़्म दिया है कि वह दुनिया में नेक इन्सानों का इज़ाफ़ा करें," अलीम ने व्हिस्की का गिलास मेज़ पर रखकर कहा।

"तूने मुसलमानों को भी अपनी तरह समझ रखा है ? स्मगलिंग के धन्धे में लाखों रुपये पैदा कर रहा है, मगर खुद एक चिड़िया का बच्चा भी पैदा नहीं किया !"

सब हँसने लगे। तब नारायण रेड्डी ने अपने गिलास को व्हिस्की से भरते हुए कहा—"अबे भास्कर, मेरी बात सुन। तू अपनी बीवी को इजाज़त क्यों नहीं देता कि वह तुझे बाप बना दे !"

सबके क़हक़हे फिर गूँज उठे।

"चुप...ख़ामोश...बदज़ात...हमारे सामने ज़बान खोलता है ? तुझसे कितनी बार कहा है कि यहाँ मत आया कर। कहीं भी अपना मुँह काला करो। यहाँ मुफ़्त की रोटियाँ नहीं मिलती हैं," अँधेरी रात में कोई नीचे चिल्ला रहा था।

"ऊँह, सबका मज़ा ख़राब किये दे रहे हैं, नारायण, तेरे यह पड़ोसी साले !" अलीम ने काजू चबाते हुए कहा।

"यार, यह साला पुराना शहर तो अब रहने के क़ाबिल नहीं रहा," नारायण रेड्डी व्हिस्की का गिलास मेज़ पर रखते हुए गुस्से में बोला।

"अबे साले पुराने शहर के तुफ़ैल ही तुम पुलिसवाले अपनी जेबें भर लेते हो, वरना नये शहर में तो तुमसे कुत्ते भी नहीं डरते !" फिर सब हँस पड़े।

"हटो, यारो...बोलो, पुराने शहर की जय ! नारायण रेड्डी की जय..." शायर रिफ़अत मिरज़ा अब गिलास हाथ में थामकर नाचने के मूड में आ चुका था।

भोंं...भों...भों...कुत्ते भौंक रहे थे।

"सच, यार ! मेरा तो जी चाहता है कि इस मकान को बेचकर बनजारा हिल्स चला जाऊँ। जागीरदारों का क़ब्रिस्तान है यह जगह ! हर बरसात में ड्योढ़ियाँ पके आमों की तरह गिरती हैं, मगर राशिद अली का मकान नहीं गिरता कि हमें कुछ सुकून मिले !"

अलीम ने मख़मूर नज़रों से नारायण को देखा।

"और तू बैठा बटेर गिन रहा है क्या ? यही तो मौक़ा है इन मुसलमानों को लूटने का ! मैंने तो पुराने शहर में तीन-चार मकान औने-पौने दामों ख़रीद लिये हैं। कुछ बरसों में इनकी क़ीमतें खूब बढ़ जाएँगी।"

"हटो यारो, शान्ता भी मुझसे बोलती रहती है कि राशिद अली का मकान ख़रीद लो। हमारा मकान भी बड़ा हो जाएगा और इन उजाड़ सूरतों की चीख़ो-पुकार से भी निजात मिल जाएगी, मगर वह बुड्ढा राज़ी नहीं होता !"

"ए मेरी अम्मा, मेरे को मुआफ़ कर दे...मेरे अब्बा...अब्बा...छोटे भैया... भैया..."

कुत्ते चिल्ला रहे थे—च्याऊँ, च्याऊँ...भों...भों...

"यारो, मुझे मुआफ़ रखो, मैं नशे में हूँ !" रिफ़अत मिरज़ा गिलास हाथ में लेकर शान्ता की कमर में हाथ डाले नाचने लगा।

"जा...अरे जा, उजाड़-सूरत, तेरी सूरत को नज़र लगे ! तुझे ढाई घड़ी की मौत आए..."

"ओफ्फ़ोह...आज यह लोग कितना शोर मचाएँगे," मिसेज़ मलेशम ने कबाब खाते हुए मुँह बनाया।

"जाहिल लोग हैं," नारायण की बीवी शान्ता ने मेहमानों को रोस्ट-चिकन पेश करते हुए कहा, "जागीदरारी क्या ख़त्म हुई है, कि मुसीबत बन गये हैं यह लोग हमारे लिए।" उसने अपनी कंचीवरम की साड़ी का पल्लू सीने से ढलकाते हुए कहा। "दिन-भर हर चीज़ के लिए हाथ फैलाये खड़े रहते हैं। रात को जब तक इनके यहाँ लड़ाई-झगड़ा न हो, इनका पेट नहीं भरता !"

"पेट कैसे भरे ?" नारायण ने रिफ़अत मिरज़ा का गिलास भरते हुए कहा, "यह हमारा पड़ोसी बुड्ढा कभी जागीरदार था। फिर सेक्रेटरिएट में क्लर्क हो गया। अब पेंशन हो गयी है। सात बच्चे हैं। इसीलिए शाम होते ही सब एक-दूसरे को खाना शुरू कर देते हैं !"

"हा हा हा..." नारायण के इस मज़ाक़ पर वहाँ बैठी तमाम सभ्य महिलाओं

को बड़े ज़ोर से हँसी आयी। शान्ता को हँसते-हँसते फन्दा लग गया। यह देखकर रिफ़अत मिरज़ा गिलास मेज़ पर रखकर पानी लाने उठा। फिर उसने शान्ता को पानी पिलाने के बहाने पहले उसके कन्धे पर हाथ रखा और फिर पानी का गिलास मुँह से लगा दिया। शान्ता खाँसती हुई रिफ़अत मिरज़ा को घसीटती हुई बालकनी तक ले गयी...नारायण बज़ाहिर शीरीं से कोई लतीफ़ा सुनकर हँसने में मसरूफ़ था, मगर वह ताड़ गया कि न शान्ता का फन्दा सचमुच का था, न रिफ़अत मिरज़ा की हमदर्दी ...बल्कि वे दोनों बड़ी देर से किसी मौक़े की ताक में थे। रिफ़अत मिरज़ा बहुत दिनों के बाद आया था न, और जब भी रिफ़अत मिरज़ा आता, शान्ता उस दिन ज़रूर व्हिस्की पीती थी। फिर ख़ूब खाँसती। अचानक उसकी तबीयत ख़राब हो जाती थी और रिफ़अत मिरज़ा को उनके बेडरूम में जाकर शान्ता का सिर दबाना पड़ता था।

सारे हैदराबाद में मशहूर था कि रिफ़अत मिरज़ा शान्ता पर मरता है। उसी के इश्क में शायरी करता है। उसी की मुहब्बत में नारायण की दोस्ती का दम भरता है। अब तो नारायण भी इस बात को मान चुका था। बीवी ख़ूबसूरत हो, तो दोस्त मक्खियों की तरह मँडराया ही करते हैं, मगर इस बात को नहीं मानती थी, तो शान्ता। ...दो जवान बेटों और बेटियों, दो नवासों वाली शान्ता ! उसके ख़ूबसूरत चेहरे पर आज भी अल्हड़ लड़कियों-जैसा निखार था। आज भी वह फ़िल्म-स्टारों की तरह ब्यूटी-पार्लर जाकर अपना हुस्न सँवारती थी। हर दिन एक नये रंग की साड़ी में नये मेकअप के साथ पार्टियों में जलवागर होती और रिफ़अत मिरज़ा को तो वह सबके सामने अपने से दूर धकेल कर कहती थी—"छीः ! कितने गन्दे हो तुम रिफ़अत ! बस हर वक़्त शायरी ही करते हो। कभी नहाते क्यों नहीं ?"

भला यह भी कोई इश्क हुआ कि शान्ता की तरफ़ दूर से देख-देखकर औंधे-सीधे शेर लिखे जाएँ और जब नारायण के पास आता, तो घबराहट के मारे उसे शराब पीने के सिवा और कुछ न सूझता। इधर नारायण बेचारा ख़्वाहमख़्वाह अन्देशों में मरा जाता था, क्योंकि वह जानता था कि शान्ता को उसे देखते ही बे-पिये नशा चढ़ जाता है।

ख़ैर, आज नारायण रेड्डी को रिफ़अत मिरज़ा की निगरानी का होश न था कि वह खुद मुद्दत के बाद अपने घर में शीरीं को देखकर पागल हुआ जा रहा था। शीरीं उसके दोस्त प्रोफ़ेसर आलम की बीवी थी, मगर वह किसी खुश्क-मिज़ाज, अहमक प्रोफ़ेसर की बीवी बनने के क़ाबिल थोड़े थी ! उसको तो किसी सिंहासन पर बिठाकर पूजा करनी चाहिए ! इतनी ख़ूबसूरत औरत नारायण ने कहीं नहीं देखी थी। इसलिए पीने के बाद बस उसे एक ही धुन सवार होती कि बार-बार शीरीं के पाँव छूता। आज भी बड़ी देर से इस ताक में था कि किसी बहाने शीरीं के पाँव

छूने का मौक़ा मिले। यों भी कॉकटेल पार्टी का मतलब यही होता है कि सब तरह की शराब और सब तरह की औरतें ख़ूब घोल दी जाएँ। इसलिए इस मौक़े पर दूसरों की बीवी को प्यार करना जायज़ समझा जाता। इज़हारे-इश्क का मज़ाक़ होता है, मगर शान्ता की मौजूदगी में नारायण शीरीं की तरफ़ बढ़ते हुए झिझक रहा था। इसलिए घबराहट में वह पैग पर पैग चढ़ाये गया। फिर जब उसमें वह जुर्रत आ गयी, जो पीने के बाद ही आती है, तो वह उठ खड़ा हुआ।

"यह नीचे गली में कौन चिल्ला रहा है ? शीरीं यहाँ आओ। तुम्हें एक तमाशा दिखाऊँ !" वह शीरीं का हाथ पकड़कर खींचता हुआ बालकनी में चला गया।

"अबे साले माजिद, जाता है या नहीं ?" उसने बात को नीचे धकेला और शीरीं को अपने ऊपर !

"इसे ख़त्म कर डालो ! राशिद भाई, घर में मेहमान आते हैं। तुम लोग कुछ तो ख़याल करो हमारी तकलीफ़ का !" उसने शीरीं को सीने से लगाकर कहा।

"मैं क्या करूँ नारायण भाई ? तुम्हारे सामने मैंने कितनी बार कहा इस हरामख़ोर से कि वह हमारे घर न आए। यहाँ मुफ़्त का खाना मिल जाता है। इसलिए दिन-भर सैर-सपाटे करके रोज़ रात को आ जाता है मनहूस..." राशिद अली तेज़ बारिश में सिर ऊपर उठाये गुस्से के मारे काँप रहे थे। उन्हें अपने इतने दौलतमन्द पड़ोसी की नाराज़गी पर बड़ी शर्मिन्दगी थी। जहाँ इतने बड़े-बड़े शहर के सम्मानित मेहमान आते हों, वहाँ यह चीख़ो-पुकार की आवाज़ें सुनकर लोग क्या कहेंगे ?

राशिद अली का बेरोज़गार, निकम्मा, आवारा लौंडा माजिद पास खड़ा भों-भों रो रहा था। पाँच फ़ुट का दुबला-पतला नौजवान लड़का इतनी ज़ोर-ज़ोर से रोता हुआ नारायण को बहुत बुरा लगा। वह भी ऐसे वक़्त जब शराब का नशा हो और शीरीं की प्यास।

"तेरी माँ की साले, अब जाता है यहाँ से या नीचे आकर दूँ एक लात ! मर्द है तो कुछ मेहनत-मज़दूरी क्यों नहीं करता ?...हराम..." नारायण ने ख़ालिस पुलिसवालों के अन्दाज़ में गाली खिड़की से नीचे फेंकी और खिड़की बन्द करके शीरीं की तरफ़ बढ़ा।

"तूने मुझे गाली दी...उल्लू के पट्ठे...सुअर के बच्चे..." लेकिन माजिद की आवाज़ बन्द खिड़की से टकराकर लौट आयी, क्योंकि उस वक़्त नारायण के कानों में शीरीं की आवाज़ रस घोल रही थी।

"साले...हरामज़ादे...धेड़ की औलाद...तुझे तो जान से मार डालूँगा।"

गली में अब बिलकुल अँधेरा था। तीन दिन की लगातार बारिश ने कच्ची गली में पानी भर दिया था। सब घरों के दरवाज़े बन्द हो चुके थे। वैसे भी टूटे-फूटे घरों

में रहनेवाले इतनी रात तक कब जागते हैं। उस वक़्त रोशनी तो सिर्फ़ नारायण रेड्डी के ऊँचे बँगले में हो रही थी, जो इन खँडहरों के बीच आधी रात को भी चाँद की तरह चमक रहा था, सिर उठाये खड़ा था। वहाँ रात जाग रही थी, नाच रही थी, क़हक़हे लगा रही थी और किसी की भूखी बाँहों में छुप जाना चाहती थी।

नारायण के घर से शराब के गिलासों में उबलने वाली हँसी की फुहार और मर्करी ट्यूब की रोशनी माजिद के बदन पर बरछी की अनी बनकर लग रही थी। यह रोशनी भी नारायण की गाली थी, जो माजिद के सारे वजूद को गन्दा कर गयी आज, हालाँकि वह तो रोज़ रात को घर से इसी तरह निकाला जाता था। हर दिन बड़े भैया उसे गालियाँ देते थे और अब्बा मियाँ बेटों के समर्थन में धक्के देते। अम्मा भी बहुओं को ख़ुश करने के लिए कोसने देतीं, मगर सबकी कड़वी-कसैली बातें वह पानी के गिलास में घोलकर पी लेता और अम्मा के पैताने पड़ जाता था। दिन-भर नौकरी के लिए भाग-दौड़ उसका जोड़-जोड़ हिला देती थी, मगर अम्मा के पाँव का नरम दबाव उसकी पीठ पर पड़ता था, तो सारी थकन पल-भर में ग़ायब हो जाती थी। फिर अम्मा चुपके से अपने गूदड़ तले से बासी रोटी की एक पुड़िया निकालकर उसे थमा देती थीं, क्योंकि सबके सामने अगर उसे रोटी खिलातीं, तो क़यामत आ जाती। दोनों बेटे और बहुएँ अम्मा पर बरस पड़तीं कि निखट्टू बेटे को रोटियाँ खिलाती हैं। इसलिए माजिद अँधेरे में लेटे-लेटे ही वह रोटी निगल लेता था, और फिर किसी दिन अम्मा चालाक बहुओं की नज़रों से रोटी न छुपा सकतीं, तो वह जब अम्मा की तरफ़ रात को हाथ बढ़ाता था, तो अम्मा गुस्से से उसका हाथ झटक देती थीं। मतलब यह होता था कि आज रोटी नहीं है, और वह भूख से जलते हुए पेट को दोनों टाँगों से दबाकर सो जाता था।

"साला...हरामज़ादा ! मुझे गाली देता है। यह लोग अब मुझे मुहल्ले के धेड़ चमारों से गालियाँ दिलवाएँगे। इन सबको मज़ा चखाऊँगा।" —माजिद ने टूटी हुई चप्पल से अँधेरे में एक पत्थर को ठोकर मारी और फिर अपने खुले किवाड़ों को देखा। गालियों की ख़ुराक पूरी हो गयी थी। इसलिए अब अम्मा ने दरवाज़ा खोल दिया था, मगर आज माजिद रोज़ की तरह खुले किवाड़ों की तरफ़ बढ़ने के बजाय अँधेरी गली की तरफ़ मुड़ गया। आगे हर तरफ़ अँधेरा था या शायद माजिद की आँखों में इतना अँधेरा छा गया था कि उसे कुछ सुझाई नहीं दे रहा था।

"हा हा हा...हरामज़ादे...साले..." —नारायण रेड्डी के क़हक़हे अभी तक उसके कानों में गूँज रहे थे......

"अब अगला क़दम कहाँ रखूँ ?" नारायण की ऊँची सीमेण्ट की दीवार को थामे वह आगे बढ़ने लगा। मुहल्ले के बच्चों की फैलायी हुई गन्दगी में उसके पाँव फिसल रहे थे। तेज़ बारिश ने पूरे कपड़े भिगो दिये थे और नारायण की गालियों

से उसका सारा बदन आग की तरह दहक रहा था।

"अम्मा...वह चला गया..."

"चला गया ?" अम्मा ने न जाने किस लहजे में पूछा कि कोई न समझ सका कि अम्मा उस वक़्त रो रही हैं या हँस रही हैं।

"अब कभी घर में मत घुसने दो साले को ! ठोकरें खाएगा तो ख़ुद ही अक़्ल आ जाएगी," बड़े भैया बिलकुल ठीक कह रहे थे, जैसे उन्हें अक़्ल आ गयी थी। आख़िर उन्होंने एड़ी-चोटी का ज़ोर लगाकर मैट्रिक पास किया और फिर सिर गाड़ी पैर पहिया किया, तो नौकरी भी मिल गयी। —और वह भी सेक्रेटरिएट में क्लर्की की, —कि जनाब ठाठ से हर महीने सात सौ रुपये कमाकर घर ला रहे हैं। ...सात सौ रुपये की इकट्ठी आमदनी घर में आने लगी, तो अम्मा को पर लग गये। हालाँकि इन सात सौ रुपयों में नौ अदद भूखों का पेट भरना आसान नहीं था, मगर अम्मा को तो हर तरफ़ हरी-हरी सूझ रही थी—"मैं तो बहू लाऊँगी अब ! मुझसे दस आदमियों की रोटी नहीं पकायी जाती अब !"

"चलो जी आपा, तुम भी पागल ही हो !" अम्मा की पड़ोसिन नारायण रेड्डी की बीवी शान्ता ने अम्मा को समझाया, "बहू लाओगी तो तुम्हें ग्यारह आदमियों की रोटी पकाना पड़ेगी ! थोड़े दिनों ज़रा चैन से बैठो। अभी से बेटों की शादी की क्या जल्दी है ?"

शान्ता ने कितनी सच्ची बात कही थी। अब अम्मा याद करती थीं, आख़िर है न पढ़ी-लिखी औरत और फिर इतने बड़े पुलिस-अफ़सर की बीवी। दुनिया देखी है उसने ! अब अम्मा को दोनों बहुओं की ख़िदमत करनी पड़ती थी। बड़े भैया की आमदनी तो सात सौ पर आकर ठहर गयी थी और महँगाई अब्बा मियाँ के ऊँचे क़द को ज़मीन की तरफ़ झुकाये दे रही है। छोटे भैया ने अभी तक नहीं बताया था कि वह आर. टी. सी. के बस-कण्डक्टर बनकर कितना कमा लेते हैं। वह तो हर दोस्त, रिश्तेदार के आगे भीख का ठीकरा फैलाये रखते थे। इसीलिए उन्होंने अपने आनेवाले दिनों को उजालने के लिए बच्चों की पलटन खड़ी करने का इरादा कर लिया था। बच्चे अल्लाह की देन हैं। हर लड़का एक लाख रुपये का चेक होता है कि जब चाहो, कैश करा लो। बेचारे अब्बा मियाँ को खाँसने और बलगम थूकने से इतनी फ़ुरसत ही नहीं मिलती थी कि किसी से पूछते—मेरा चेक कैश होगा ? फ़िलहाल तो ऐसा लगता जैसे वह अपने तीन लाख के तीनों चेक कहीं गँवा बैठे

हैं। दालान के एक कोने में तख़्त के ऊपर मैले-चीकट तकिये पर सिर रखे, बहत्तर पैबन्दोंवाली मैली रज़ाई ओढ़े वह पड़े रहते थे। अम्मा ने कभी अपने सारे दर्द पैबन्द की तरह जोड़-जोड़कर उस रज़ाई का अबरा सिया था, तो बेकार कतरनों से दो गज़ कपड़ा तैयार हो गया ! मगर अब यह होता कि अम्मा की नज़र उस रज़ाई पर पड़ती तो उन्हें बड़े भैया को छठी के दिन पिलाया हुआ दूध याद आ जाता था, कभी माजिद की पैदाइश वाले ख़ौफ़नाक दर्द उनकी साँस रोक लेते। अम्मा के जिलवे के जोड़ेवाला चमकीला पल्लू और बड़ी बहू के चौथी के जोड़े का जगमगाता बॉर्डर का कोना, बड़े भैया की बिस्मिल्लाह वाली शामू की शेरवानी का टुकड़ा...यह रज़ाई थी कि अतीत की तसवीरों का एलबम ! कपड़े की हर कतरन अम्मा को एक कहानी याद दिलाती थी...वह रंगीन पुरानी कहानियाँ, जो अम्मा की ज़िन्दगी का सबसे ख़ूबसूरत सरमाया थीं। इसीलिए अम्मा दिन-भर उस रज़ाई पर नज़रें गाड़े रहती थीं। सारा दिन अब्बा मियाँ का बदन दबाने के बहाने रज़ाई पर हाथ फेरने बैठ जातीं. ..मगर बहुएँ मुँह छुपाकर हँसती थीं, जैसे अम्मा अब्बा मियाँ के पास बैठने का बहाना ढूँढ़ती हों।

छह मीटर लम्बे दालान में एक तरफ़ तीनों लड़कियाँ और माजिद बोरियाँ बिछा कर सोते थे। एक कोने में अब्बा मियाँ का तख़्त बिछा था। सबके पीछे अम्मा की दरी बिछी थी। एक तरफ़ मैला ताँबे का पानदान रखा था। एक तरफ़ पुराने चिथड़ों की पोटली, टूटा हुआ सन्दूक, पुराने जूतों का ढेर, उसके पीछे दीवार से लगकर रात को अम्मा पड़ जाती थीं। दो कमरोंवाला छोटा-सा घर था। दोनों कमरों पर बहुओं का कब्ज़ा हुआ, तो अम्मा अपना टब्बर लेकर दालान में आ गयीं। अब उन्हें रातों को कोनों-खुदरों में छुपने की तो ज़रूरत थी नहीं। अब्बा मियाँ दमे के मरीज़ और अम्मा को हाई ब्लड-प्रेशर। सुना है बदन में ख़ून ज़्यादा बढ़ जाए, तो प्रेशर हो जाता है। बड़ी बहू सबको यह बात सुनाती थी, क्योंकि चार बरस में तीन बच्चे पैदा करके वह खुद एनीमिया की मरीज़ थी। डॉक्टर कहते थे कि उसके बदन में ख़ून नहीं रहा है। रहता कैसे ? ख़ून तो सब बड़े भैया और बच्चों ने चूस लिया था। अब वह खुद बे-रस आम की तरह दुबली और कमज़ोर हो गयी थी। इसीलिए वह बड़ी रश्क-भरी नज़रों से अपनी दो मन वज़नी सास को ताका करती थी, जैसे वह रस-भरा आम हों कि ज़रा दबाओ तो ख़ून की धार फूट बहेगी।

जब आख़िर महीने में घर में दाल-चावल ख़त्म हो जाते हैं, तो सबका गुस्सा भी बढ़ जाता है। गाली-गलौज, एक-दूसरे पर इल्ज़ाम-तराशी। इस महाभारत में अम्मा का रोल सबसे अहम था। इसलिए उनका प्रेशर इतना बढ़ जाता कि किसी और का हो, तो मिनटों में चटपट हो जाए ! एक बार नारायण रेड्डी की माँ का प्रेशर बढ़ गया था, तो उसे एक प्रायवेट नर्सिंग-होम के इण्टेन्सिव कंयर वार्ड में

दाख़िल किया गया था। अम्मा के लिए भी इण्टेन्सिव केयर यूनिट का इन्तज़ाम तो हो जाता, लेकिन बहुएँ कृपापूर्वक उनसे रोटी न पकवाती थीं कि बुढ़िया कहीं चकराकर चूल्हे में न गिर जाए ! यों भी बहुओं ने उन्हें बड़े हलके-फुलके काम सौंप रखे थे। झाड़ू, बर्तन, घर की सफ़ाई, तरकारी बनाना, बच्चों को सँभालना; मगर जब कभी अम्मा और बहू में लड़ाई चलती, तो अम्मा बेटियों से लाड़ करवाने के बहाने कई-कई दिन तक बिस्तर से न उठतीं। बार-बार सोचतीं कि बड़े भैया से कहें—"मुझे एक मूली ला दो !"

किसी हकीम ने अम्मा को बताया था कि मूली खा लो तो प्रेशर कम हो जाता है, मगर अम्मा की हिम्मत न पड़ती थी ऐसी फ़िज़ूलख़र्ची की बात बेटे से कहने की। ऐसे वक़्त सूरते-हाल का बग़ौर जायज़ा लेने के बाद छोटी बहू गोद के बच्चे को पटककर कहती—"लो, आज अम्मा फिर लेट गयीं...अब बर्तन कौन माँजेगा ?"

"सिर्फ़ बर्तन ही तो धोने पड़ते हैं। उसके लिए भी रोज़ बहाने...हम तो मरे जाते हैं काम करते-करते !..." वह अपना बड़ा-सा पेट सँभालकर कहती।

"शायद अम्मा का प्रेशर फिर बढ़ गया है।" —माजिद किताब तकिये पर पटक कर अम्मा के सिरहाने आ बैठता।

"चल, हट यहाँ से !" बड़े भैया उसे डाँटकर अम्मा के पास से उठा देते थे, क्योंकि अम्मा तो किसी हमदर्द के इन्तज़ार में कराहती थीं। जहाँ कोई सुननेवाला मिला कि वे अपनी न जाने कितनी लम्बी बीमारियों की दास्तान शुरू कर देतीं—"बड़ा आया अम्मा का चहेता—जैसे इसके सिर दबाने से माँ का प्रेशर कम हो जाएगा ! किताब हाथ से रखने के सौ बहाने चाहिए। अब की बार फेल हुआ, तो मैं पालने वाला नहीं अब !"

बड़े भैया नहीं चाहते थे कि अम्मा की बीमारी का ढिंढोरा पीटा जाए। मूली ख़रीदो। डॉक्टर के पास ले जाओ। दवाएँ ख़रीदो। ख़ामोश लेटी हैं, तो आराम से लेटे रहने दो। अगर किसी बीमार को यक़ीन दिला दो कि वह अच्छा है, तो वह सचमुच अच्छा हो जाता है और बड़े भैया इस तरीक़ा-ए-इलाज से घर के हर बीमार को अच्छा कर दिया करते थे। कभी आलिया को तेज़ बुख़ार आ जाता था, तो अम्मा घबरा जातीं—"हे हे, मेरी बच्ची को कितना बुख़ार चढ़ा है !"

"क्या बातें करती हैं अम्मा आप ?" —बड़े भैया आलिया का माथा छूकर कहते, "इसे तो कहीं बुख़ार-वुख़ार नहीं है। ज़रा रज़ाई ओढ़ा दो। पसीना आ जाएगा। अभी ठीक हो जाएगी !"

जब बड़े भैया किसी को डाँट रहे हों, तो अब्बा मियाँ का फ़र्ज़ था कि वह उनका साथ दें। भला सबके पालनहार, इस घर के वली-अहद बहादुर (युवराज) कुछ इरशाद फ़रमाएँ और रियाया (प्रजा) उनकी हाँ में हाँ न मिलाए।

"आख़िर तूने सोचा क्या है ?" अब्बा मियाँ दो दिन का पुराना अख़बार पटककर उठ बैठे, "कब तक मुफ़्त की रोटी खाये जाएगा ?"

बात उन्होंने दोनों बहुओं की तरफ़ मुँह करके कही, क्योंकि अब इस घर की अन्नदाता तो यही दोनों थीं और यह बात अब्बा मियाँ खुद अपनी ज़ुबान से कहते, तो उनके कलेजे में ठण्डक-सी पड़ जाती थी। अगर दोनों बहुओं की मेहरबानी न होती, तो डेढ़ सौ की पेन्शन में तीन लड़कियाँ, माजिद और दोनों मियाँ-बीवी की गुज़र हो सकती थी ? इसीलिए तो बड़े भैया और छोटे भैया दिन-रात माजिद को डाँटते रहते थे। दोनों भाभियाँ छोटी ननदों पर हुकूमत चलातीं। अम्मा को ताने देतीं। अब्बा मियाँ को पागल समझती थीं। उनकी हर बात हिमाक़त की होती है। हर काम बेतुका होता है। लाख समझाओ कि हर बात के बीच में मत बोला करो, मगर सौ गज़ के बने हुए उस घर में कोई राहत तो हो ! उन्हीं बीस आदमियों का कुनबा सिर से सिर जोड़े बैठा रहता है। एक-दूसरे की बात काटने, कलेजा नोचने, दिमाग़ चाटने को तैयार, और अब्बा मियाँ को तो बोलने का रोग हो गया था। हर वक़्त कुछ-न-कुछ बके जाते। हर-एक को अपने ज़रीं (सुनहरी) मशविरे देने बैठ जाते, मगर उनकी सुनता कौन था ? खुदसर (उद्दण्ड) कमाऊ-पूत ? ब्लडप्रेशर की मारी बीवी ? हर वक़्त गालियाँ-कोसने और सुनकर कभी-कभी हँसनेवाली बच्चियाँ ? गज़-गज़ भर की ज़ुबान चलानेवाली बहुएँ ? ले-देके रह जाता, तो माजिद। एक तो मैट्रिक-फ़ेल। फिर निखट्टू। जिसे देखो, नसीहतों के टोकरे उस पर औंधा रहा है। अब्बा मियाँ को ज़िन्दगी की सब नाकामियों और बीमारियों का गुस्सा माजिद पर आता था। अम्मा को हाई ब्लडप्रेशर का तहबन्द दिखाने के लिए माजिद के सिवा और कौन था ? उसकी बेरोज़गारी और बेपरवाही पर अम्मा को बहुत कोफ़्त थी। यों जैसे वह भी बड़े भैया की तरह किसी दफ़्तर में क्लर्क बनकर सेहरा बाँधकर एक जल्लाद बहू ले आए, तो अम्मा के कलेजे में ठण्डक पड़ जाएगी। उस दिन के इन्तज़ार में अब्बा मियाँ घुले जाते थे। उन्हें डर लगता था कि किसी दिन बड़े बेटे उस कुनबे को पालने से इनकार न कर दें। बीवी-बच्चों वाले हैं। आख़िर कब तक उसका बोझ उठाएँगे ?

"नारायण भाई, इस उजाड़ सूरत माजिद को भी कहीं काम पर लगा दो न ! तुम्हारा बड़ा एहसान होगा !" अब्बा मियाँ बार-बार अपने पड़ोसी नारायण रेड्डी के पास खुशामद करने पहुँच जाते थे। वही एक पुलिस का बड़ा अफ़सर था, जो उनका पड़ोसी भी था और हमदर्द भी। बड़े भैया और छोटे भैया को नौकरी दिलवाने में भी उसने मदद की थी।

"मैं इस साले को पुलिस में कान्स्टेबल बनवा दूँगा। इसे मैट्रिक तो पास करने दो !"

"पुलिस-कान्स्टेबल !" अब्बा मियाँ की इस तसव्वुर ही से बाँछें खिल उठतीं–"लो, फिर तो ख़ूब ठाठ हो जाएँगे। पूरे ख़ानदान पर रोब पड़ेगा कि मैं एक पुलिसवाले का बाप हूँ। देखना, नारायण रेड्डी ज़रूर माजिद को नौकरी दिलवाएगा, क्योंकि बड़े भैया को भी उसने नौकरी दिलवाने में मदद की थी।" –और जिस दिन बड़े भैया यह खुशख़बरी लेकर आये, तो अम्मा ने सवा रुपये की नकीतों पर मौला अली मुश्किल कुशा की फातिहा दिलवायी और फिर सब मिठाई रकाबी में रखकर नारायण रेड्डी के घर भिजवा दी। बेचारे बच्चे मुँह देखते रह गये, मगर नारायण रेड्डी की बीवी शान्ता को खुश करना ज़रूरी था। फिर जब वह बेहद क़ीमती प्योर सिल्क की साड़ी पहने, जूड़े में गेंदे के फूलों की वेणी लगाये, पन्द्रह-बीस तोले सोने के ज़ेवर पहने, अम्मा को मुबारकबाद देने आयी, तो सारे घर में उजाला-सा हो गया। राशिद अली उसे देखकर उठ बैठे। गूदड़ की रज़ाई फेंककर तहबन्द सँभालते खड़े हो गये। अम्मा ने फटी साड़ी का पल्लू सिर पर डाला। बहुएँ जल्दी-जल्दी किसी उत्सव में पहने जानेवाली साड़ियाँ पहनकर शान्ता को सलाम करने बाहर आयीं।

वह लोग पड़ोसी थे, तो क्या हुआ ! इतने बड़े पुलिस-ऑफिसर की बीवी थी वह, मगर इतनी सुशील और ख़ूबसूरत थी, इतनी शानदार-सी लगती, मगर मजाल है कि ज़रा भी ग़रूर हो। दोनों मियाँ-बीवी इतने खुशअख़्लाक़ (विनम्र) थे, इतने मेहरबान थे ! माजिद और बच्चियाँ तो सारा दिन शान्ता के घर में घुसे रहते थे। नारायण के दोस्तों की दावत होती, तो शान्ता माजिद को बार-बार साइकिल पर बाज़ार दौड़ाती थी। कभी फल और मिठाई मँगवाती। कभी नौकर न आता, तो सब्ज़ी और मुर्ग़ भी ला देता था। इस हेर-फेर में वह एकाध रुपया मार लेता था, मगर बेचारी शान्ता कभी ज़ाहिर न करती, जैसे वह माजिद की चोरी जान गयी हो। बड़ी दावतों में आलिया और आसिमा को शान्ता का हाथ बँटाना पड़ता था। आलिया की बनायी हुई बिरयानी, शामी और कोरमा नारायण रेड्डी के दोस्तों को बहुत पसन्द था। वह लोग समझते थे कि खानों में यह मज़ा शान्ता के खूबसूरत हाथ लगाने से आता है। एक बार तो मलेशम को कोरमा इतना पसन्द आया कि उसने सौ रुपये का नोट शान्ता के हाथों पर से वारकर फेंक दिया। फिर सब मेहमान चले जाते, तो रात गये आलिया बिरयानी की खुरचन, बचे हुए शीरमाल और कोरमा लेकर घर आती थी।

"शान्ता ने हिस्सा भेजा है," सब यही कहकर उस खाने को खाते थे। आलिया भी इस बात को भूल जाती थी कि शान्ता के यहाँ प्याज़ काटने, मुर्ग़ और कोरमा पकाने के बदले में यह खाना मिला है।

और फिर हफ़्ते (शनिवार) की शाम, आलिया अपनी छोटी बहनों-भतीजियों के

साथ टी.वी. पर पिक्चर देखने जाती थी, तो शान्ता की त्योरी पर बल पड़ जाते थे। वे सब ड्राइंगरूम के बाहर सीढ़ियों के नीचे टाट बिछाकर बैठ जाती थीं, तो अम्मा को बिलकुल बुरा न लगता था। वह घर में सबसे कहतीं—"नारायण रेड्डी के यहाँ सब शराबी-कबाबी लोग भरे रहते हैं। इसीलिए शान्ता बच्चियों को कमरे में नहीं आने देती। सयानी बच्चियाँ भला मर्दों के साथ कैसे बैठेंगी ?"

ज़िन्दगी से समझौता करना अम्मा को आता था, मगर किसी और को न आया। राशिद अली के ख़ाने को देर हो जाती थी, तो वह सारा घर सिर पर उठा लेते। सास-ससुर और ननदों को ख़ाना देते वक़्त बहुओं का कलेजा फटता था। इसलिए वे जान-बूझकर देर लगातीं। बड़े भैया अपनी कमाई लुटते देखकर माजिद पर बरस पड़ते थे, और माजिद दोनों हाथ फैलाकर मैट्रिक की सनद के पीछे दौड़ता, जो दो बार उसके हाथों से निकल भागी थी। मगर बड़े भैया की धमकियों, अब्बा की गालियों और अम्मा के कोसनों ने अपना असर दिखाया।—और एक दिन क्या देखते हैं कि माजिद का रोल नम्बर सेकेण्ड क्लास में पास होनेवालों की लिस्ट में नगीने की तरह जगमगा रहा है। इस नाक़ाबिले यक़ीन ख़बर पर बड़े भैया को तो किसी तरह यक़ीन ही नहीं आ रहा था। अब की बार माजिद के फ़ेल होने पर माजिद को माँ-बाप समेत घर से अलग-थलग करने का प्रोग्राम उनका धरा रह गया, अलबत्ता अब्बा मियाँ ने रिज़ल्ट देखने के बाद माजिद को डाँटने का एक नया पहलू ढूँढ़ निकाला—"अब यह नौकरी ढूँढ़ने में भी ऐसी ही काहिली दिखाएगा ?"

"हाँ, इस महीने से माजिद ने अगर कुछ कमाना शुरू नहीं किया, तो मैं भी तुम लोगों की कुछ मदद नहीं करूँगा।" बड़े भैया ने वार्निंग दे दी। रिज़ल्टवाला अख़बार हाथ में थामे जुओं से भरा सिर खुजाते हुए माजिद ने बड़ी नम्रता से कहा—"मगर भैया, मैं जब तक बी. ए. न कर लूँ...आजकल कोई अच्छी नौकरी कहाँ मिलती है ?"

"क्या कहा ?" छोटे भैया दहाड़े, "तो साहबज़ादे अभी और चार साल रँगरलियाँ मनाने का प्रोग्राम बना रहे हैं ?"

"हाँ, हाँ, क्यों नहीं ! अगर इनकी वालिदा मोहतरमा ने कहीं सोने की ईंटें छिपाकर रखी हैं, तो साहबज़ादे को बी. ए. पास करवा देंगी !" बड़े भैया ने अपनी मैली पैण्ट पर हाथों से इस्त्री करते हुए कहा।

"लेकिन एक बात अच्छी तरह सुन लो तुम सब !" उन्होंने गुस्से में दीदे निकालकर कहा—"अगर एकाध महीने में माजिद को नौकरी न मिली, तो मैं भी किसी के लिए कुछ नहीं कर सकता !"

"हाँ, हाँ, आठ दिन में कोई नौकरी तलाश करो," अब्बा मियाँ भी अपनी गुदड़ी में से दहाड़े।

मगर आठ दिन आठ महीने हो गये। नारायण रेड्डी भी अपनी-सी करके हार गया। इतने धान-पान, काहिल लड़के को पुलिस में कौन नौकरी देता है। चारों तरफ़ दफ़्तरों की ख़ाक छानकर, रात गये वह फटे हुए टाट का परदा उठाकर अपने कीचड़-भरे ज़ख्मी पाँव अन्दर रखता, तो बड़ी भाभी चिल्लातीं–"लो आ गये नवाब साहब दोस्तों के साथ दिल बहलाकर !...अम्मा, ए अम्मा, जल्दी से दस्तरख़्वान बिछाओ साहबे आलम के लिए !"

माजिद के आने की ख़बर सुनकर प्रेशर से निढाल बदन को समेटकर अम्मा उठने की कोशिश करतीं और फिर तकिये पर गिर जातीं। वह मुजरिमों की तरह सिर झुकाये अब्बा मियाँ के पैताने बैठकर काँपने लगता, "अब मैं शार्टहैण्ड और टाइप सीख रहा हूँ। मेरे एक दोस्त ने वायदा किया है कि अगर मैं शार्टहैण्ड का डिप्लोमा ले लूँ, तो वह मुझे दुबई..."

"बस करो यह फ़िल्मी कहानी...तो आज भी सेकेण्ड शो देखा गया है–इसीलिए रात के बारह बजे आ रहा है ! साला....कामचोर...नमकहराम..." गुस्से के मारे छोटे भैया अपना कमरा अन्दर से बन्द कर लेते।

"मुफ़्त की रोटियाँ तोड़नेवालों को फ़िक्र ही क्या है ! दो दिन ख़ाना न मिले, तो हम देखेंगे कि कैसे काम नहीं मिलता !" बड़े भैया गुस्से के मारे आँगन में टहलने लगे थे।

"मगर उसके लिए कौन ख़ाना रखता है, जो मैं दूँगी !" अम्मा तकिये के नीचे पुड़िया में बँधी बासी रोटी टटोलते हुए कहती थीं।

"अच्छा, अब यह कल रात को आये, तो कोई दरवाज़ा मत खोलना ! सुन लिया न सबने ?" बड़े भैया ने हुक़्म सुनाया और सोने के लिए कमरे में चले गये।

दूसरे दिन सचमुच दरवाज़ा बन्द था। माजिद ने बड़ी याचना की। अम्मा को पुकारा। बड़े भैया की खुशामद की, मगर जब नारायण रेड्डी ने उसे माँ की गाली दी, तो वह दोनों हाथों में मुँह छिपाकर खूब रोया। बरसात की अँधेरी रात में उसे कुछ सुझाई नहीं दे रहा था कि कहाँ जाए...? लेकिन नारायण रेड्डी की गाली जैसे बिजली की लहर बनकर, चमक-चमककर उसे आगे धकेल रही थी।

"हरामज़ादो...कुत्तो...समझ लूँगा तुम सबको..." वह रो-रोकर पीछे की तरफ़ गालियाँ उछाल रहा था।

फिर कल आया; मगर माजिद रात को हस्बे-आदत (स्वभावानुसार) मुँह लटकाये

सबकी लानत-मलामत सुनने को न आया !

चला गया...सबने इत्मीनान की साँस ली।

अम्मा रोज़ अपने हिस्से की रोटी तकिये के नीचे छिपाकर रखती थीं कि शायद वह आज आ जाए और वे चुपके से रोटी उसकी मुट्ठी में दबा दें। उस रोटी को वह एक ही निवाला बनाकर निगल लेता था। सारे दिन की रेस और फिर गरमियों का पहाड़-सा दिन, ऊपर बड़े भैया की गालियों की भरमार...वह जिस नौकरी के लिए जाता था, इण्टरव्यू के वक़्त ख़ौफ़ के मारे मुँह से पूरी बात भी नहीं निकलती थी।

अब माजिद कई दिन से घर नहीं आया था। बड़े भैया कई बार रात को अपने कमरे का दरवाज़ा खोलकर देखते थे। सिर्फ़ यह देखने कि वह अम्मा की रज़ाई में लेटा सो तो नहीं गया ? फ़िक्र के मारे राशिद अली तो सारी रात जागते थे। न जाने कहाँ चला गया मनहूस ? जवानी का गरम ख़ून है–कहीं मायूस होकर कुछ कर न बैठे ! कहीं भूखा-प्यासा मर रहा होगा...वह बहुओं और बेटों को ख़ुश करने के लिए हर वक़्त माजिद को बुरा-भला कहते रहते थे, मगर इसका मतलब यह तो नहीं था कि उसे घर से निकाल दिया जाए। आख़िर उनकी औलाद है। इसके बावजूद बड़े भैया सुबह उठकर माजिद की काहिली और आवारागर्दी पर व्यंग्य करना शुरू करते थे, तो वह भी हाँ में हाँ मिलाते–"दो-चार दिन ठोकरें खाएगा, तो अक़्ल आ जाएगी। बस फिर घर आ जाएगा !"

दिन ढलते ही अम्मा के दिल में रात उतर आती...राशिद अली की आँखों में अँधेरा-सा छाने लगता। हर आहट पर यों लगता, जैसे माजिद ने अन्दर क़दम रखा हो ! अब परदा उठाकर अन्दर आया...

नमाज़ के बाद अम्मा को चुपके-चुपके रोते देखकर बड़े भैया कहते, "अम्मा ! दो-चार दिन भूखा रहेगा, तो ख़ुद ही काम ढूँढ़ेगा। ज़रा ठोकरें खाने दो। फिर ख़ुद ही अक़्ल आ जाएगी। –आलिया ख़बरदार, जो तुमने उसे घर में क़दम रखने दिया !"

चलो, एक खानेवाला तो कम हुआ। बड़े भैया जब भी आटा-चावल, सब्ज़ी ख़रीदते, तो बार-बार यही ख़याल आता था।

पन्द्रह दिन गुज़र गये। फिर एक रात अम्मा के दिल के साथ आसमान पर बादल भी फट पड़ा–जैसे ज़मीन व आसमान मिलकर माजिद के लिए रो रहे हों ! अम्मा की चीख़ों ने सारे घर को रोने पर मजबूर कर दिया, "अरे कमबख़्तो, कोई उसे ढूँढ़ कर लाओ। हाय मेरा जवान बेटा !...उजाड़ सूरतों ने उसकी जान खा ली ! उसे तो दिन-भर में कोई एक रोटी भी नहीं देता था...मेरे अल्लाह ! मेरे बच्चे को अपनी हिफ़ज़ व अमान (रक्षा) में रखना ! ...हाय अब मैं मर जाऊँगी !"

अम्मा अपने मरने की धमकी देकर सारे घर को दहलाना चाहती थीं, हालाँकि

अब उनकी ज़िन्दगी से भी किसी को दिलचस्पी नहीं रही थी, सिवाय आसिमा और मुन्नी के, जो उनके मोटे बदन से चिपटकर सोती थीं, तो सरदी बिलकुल न लगती थी।

उस घर में सिर्फ़ आलिया थी, जो सारी फ़िक्रों से आज़ाद, लम्बी होती चली जा रही थी। उसे हर बात पर हँसी आती, चाहे बड़े भैया और भाभी की लड़ाई हो रही हो या कोई बच्चा गिर पड़े। पन्द्रह बरस की आलिया के गालों पर, चेहरे पर, सारे बदन पर न जाने कहाँ से इतना निखार, इतना रंग-रूप आ रहा था–जैसे सारे घर की तन्दुरुस्ती और बेफ़िक्री सिर्फ़ उसी के हिस्से में आ गयी हो ! सारा दिन उसके क़हक़हे भाइयों और भावजों के दिल जलाते थे। फिर जब भावजों ने उसका यह चढ़ता रूप देखा, तो जलकर उसका स्कूल जाना बन्द करवा दिया। नौवीं क्लास तक तालीम काफ़ी है। स्कूल की फ़ीस कहाँ से आए ! फिर दोनों भावजों की गोद में छोटे बच्चे हैं। यह बेगम साब हैं कि सुबह-सवेरे बन-ठनकर स्कूल चली जाती हैं और हम यहाँ गीली लकड़ियों से सिर फोड़ें ! इतने लोगों का काम-धन्धा कौन करे ? अम्मा तो अब ख़ाने के सिवा किसी काम की नहीं रही हैं।

चुनांचे अब आलिया दिन-भर घर में इधर से उधर दौड़-दौड़कर हँसे जा रही थी। दिन-भर अम्मा की झिड़कियाँ सुनना, अब्बा मियाँ की दवाएँ खरल में कूटना, उनके बलगम भरे उगालदान को धोना, खाना पकाना, बच्चों को सँभालना, कपड़े धोना, भाइयों की डाँटें सुनना...

"खिड़की में क्यों खड़ी है ? मुँह क्यों धोया ? रोज़-रोज़ बालों में कंघी करना ज़रूरी है ?"

मगर आलिया बच्चों के कपड़े धोते हुए भी गुनगुनाये जाती थी–'बिंदिया चमकेगी, चूड़ी खनकेगी...'

और फिर छोटी बहनों के साथ बातें होतीं–"सायरा के भाई ने जद्दा से उसके लिए फ़्लैट क्रेप का सूट भेजा है !... 'क्रान्ति' में हेमा मालिनी बनजारा वर्क की चोली पहनती है।...आज शान्ता आण्टी ने धरमावरम की साड़ी पहनी थी !"

वह खुश होने के न जाने कितने बहाने ढूँढ़ लेती थी, और फिर जहाँ फ़ुरसत मिली, तो भागी–शान्ता आण्टी के घर। वहाँ शान्ता आण्टी की एक से एक ख़ूबसूरत सहेलियाँ आती थीं। नये फ़ैशन से लेकर नयी फ़िल्मों तक की बातें चलतीं। दिन-भर रेडियो, नये फ़िल्मी गाने होते, रात को टी. वी. पर एक से एक अच्छा प्रोग्राम चलता। इसलिए आण्टी के घर में सारा दिन बच्चे घुसे रहते थे।

"आण्टी, दाल बघारने को दो। दो मिर्चें भी दे दीजिए !"...

"आण्टी, बड़े भैया एक रुपया माँग रहे हैं। पहली तारीख़ को वापस कर देंगे !"...

"आण्टी, मुन्नी का हाथ कट गया है। कोई दवा हो, तो लगा दीजिए !"...
"आण्टी, अब्बा मियाँ आज का अख़बार माँग रहे हैं !"...

सारा दिन आलिया अपने भाई-बहनों के साथ हाथ फैलाये खड़ी रहती थी।

किसी वक़्त शान्ता को बहुत गुस्सा आता था, "बड़ी होशियार हैं यह छोकरियाँ। काम के वक़्त बुलाओ तो सौ बहाने करती हैं और माँगने के लिए हर वक़्त हाथ फैला रहता है !"

"मगर तुम हर चीज़ उठाकर क्यों दे देती हो ?" नारायण को भी गुस्सा आ जाता था—"उनके घर में तो हर वक़्त मनहूसियत ही छायी रहती है। जितना एहसान करो, और सिर पर चढ़े चले आते हैं ! मैं तो अब राशिद अली से कहने वाला हूँ कि सीधी तरह मकान मेरे हवाले कर दो, वरना मुहल्ले में रहना मुश्किल कर दूँगा !"

"मैंने तुमसे कितनी बार कहा है कि जब वह लोग उधार माँगें, तो दस-पाँच रुपये दे दिया करो। दो-ढाई सौ रुपये हो गये, तो बस मकान हमारा हो जाएगा !" शान्ता यह तरकीब नारायण को कई बार समझा चुकी है, मगर नारायण पुलिसवाला था। अच्छी तरह जानता था कि यह मुसलमान कितने काइयाँ होते हैं। ज़रा-सी बात पर इतना शोर मचाएँगे कि सारा प्रेस इनके साथ खड़ा हो जाए। आजकल ज़माना कैसा ख़राब है। खुद पुलिसवालों के ख़िलाफ़ इन्क्वाइरी हो रही है। आये-दिन होनेवाले हिन्दू-मुस्लिम झगड़ों ने सब ही को डरा दिया है !

"कोई मेरे माजिद को एक बार दिखा दो। मैं अब मर जाऊँगी !"

अम्मा, अब सचमुच मरनेवाली थीं। साँस ज़ोर-ज़ोर से चलती। पैरों में सूजन ! खड़ी होतीं, तो हाथ-पाँव काँपने लगते थे। सारा दिन दालान के एक कोने में गठरी-सी बनी पड़ी रहती थीं। सब खाना खा लेते, तो मुन्नी को अम्मा याद आती थी, "अम्मा, अम्मा, उठो। खाना खा लो !"

और अम्मा भूखे कुत्ते की तरह हड़बड़ाकर उठ बैठतीं, क्योंकि सुबह उनके दिल की धड़कन इतनी तेज़ होती थी कि वह सबके साथ न बासी रोटी खाती थीं, न चाय पीतीं। अम्मा को यों जल्दी-जल्दी खाते देखकर सब निश्चिन्त हो जाते थे।

"अम्मा, बिलकुल अच्छी हैं, जब ही तो इतनी जल्दी-जल्दी खाना खाने बैठ गयीं !"

"क्या बीमारी है ?" कभी कोई पड़ोसिन अम्मा को हर वक़्त यों बेसुध पड़े देखकर पूछ लेती थी।

"बीमारी क्या होती ! बुढ़ापा ही सबसे बड़ी बीमारी है, और फिर हमारा जो छोटा देवर था न माजिद, वह आवारा निकल गया। घर छोड़कर न जाने कहाँ चला गया ! उसे तो न माँ का ख़याल है, न बाप का; मगर हमारी सास हर वक़्त उसे याद करके रोती रहती है।" –बड़ी बहू यह बात इतने ज़ोर से सुनाती थी कि ऊँघती हुई अम्मा भी अच्छी तरह से सुन लें।

आवारा माजिद के नाम पर अम्मा अचानक दहाड़ें मारकर रोने लगती थीं। आलिया, आसिमा और मुन्नी भी अम्मा के आस-पास बैठकर सुबकने लगती थीं। अब्बा मियाँ भी, जो बज़ाहिर सोते नज़र आते थे, अचानक उठकर बैठ जाते और ऐनक उतारकर अपनी दाढ़ी पर बहने वाले आँसू पोंछने लगते। बिलकुल मौत का समाँ छा जाता–कि बीच में माजिद की लाश धरी है और सब आस-पास बैठे उसे रो रहे हैं ! ऐसे वक़्त दोनों बहुएँ किसी-न-किसी काम के बहाने इधर-उधर हो जाती थीं कि लाख कोशिश के बावजूद माजिद के नाम पर उनके आँसू न निकलते थे।

अम्मा को उस वक़्त वह दिन याद आते थे, जब माजिद पेट में था। उन्हें तीसरा महीना लगा था, मगर सास के डर से उन्होंने यह बात सबसे छिपायी थी। शादी को सिर्फ़ चार बरस हुए और तीसरा बच्चा ! उनकी सास बड़ी खूँख़्वार थी और दोनों मियाँ-बीवी के चोंचले उसे एक आँख न भाते थे। राशिद अली अलग घबराये जा रहे थे कि अभी उन्हें मुस्तकिल (स्थायी) नौकरी भी नहीं मिली थी। दो जवान बहनों की शादी करनी थी। सबसे छिपकर उन्होंने पड़ोसन उस्तानी माँ से कानाफूसी की और उन्होंने अम्मा को एक अचूक पुड़िया थमा दिया।

–बस फिर क्या हुआ...? अम्मा के पेट में इतनी ज़ोर का दर्द उठा कि अल्लाह याद आ गया। अम्मा खून में नहा गयीं। अगरचे अस्पताल पहुँचने में ज़रा-सी देर और हो जाती तो अब्बा मियाँ आज रँडवे कहलाते, क्योंकि उनकी अम्मा तो एक बहू लाकर ही बहुत पछताती थीं ! रस निचोड़े हुए गन्ने की तरह अम्मा निढाल-सी घर आयीं, तो बस इसी बात की खुशी थी कि–चलो उस आनेवाले बच्चे से तो जान छूटी ! मगर माजिद ठहरा हमेशा का बेगैरत ! चन्द हफ़्ते बाद उसने अम्मा के पेट में ऊधम मचाना शुरू कर दिया। हमेशा का ज़िद्दी मनहूस...अम्मा की कोख से चिपटकर रह गया था ! अगर उसी वक़्त किसी मोरी में बह जाता, तो आज अम्मा क्यों उसके लिए रोने बैठतीं ? रोते-रोते अम्मा पैबन्दोंवाली रज़ाई में छींट का वह टुकड़ा ढूँढ़ने लगीं, जिसका कुरता उन्होंने छठी के दिन माजिद को पहनाया था।

अम्मा को यों हर वक़्त रोते देखकर बड़ी बहू दिल-ही-दिल में मुस्कराती थी, क्योंकि सिर्फ़ वही जानती थी कि उजाड़-सूरत माजिद तो उसी रात हुसैन सागर में डूब मरा था, जब भरी बरसात में सबने मिलकर उसे घर से निकाला था। उसके दूसरे दिन ही जब शान्ता के यहाँ से अख़बार आया, तो बड़ी बहू ने एक ख़बर पढ़ी

थी कि हुसैन सागर में एक नौजवान की लाश तैरती हुई मिली है। मगर उसने वह अख़बार छिपा दिया था कि अब अम्मा और अब्बा मियाँ ख़्वाहमख़्वाह और बखेड़े खड़े करेंगे। क़फन-दफ़न पर दो-तीन सौ ख़र्च हो जाएँगे। फिर दसवाँ-चालीसवाँ अलग करते फिरो। लेकिन बड़े भैया और छोटे भैया का ख़याल था कि वह साला ज़रूर किसी फैक्टरी में नौकर हो गया होगा ! वह हमारी तरह बेवकूफ़ थोड़े ही है कि बीमार माँ-बाप और छोटी बहनों का बोझ उठाए ! साला अकेला ऐश कर रहा होगा ! अब उसे ज़बर्दस्ती घर लाने की फ़िक्र में बड़े भैया बावले हुए जा रहे थे। माजिद के सारे ठिकानों और दोस्तों में ढूँढ़ आये। फिर बीस रुपये ख़र्च करके एक मुकामी अख़बार में इश्तहार भी दिया।

"माजिद ! तुम जहाँ भी हो, फ़ौरन घर आ जाओ। तुम्हारी जुदाई में वालिदा बीमार हो गयी हैं। तुमसे कोई पूछ-ताछ नहीं की जाएगी !"

मगर उसे अम्मा की मुहब्बत होती, तो आता ? अम्मा बीमार हैं, तो क्या हुआ—बड़े भैया जो मौजूद हैं उनकी ख़िदमत और इलाज पर रुपया ख़र्च करने के लिए ! ...अब उसकी जूती को ग़र्ज़ पड़ी है घर आने की ?... खूब रँगरेलियाँ मना रहा होगा। रोज़ पिक्चर, सैर-सपाटे ! साले की शादी भी तो नहीं हुई है। अब डर ही किसका है उसे ! ...बड़े भैया दिन-भर यही सोच-सोचकर अपना ब्लडप्रेशर बढ़ाये जा रहे थे। उन्हें बार-बार एहसास होता कि माजिद को घर से निकालना नहीं चाहिए था। वह तो महज़ तफ़रीहन उसे रोज़ गालियाँ दिया करते थे। यह क्या मालूम था कि वह इस बात का बहाना बनाकर, घर के बखेड़ों से आज़ाद हो जाएगा। बस एक बार मिल जाए वह हरामख़ोर, फिर तो किसी-न-किसी तरह बड़े भैया माँ-बाप और बहनों का बोझ उसके कन्धों पर डाल देंगे।

अम्मा कहा करती थीं कि तीनों छोटी बहनों का बोझ तीनों बड़े भाई सँभाल लेंगे, मगर माजिद तो साफ़ निकल गया...अब तो छोटे भैया भी पछताते थे कि बीवी की बातों में आकर उन्होंने नाहक तेज़ी दिखायी। अगर उस रात माजिद को सब मिलकर घर से न निकालते, तो कम-से-कम अम्मा और अब्बा मियाँ पर ही एहसान जता सकते थे कि उनके निखट्टू बेटे को पाल रहे हैं फिर कहने को यह बात भी होती कि मियाँ, इतने दिन हमने यह बोझ सँभाला, अब माँ-बाप तुम्हारे हवाले हैं। बस अब ले-देकर वह सारा गुस्सा बीवी पर उतारते—

"मेरे भाई को घर से निकाल दिया। हर वक़्त सब उसकी जान के दुश्मन हो गये थे—जैसे अपने बाप के घर से लाकर उसे खिला रही थी साली !..."

इधर सारे मुहल्ले में अलग थू-थू हो रही थी कि छोटे भाई को बड़े भाइयों ने घर से निकाल दिया। बहुएँ पास-पड़ोस में जाकर बैठतीं, तो तेज़-मिज़ाज बूढ़ियाँ नाक पर उँगली रखकर कहतीं—

"ऊई अम्मा ! बड़ी ख़राब औरतें लाये हैं राशिद अली के बेटे ! अभागों ने जवान देवर को घर से निकाल दिया !"

"हुसैन सागर में जाकर डूब मरा बेचारा ! तीन दिन तक दवाखाने में लाश पड़ी रही, मगर कोई भाई लाने नहीं गया। तौबा ! तौबा !"

"या अल्लाह ! क्या क़यामती वक़्त आ गया है। बड़ी ज़ालिम औरतें हैं ये !"

इधर छोटे भैया को जब माजिद के चले जाने का गुस्सा आता तो वह बीवी को गालियाँ देते-देते बड़े भैया की तरफ़ मुड़ जाते थे, "आपने ही रोज़ रात को गालियाँ दे-देकर उसे घर से निकाल दिया न ?" और बड़े भैया खौंखियाकर काटने को दौड़ते–

"मैंने ?–मैंने निकाल दिया ? और तुम दोनों मियाँ-बीवी जो हर वक़्त उसे गालियाँ देते थे ! उसे तो तुम्हारी बीवी ने निकाला है। हर वक़्त खाना खाने के ताने ! बेचारा कहाँ तक बरदाश्त करता ?"

"अच्छा ! अब छोड़िए यह लड़ाई-झगड़े। जल्दी से दाल-चावल लाकर दीजिए," बड़ी बहू ने फटी हुई बुश्शर्ट रफ़ू करके मियाँ को थमायी। क्योंकि अब बात आगे बढ़ती, तो कहीं देवरानी जलकर वह बात न सुना दे कि माजिद तो कभी का मर चुका है। इन दोनों ने सारे घर से यह बात छिपायी है।

बाज़ार जाने की बात सुनकर अम्मा ज़ोर-ज़ोर से कराहने लगीं, ताकि सब सुन लें कि वह आज बहुत बीमार हैं–"मेरे लिए एक मूली मँगवा दो कोई...मूली... मूली..." अम्मा बेबसी से तकिये पर सिर पटकने लगीं।

"बस करो अम्मा अपनी फ़रमाइशें !" –बड़े भैया ने झोला बीवी के हाथ से लेकर कहा–"हर वक़्त दवाएँ गिज़ाएँ आख़िर कहाँ से लाऊँ मैं ? पाँच रुपये में दो किलो चावल भी तो नहीं आएँगे ! ढाई सौ ग्राम दाल भी लानी है। मुझ अभागे को मौत भी तो नहीं आती। किसी मोटर के नीचे आ जाऊँ तो इन बखेड़ों से जान छूटे।" ...बड़े भैया गुस्से में बड़बड़ाते हुए खटारा साइकिल उठाकर बाहर चले गये।

"असल में तो अब अम्मा को मरना चाहिए !" दालान में सीढ़ियों पर पाँव लटकाये चुपचाप बैठी आलिया ने सोचा–"दोनों भाई और भावजें अम्मा से बेज़ार हो चुकी हैं। अब माजिद भाई चले गये तो सारा गुस्सा अम्मा पर आता है सबको। अम्मा मर जाएँगी तो हमारा क्या होगा ?" वह घुटनों में मुँह छिपाकर सिसकियाँ लेने लगी।

"क्या मूली लाने के लिए कह दिया ? आलिया–आलिया कहाँ है तू ?"

"अम्मा–अम्मा, ख़ामोश रहो ! इस वक़्त बड़े भैया बहुत गुस्से में हैं !" आलिया ने जल्दी से अम्मा के मुँह पर हाथ रख दिया। पहले तो अम्मा कभी अपने लिए कोई फ़रमाइश न करती थीं। न कभी दवा के लिए कहा न ग़िज़ा के लिए,

मगर अब न जाने क्यों इतनी ख़ुदग़र्ज़ हो गयी थीं कि अपने सिवा और कुछ न सोचतीं। जब सुना कि बड़े भैया बाज़ार जा रहे हैं, तो झट मूली की फ़रमाइश कर दी। न जाने किस हकीम ने अम्मा को बताया था कि मूली खा लो, तो प्रेशर कम हो जाता है। बस अब अम्मा अपने सारे दुखों का इलाज मूली को समझती थीं...और यह सच था !

जैसे ही आलिया मूली का रस निकालकर अम्मा को पिलाती, वह कई दिन तक भली-चंगी नज़र आती थीं। यह सारी दवाएँ और डॉक्टर सिर्फ़ दिल की तसल्ली के लिए ही तो हैं ! अब चाहे दस रुपये का इंजेक्शन ले लो या मूली खा लो।

अम्मा की मूली न आयी तो उन्होंने चिल्ला-चिल्लाकर सारे घर को सुना डाला कि अब उनका आख़िरी वक़्त आ गया है। प्रेशर बढ़ता तो अम्मा का गुस्सा भी बढ़ता ही जाता था।

एक अब्बा मियाँ थे कि दमे की शिद्दत से चाहे उनका दम निकल जाए, मगर मुँह से कुछ न कहते। खाँस-खाँसकर उगलदान भरे जाते थे। कोई कुछ दे देता तो खा लेते। कोई पुकारता तो जवाब देते, वरना बीमार मुर्ग़ी की तरह बहत्तर पैबन्दोंवाली रज़ाई में मुँह छिपाये पड़े रहते थे। छोटे बच्चों में उनका बड़ा जी लगता था, मगर बहुएँ बच्चों को उनके पास नहीं जाने देती थीं कि कहीं उनकी बीमारी न लग जाए। यों भी जिस बात से अम्मा और अब्बा मियाँ ख़ुश हों, वह उन्हें ज़हर लगती थी। इसलिए अब्बा मियाँ और अम्मा को सबने मिलकर पागल ठहरा रखा था कि दोनों की हर बात बेतुकी होती है।—क्या करें हम बदक़िस्मत थीं जो इस घर में आयीं। इन दोनों को भुगत रही हैं !...कोई दूसरे ख़ानदान की बहू आती, तो एक ही दिन में मायके जा बैठती।

बड़ी बहू जितनी देर चूल्हे पर बैठती, निरन्तर सास-ससुर पर तनक़ीद (टीका-टिप्पणी) किये जाती, मगर अब्बा मियाँ कुछ न कहते थे क्योंकि उनका सीना लोहार की भट्ठी की तरह उछलता था। इसीलिए अब उन्होंने बीवी से लड़ना भी छोड़ दिया था कि ग़ुस्से के साथ ही खाँसी उठती है और एक बार खाँसी शुरू हो जाए, तो पक्के राग की तरह उतार-चढ़ाव के तमाम पड़ाव तय किये बग़ैर यह हरगिज़ न रुकती थी।

सुबह होती—रोज़ की तरह—रोती, बिसूरती, लड़ती, झगड़ती मनहूस सुबह... आज क्या ख़र्च होगा ? आज क्या खाएँगे सब ? मिर्च ख़त्म हो गयी है। चावल उधार नहीं मिलेंगे। छोटे भैया ने इस महीने पाँच रुपये कम क्यों दिये थे ?

हर दिन रात के जूठे बर्तन आलिया को ही धोने पड़ते थे। रोज़ भाभियों से झिड़कियाँ सुनने के बाद वह गालों से बहते आँसू पोंछकर नल पर बैठकर बर्तन धोने लगती !...आसिमा चूल्हे के पास बैठी चावल पका रही थी। दस बज गये। दोनों

भाइयों के ऑफ़िस जाने का वक़्त हो गया था। जल्दी खाना दो—सब चिल्ला रहे थे। फिर जब आसिमा ने खौलते हुए तेल में करीपत्ता डाला, तो दाल के बघार के छनाके ने सारे घर की भूख जगा दी। दालान में बिछी हुई दरी पर मुन्नी ने चटाई का बना हुआ दस्तरख़्वान लाकर बिछाया। सब बच्चे आस-पास बैठ गये और तामचीनी की छेद पड़ी रकाबियों पर छीना-झपटी होने लगी।

"कमबख़्त ! फ़क़ीरों की औलाद हैं। खाने की खुशबू सूँघते ही दस्तरख़्वान पर आ मौजूद हुए !" बड़े भैया की आवाज़ तो बड़ी बारीक थी झींगुर जैसी, मगर जुबान पर व्यंग्य की ऐसी धार रखी थी कि उनकी बात तीर की तरह कलेजे के पार उतर जाती थी।

सब खाने के लिए इकट्ठे हुए, मगर छोटी बहू कमरे से बाहर न निकली। रात से मियाँ-बीवी की खटपट चल रही थी। छोटी बहू कहती थी कि उसे अब तीसरा बच्चा नहीं चाहिए। इसलिए वह फ़ैमिली प्लानिंग सेण्टर जाकर उसे ठिकाने लगा देगी। इतने बच्चे कैसे पाले जाएँगे ? जच्चगी का ख़र्चा कहाँ से आएगा ? मगर छोटे भैया नहीं मानते ! छोटे भैया बड़े अल्लाहवाले इन्सान थे। पाँच वक़्त की नमाज़ पढ़ते। हर जुमा को मस्जिद के इमाम साहब से शरई अह्काम (आदेश) सुनते थे। फिर आनेवाले मर्द मोमन को कैसे लौटा देते ? छोटे भैया हर बात को दीन (धर्म) की तराज़ू में तौलते थे, सिवाय अम्मा और अब्बा मियाँ की बीमारी के, क्योंकि उसमें ख़र्च करना पड़ता है।

अचानक चूल्हे के पास से किसी चीज़ के गिरने की आवाज़ आयी और आसिमा की चीख़ सुनकर सब दौड़े। अम्मा भी हड़बड़ाकर उठ बैठीं—"क्या हुआ ?"

"हुआ क्या ?...गर्म दाल की हाँड़ी आसिमा के पाँव पर गिरकर फूट गयी !"

"या अल्लाह...अब क्या होगा ?" भाइयों के डर से आसिमा पाँव जलने की तकलीफ़ भूल गयी और कलेजा फाड़कर रोने लगी।

दाल गिरने की ख़बर ने सारे घर को जला डाला था, मगर बड़े भैया के दिल पर बहुत ज़ोर का झटका लगा—"तोड़ डाली हाँडी ? —चलो, क़िस्सा पाक हुआ ...अब दूसरा सालन तो पकने से रहा। इस गधी का दिल तो पकाने में लगता ही नहीं है !"

"आसिमा का सारा पाँव जल गया है बड़े भैया...," आलिया ने ख़फ़ा होकर कहा, तो बड़ी भाभी और छोटी भाभी अपने व्यंग्य-बाणों समेत अपने-अपने कमरों में लौट गयीं।

"चलो—इतनी दाल का नुकसान हुआ, तो क्या हुआ ? बहन के ज़रा-सा छाला आ गया है। अब दौड़ेंगे भाई डॉक्टरों के यहाँ ! हमारी बला से—आज सब भूखे मरें, हम तो अब नहीं पकाएँगी और कुछ !"

"क्या हुआ ? कैसे जल गयी आसिमा ?" अब्बा मियाँ सबसे पूछे जा रहे थे। आसिमा अब ज़ोर-ज़ोर से रो रही थी। साथ में अम्मा की चीख़ो-पुकार–"हमारी तो क़िस्मत ही ख़राब है !"

"यह कुफ्र है कुफ्र !"

"क्या सब दाल गिर गयी ?"

दाल गिरने का दर्द आसिमा के दर्द से ज़्यादा था।

"मुन्नी–मुन्नी ! शान्ता आण्टी से कहना, छालों पर लगाने की कोई दवा दे दें !"

"पोस्टमैन !"

"......"

"भूख लगी है !"

"अम्मा, अब खुश्का काहे से खाएँगे अपन लोग ?"

"मुझे खा लो अब !"

"साली मौत भी नहीं आती !"

"अब मेरा कलेजा खा लो सब !" बड़ी बहू ने धपाधप बच्चे को पीट डाला। उसे जब गुस्सा आता, तो अपने बच्चों को खूब मारती, और फिर रोने बैठ जाती थी। कहते हैं, असल से सूद ज़्यादा प्यारा होता है। इसीलिए पोतों की पीठ पर पड़नेवाले थप्पड़ अम्मा के कलेजे पर लगते थे।

उस वक़्त घर में सब मिलकर चिल्ला रहे थे, लड़ रहे थे, रो रहे थे। पूरी गली इस घर की चीख़ों से गूँज उठी।

अचानक राशिद अली के यहाँ से सबके रोने-चिल्लाने की आवाज़ें बुलन्द हुईं, तो शान्ता समझी कि अम्मा मर गयीं ! –बेचारी बुढ़िया ने बड़े दुःख उठाये, मगर अच्छा हुआ, पाप कटा ! शान्ता उस वक़्त अपने-आप को सँवारने-सजाने में मसरूफ़ थी। अभी रिफ़अत मिरज़ा का फ़ोन आया था। वह नारायण और शान्ता को किसी मुशायरे में ले जाने के लिए आ रहा था। जिस जगह रिफ़अत मिरज़ा साथ हो, वहाँ वह बहुत सज-धज कर जाती थी। जूड़े में गेंदे के फूलों की वेणी सजाये हुए शान्ता गेट पर आयी और फिर आगे बढ़कर उसने राशिद अली के दरवाज़े पर लटका हुआ टाट का परदा उठाया। उनकी चौखट पर मोरी के पास एक लिफ़ाफ़ा पड़ा था। शान्ता ने वह लिफ़ाफ़ा उठाया और अन्दर आयी, तो सबसे पहले उसकी नज़र रोती हुई अम्मा पर पड़ी। वह चौंक गयी, जैसे भूत देख लिया हो।

"तुम्हारे घर में क्या हो गया है आलिया ?" उसने हैरान होकर पूछा।

"दाल की हाँड़ी फूट गयी आण्टी !" सब एकसाथ चिल्लाये और आण्टी को अचानक इस वक़्त अपने घर में देखकर घबरा गये।

"सब गर्म दाल आसिमा के पाँव पर गिर गयी !"

"तो उसके लिए तुम लोग ऐसे चिल्ला रहे हो, जैसे किसी की माँ मर जाए ?" शान्ता को हँसी आ गयी। उसने लिफ़ाफ़ा घड़ौंची पर रखा और वापस जाने के लिए मुड़ी।

"आण्टी आयी हैं !"—सारे घर में भगदड़-सी मच गयी। उससे सब डरते थे। और अदब भी करते थे। वह कभी-कभी उस घर में आ जाती, तो उजाला-सा हो जाता था। आसिमा भी पाँव की जलन को भूलकर जल्दी-जल्दी नल के पास फैले हुए जूठे बर्तन समेटने लगी। अम्मा ने अपना गूदड़ समेटा। बड़ी बहू ने फटी साड़ी का पल्लू सिर पर सँभाला और बड़े भैया जल्दी से अपने कमरे की इकलौती कुर्सी उठाकर बाहर लाये।

"आइए, आइए आण्टी ! कुर्सी पर बैठिए !" आण्टी अपने साथ कितनी खुशबू, कितनी रोशनी, कितनी खुशियाँ समेटकर ले आती थीं। सारा घर महक उठा उसके कपड़ों की खुशबू से। सारा घर चमक उठा उसकी साड़ी के जगमगाते रंगों से। बच्चियाँ तो उसे यों देख रही थीं, जैसे किसी फ़िल्मस्टार को देख रही हों !

"नहीं, अब जाऊँगी...तुम्हारे यहाँ से इतनी ज़ोर से रोने-चिल्लाने की आवाज़ आयी, तो मैं घबरा गयी कि न जाने क्या हो गया है आज ? अब रिफ़अत मिरज़ा आते होंगे !"

"मगर दो मिनट तो बैठो बहन ! बहुत दिनों के बाद आयी हो !" अम्मा ने मैली दरी आगे फैलायी।

"अरी, आलिया चुड़ैल ! जल्दी से चाय बनाकर ला आण्टी के लिए," छोटे भैया चिल्लाये, हालाँकि अच्छी तरह मालूम था कि इस वक़्त घर में न दूध है न शक्कर !

"नहीं-नहीं आलिया ! मैं इस वक़्त चाय नहीं पीऊँगी।" शान्ता ने जल्दी से मना किया। गन्दी प्यालियों में लकड़ी के धुएँ की बदबू वाली चाय से उसे बड़ी कराहत होती थी।

"आपा, आप अपना इलाज क्यों नहीं करातीं ?" उसे अम्मा की हालत देखकर रहम आ गया। बेचारी का ग़रीबी से क्या हाल हो गया है।... "मेरी सास का ब्लडप्रेशर बढ़ गया था, तो तीन महीने नर्सिंग होम में रहीं। अब अच्छी हो गयीं। अपने छोटे बेटे के पास स्टेट्स चली गयीं !"

"अरे अब क्या इलाज करूँ शान्ता ! मेरे तो आख़िरी दिन आ गये हैं। माजिद का ग़म मुझे खा गया है !" अम्मा सिसकने लगीं। शान्ता ने याद किया। अम्मा उससे उम्र में कुछ ही बड़ी थीं। उसकी शादी बहुत ही छोटी उम्र में हुई और उसके बच्चों की शादियाँ भी कम-उम्र में हो गयीं। फिर भी वह नारायण के दोस्तों से इश्क

लड़ाने और नारायण की महबूबाओं से जलने में मसरूफ़ थी। एक लड़की की शादी हो गयी। वह मुम्बई में थी और दूसरी हैदराबाद में। दोनों लड़के बाहर पढ़ने गये थे। कभी-कभार कोई बेटी-दामाद बच्चों समेत आ निकलते, तो शान्ता मेहमानों की तरह उनकी ख़ातिर-तवाज़ो (आवभगत) करती थी। उसे अपने बेटों-बेटियों से कोई शिकायत नहीं थी, न शिकवा ! वह अपने घर में अकेली बहुत खुश थी। बहुत ख़ूबसूरत साड़ियाँ पहनती। बहुत सलीके से मेकअप करती। बहुत अच्छा खाना खाती थी। दिन-रात दोस्तों, सहेलियों में घिरी क़हक़हे लगाती फिरती थी।

''अल्लाह मियाँ ने उसकी क़िस्मत सोने की क़लम से लिखी है,'' अम्मा ठण्डी साँस भरकर कहा करती थीं।

''आण्टी, ज़रा देखिए—मेरा पाँव कितना जल गया है !'' आसिमा ने अपना पाँव दिखाया। ऊपर से पूरी खाल सुर्ख़ हो चुकी थी। आण्टी इस घर से बेज़ार भी थी और बच्चों की हमदर्द भी, क्योंकि यह बच्चे वक़्त-बेवक़्त हर काम के लिए खड़े रहते थे। इसलिए बच्चे भी अपना दुःख-दर्द आण्टी को ज़रूर सुनाते थे।

''ऊई माँ, यह तो बहुत जल गया है। अभी अस्पताल जाकर ऐण्टी-टेटनस इंजेक्शन ले लो !'' शान्ता ने बाहर जाते हुए कहा।

''ज़रा-सी स्याही टपका दो। अभी ठीक हो जाएगा,'' अब्बा मियाँ ने शान्ता के जाने के बाद इत्मीनान से दोबारा लेटकर कहा।

''तो आज भूखे ही जाएँगे ऑफ़िस ?'' बड़े भैया ने पहला मिसरा उठाया और इससे पहले कि सब मिलकर रोना शुरू करते, आलिया ने कहा, ''अरे आण्टी अपना यह लिफ़ाफ़ा यहीं भूल गयीं !''

''नहीं, आण्टी कह रही थीं, यह लिफ़ाफ़ा हमारा है !'' मुन्नी ने कहा।

''हमारा !'' अब्बा मियाँ चौंक उठे, ''अच्छा, वह मेरे पेन्शन की कार्रवाई का जवाब होगा। नारायण ने दिया होगा। लाओ, मुझे दो।'' अब्बा मियाँ की एक आँख पर मोतियाबिन्द था। इसलिए अब महीनों से उन्होंने लिखना-पढ़ना छोड़ दिया था। अटकल से काम चलाते थे।

''बेटे, ज़रा पढ़कर तो देखो। क्या जवाब आया है ?'' उन्होंने बड़ी खुशामद के अन्दाज़ में ख़त बड़े भैया की तरफ़ बढ़ाया।

''भई, ऑफ़िस जाते वक़्त मुझे मत सताइए।'' बड़े भैया के पेट में उस वक़्त आग लगी थी।

''तुम्हारे जाने में तो अभी देर है। ज़रा पढ़कर सुना दो मियाँ,'' अब्बा मियाँ ने खत छोटे भैया की तरफ़ बढ़ाया।

''ओफ़्फ़ोह...आपको तो हर बात की मार पड़ जाती है। अभी मुझे आबिदा को लेकर अस्पताल जाना है। कपड़े बदलना है। बच्चों के लिए कुछ दाल-तरकारी लाना

है। आप तो मज़े में लेटे हैं। मेरे बच्चे चाहे सारा दिन भूखे मरें। किसी को क्या परेशानी है !''

छोटे भैया बोलते ही चले गये। अब्बा मियाँ ने मायूस होकर लिफ़ाफ़े को तकिये के नीचे रख दिया। न जाने महँगाई अलाउन्स कितना बढ़ा होगा ?

आलिया ने अपने मैले हाथ पोंछे और लिफ़ाफ़ा तकिये के नीचे से निकाल लिया।

''अरी, रहने दे। वह अँग्रेज़ी में है। काग़ज़ ख़राब हो जाएगा !''

''तो क्या हुआ ! मुझे अँग्रेज़ी पढ़ना नहीं आती ?'' आलिया ने याद दिलाया कि वह इंग्लिश मीडियम से नौवीं क्लास पास कर चुकी है। चुनांचे उसने फर-फर पढ़ना शुरू किया—

''मिस्टर राशद अली 10119, आज़मपुरा, फ्रॉम सैयद माजिद अली, पोस्ट बॉक्स नम्बर 9944000 जद्दा एयरपोर्ट सऊदी अरब...''

पता पढ़कर सुनाने के बाद आलिया उछल पड़ी—

''अम्मा—अम्मा—माजिद भाई का ख़त आया है ! सऊदी अरब से ख़त लिखा है !''

दो बरस के बाद माजिद का नाम सुनकर सब ही उछल पड़े। यों महसूस हुआ, जैसे सारे घर में ज़लज़ला-सा आ गया है। ताज्जुब और ख़ुशी के मारे किसी के मुँह से आवाज़ नहीं निकल रही थी। फिर घूमती हुई दुनिया अपनी धुरी पर वापस आयी, तो सारा घर एक ख़त के ऊपर झुक गया और बड़े भैया ख़ुशी के मारे काँपते हुए हाथों से छठी बार अब्बा मियाँ को यह ख़त सुना रहे थे—

''मेरी प्यारी अम्मा, अब्बा मियाँ और सब भाइयों-भाभियों की ख़िदमत में क़दम-बोसी।

आप सब की दुआओं से मैं यहाँ ख़ैरियत से रहकर आप सबकी ख़ैरियत नेक मतलूब !

दीगर अहवाल यह है कि मुझे बड़ी कोशिशों के बाद जद्दा एयरपोर्ट पर स्टेनो की मुलाज़मत मिल गयी है। फ़िलहाल पाँच हज़ार रियाल तनख़्वाह मिल रही है। आप सबकी दुआओं से इंशाअल्लाह अगले साल और बढ़ जाएगी।

पाँच हज़ार का एक ड्राफ्ट अब्बा मियाँ के नाम भिजवा रहा हूँ। अगले माह इंशाअल्लाह और पैसे भेजूँगा। इन रुपयों से अब्बा मियाँ और अम्मा का इलाज करवाइए और सब बहन-भाइयों को मिठाई खिला दीजिए ! आलिया, आसिमा, मुन्नी और सब बच्चों को दुआएँ।

आपका बेटा

माजिद''

माजिद...माजिद...माजिद...आज यह नाम आतिशबाज़ी के अनार की तरह कितने सितारे, कितनी रोशनी उछाल रहा था ! अम्मा और अब्बा मियाँ तो ख़ुशी के मारे रोते जा रहे थे। फिर अम्मा सजदे में गिर पड़ीं। बड़े भैया ख़ुशी में ऑफ़िस जाना भूल गये। छोटे भैया की बीवी अस्पताल के बग़ैर अच्छी हो गयीं। कुछ खाये बग़ैर सब बच्चों के पेट भर गये। किसी को याद न रहा कि आज सारी दाल गिर गयी है।...

"बेचारा न जाने कितनी मुसीबतें उठाकर जद्दा पहुँचा होगा..." बड़ी भाभी ने सिर पर पल्लू डालकर कहा और ब्लाउज़ खोलकर छोटे को गोद में ठूँस लिया।

"मुसीबतों के बाद ही राहत मिलती है। देखा, आख़िर हमारी नसीहतें काम आ गयीं न !" बड़े भैया ने यों अकड़कर कहा, जैसे यह सब किया-धरा उनका ही हो।

छोटे भैया तो बार-बार ख़त को यों ग़ौर से देख रहे थे, जैसे यह ख़त किसी ने उन लोगों से मज़ाक़ करने को लिखा हो, मगर अब्बा मियाँ को तो सिर-पैर का होश न था। पाँच हज़ार रुपये की ख़बर ने उन्हें बेदम कर दिया था ! पाँच हज़ार—इकट्ठे पाँच हज़ार...पैंसठ बरस की उम्र में उन्होंने कभी आज तक इकट्ठे पाँच हज़ार न देखे थे। कहीं बड़े भैया ने ग़लती से पाँच सौ के बजाय पाँच हज़ार तो नहीं पढ़ दिये ? इसीलिए उन्होंने एहतियातन घर के हर व्यक्ति से बारी-बारी उसको पढ़वाया। सबने अलग-अलग अन्दाज़ से अलग-अलग मूड में ख़त सुनाया, मगर एक बात सबने पढ़ी। पाँच हज़ार का ड्राफ़्ट भेज रहा हूँ। पाँच हज़ार का ...पाँच हज़ार...पाँच हज़ार...और पाँच हज़ार का नाम सुनते ही अब्बा मियाँ बेअख़्तियार होकर ख़त हाथ से ले लेते थे। कई बार सिर्फ़ छूने के लिए अम्मा ने माजिद का ख़त लेने की कोशिश की, "ज़रा मैं भी तो देखूँ अपने माजिद का ख़त !"

"मेरा लाल...अल्लाह, तेरा लाख-लाख शुक्र है कि वह ज़िन्दा-सलामत है ! मगर इतनी दूर चला गया सात समन्दर पार...न जाने कब उसे देखूँगी ?" अम्मा फिर दुपट्टे से आँसू पोंछने लगीं। अब्बा मियाँ ने उन्हें बड़े ताज्जुब से देखा और ख़त उनके हाथ से छीन लिया !

"क्या पागल औरत है। अल्लाह का शुक्र भी अदा कर रही है, तो अधूरा ! अरे, सिर्फ़ ज़िन्दा-सलामत ही होता, तो कौन-से कमाल की बात थी !"

आख़िर बड़े भैया ने बड़ी एहतियात के साथ वह पिन निकाल डाली, जो माजिद के ख़त को पाँच हज़ार के ड्राफ़्ट से बाँधे हुए थी, क्योंकि अम्मा, आलिया और भाभियाँ बार-बार उस ख़त को पढ़ना चाहती थीं और बड़े भैया और अब्बा मियाँ ड्राफ़्ट को देखने पर ज़ोर दे रहे थे। बड़ी देर के बाद अब्बा मियाँ के हाथों की कँपकँपी ख़त्म हुई और ज़बान क़ाबू में आयी, तो उन्होंने सबकी तरफ़ देखकर आहिस्ता से कहा, "अभी किसी से यह बात मत कहना। ज़माना ख़राब है !"

"हाँ, मुहल्ले में किसी को कानों-कान ख़बर नहीं होना चाहिए, अलबत्ता माजिद की ख़ैरियत की इत्तिला सबको दे देना चाहिए !" बड़े भैया को भी पाँच हज़ार की दहशत दहला गयी थी।

आज कोई ऑफ़िस नहीं गया, न किसी को गिरी हुई दाल याद आयी। आसिमा अपने पैर पर दवा लगाना भूल गयी। छोटी भाभी को फ़ैमिली प्लानिंग सेण्टर जाना याद न रहा। पाँच हज़ार घर में हों, तो पाँच बच्चे पाले जा सकते हैं !

दूसरे दिन सुबह सवेरे घर में ईद की-सी चहल-पहल थी। सब जल्दी-जल्दी उठ बैठे। न कोई लड़ाई, न झगड़ा। आलिया ने झटपट बर्तन धो डाले। बड़ी बहू ने मज़ेदार सब्जी बनायी और नाश्ता करते वक़्त हँसी के मारे छोटे भैया को अच्छू लग गया। फिर आलिया ने सन्दूक़ के किसी कोने से एक तुड़ी-मुड़ी पुरानी शेरवानी निकालकर हाथों से इस्त्री की और अब्बा मियाँ को पहनायी, क्योंकि बीमारी से हार मानकर वह अब महीनों घर से बाहर न निकलते थे। कभी अस्पताल जाना पड़ता, तब शेरवानी पहनने की ज़रूरत पड़ती थी, लेकिन आज बड़े भैया का ढीला-ढाला पाजामा, छोटे भैया की चप्पल, पुरानी रामपुरी टोपी, हाथ में छड़ी थामे कितने नये-नये लग रहे थे। आज मुद्‌दतों बाद वह यों सज-धजकर तैयार हुए थे, वरना अब तो वह मैला कुरता और लुंगी पहने तख़्त पर लेटे खाँसते रहते थे।

माजिद का लिफ़ाफ़ा उन्होंने एक रूमाल में लपेटकर शेरवानी के नीचे सदरी की जेब में रख लिया था। फिर जब वह बैंक जाने के लिए बड़े भैया के साथ ऑटो-रिक्शा में बैठे, तो छोटे भैया भी साथ हो लिये, जैसे इतनी बड़ी रक़म के साथ अब्बा मियाँ को सिर्फ़ एक आदमी की हिफ़ाज़त में भेजना ख़तरे से ख़ाली नहीं था। अम्मा, दोनों भाभियाँ, और सब लड़कियाँ दरवाज़े का टाटवाला परदा हटाकर उनके जाने का तमाशा देख रही थीं।

आज सूरज कितना चमकीला था। धूप कितनी अच्छी लग रही थी। कल की अँधेरी रात में किसने सोचा था कि आज का सूरज माजिद का नाम लेकर चमकेगा ? आज अब्बा मियाँ सबकी नज़रों में बेहद अहम हो गये थे कि उनके नाम पाँच हज़ार का ड्राफ़्ट आया था। अगर ख़ुदा-न-ख़ास्ता ड्राफ़्ट पर दस्तख़त करने से पहले उन्हें कुछ हो जाए तो...! इसीलिए तो दूरअन्देश बेटे उन्हें फूल की तरह सँभाले सुबह-सवेरे बैंक की तरफ़ लेकर भागे और दोनों सहारा देकर सीढ़ियाँ चढ़ाने लगे, मगर दालान से पाख़ाने तक जाते में हाँफने वाले अब्बा मियाँ में आज बड़ी फ़ुर्ती और ताक़त आ गयी थी। वह एक प्रतिष्ठित और आत्मविश्वासी इन्सान की तरह जमा-जमाकर क़दम रख रहे थे, क्योंकि फ़िलहाल उन्होंने मर जाने का इरादा त्याग दिया था।

बैंक के कैशियर ने हज़ार-हज़ार के रुपये की पाँच गड्डियाँ अब्बा मियाँ के आगे सरकायीं, तो बड़े भैया जल्दी से आगे बढ़े, मगर अब्बा मियाँ ने अपनी छड़ी के धक्के

से उन्हें वहीं रोक लिया, क्योंकि अम्मा ने चुपके-चुपके सारी रात उन्हें हिदायतें दी थीं कि रुपया इन लुटेरे बेटों से कैसे बचाना है और इतनी बड़ी रक़म को वह घर कैसे लाएँगे, चुनांचे इसी हिदायत के मुताबिक अब्बा मियाँ ने नोटों की गड्डियाँ झोले में डालकर सीने से लगा लीं कि उनके दिल की धड़कन बढ़ गयी।

अचानक उन्हें महसूस हुआ कि वह दुश्मनों में घिरे हुए हैं। सारी दुनिया चोर-उचक्कों से भरी हुई है। वहमों, ख़तरों और अन्देशों ने उन्हें घेर लिया।

वह लोग घर पहुँचे तो अम्मा, बेटियाँ और बहुओं समेत दरवाज़े में खड़ी इन लोगों का इन्तज़ार कर रही थीं। अब्बा मियाँ ने रुपये अम्मा की तरफ़ बढ़ाये तो वह थरथर काँपने लगीं !

"नहीं-नहीं, अपने पास ही रहने दो। इतने बहुत-से रुपये मैं कैसे सँभालूँगी...?"

उस शाम सारी पड़ोसनें अम्मा को माजिद के ज़िन्दा-सलामत रहने पर मुबारकबाद देने आयीं (पाँच हज़ार की बात सबसे छिपायी गयी थी) भाभियाँ और लड़कियाँ भी अम्मा को घेरे बैठी थीं और माजिद की पैदाइश का दिलचस्प क़िस्सा सुन रही थीं। बड़ी भाभी तो बार-बार घबराकर सोचती—"अगर उस बुढ़िया का नुस्ख़ा कारगर हो जाता और अम्मा का अबॉर्शन हो जाता, तो...?"

लोग-बाग़ अम्मा और अब्बा मियाँ को मुबारकबाद देने चले आ रहे थे। माजिद ज़िन्दा है। जद्दा में नौकर हो गया है। सच है, औलाद की मुहब्बत भी क्या चीज़ है ! एक ही दिन में माँ-बाप के चेहरे पर कैसी रौनक़ आ गयी है। वे बेचारे क्या जानें कि यह रौनक़ पाँच हज़ार रुपयों से आयी है !

घर आते ही अब्बा मियाँ ने बड़े भैया से गोदरेज का बड़ा-सा ताला मँगवाया। अम्मा के लोहे के सन्दूक़ में अब्बा मियाँ की निगरानी में बड़े भैया ने वह रुपयों-भरा झोला सन्दूक़ में रखा और कुंजी अब्बा मियाँ ने ले ली। फिर बड़ी एहतियात से अज़ारबन्द में बाँधकर कमर में उड़ुस ली। अम्मा सिर पीटती रहीं कि कुंजी वह अपने पास रखेंगी, क्योंकि इस घर का यही दस्तूर है; मगर अब्बा मियाँ हरगिज़ न माने। औरत ज़ात पर उन्हें एतबार है या नहीं, यह विषय अलग था, मगर आज तो वह अम्मा-जैसी अहमक़ औरत पर भरोसा नहीं कर सकते थे। वैसे भी ड्राफ़्ट उनके नाम पर आया था। लिहाज़ा किसी को बीच में बोलने का हक़ नहीं था।

अचानक सारे घर को अब्बा मियाँ की अहमियत का एहसास हो रहा था। वह खुद भी चौकन्ने, कान खड़े किये, तख़्त पर बैठे लोगों की सरगोशियों पर नज़र रखे हुए थे। एक हफ़्ते बाद माजिद का दूसरा ख़त आया।

"सौ-सौ रुपये सब बच्चों में तकसीम कर दीजिए। एक-एक हज़ार दोनों भाभियों को दे दीजिए। अब्बा और अम्मा को किसी अच्छे डॉक्टर को दिखाइए।

अम्मा के लिए रोज़ाना पाबन्दी के साथ मूली, सेब और दूध ज़रूर मँगवाना ! अब्बा मियाँ के लिए बादाम और अम्मा के लिए एक साड़ी, अपने एक दोस्त के हाथ भेज रहा हूँ। पैसों की बिलकुल फ़िक्र मत करना !"

मगर इस बार माजिद का ख़त अब्बा मियाँ ने सिर्फ़ एक बार ही सुना और लेकर अपने तकिये के नीचे रख दिया। बड़े भैया और छोटे भैया सारे घर में चिल्लाते फिरे कि निकालिए हमारे एक-एक हज़ार, लेकिन अब्बा मियाँ तो जैसे बहरे हो गये थे कि किसी की चीख़ो-पुकार का उन पर कोई असर ही न होता था। "वह अभी बच्चा है। पैसे की क़द्र क्या जाने ! कुछ भी बेवकूफ़ी की बातें लिखता रहे। उसकी इतनी मेहनत की कमाई क्या मुफ़्त में लुटाने के लिए है ?"

फिर सबने सोचा, अब ख़ैरियत इसी में है कि अब्बा मियाँ की ख़ुशामद करो। इसके लिए दोनों बहुएँ दिन-रात अम्मा और अब्बा मियाँ के आस-पास खड़ी रहती थीं। कोई गर्म दूध लिये आ रही है, तो कोई सोते वक़्त दवा खिलाने आयी है। हर-एक की यही कोशिश थी कि वह अब्बा मियाँ की ज़्यादा से ज़्यादा ख़िदमत करे, मगर सुबह-शाम दस-दस रुपये के नोट हाथों से देने पड़ें, तो कौन-सा टॉनिक असर करेगा ? अब्बा मियाँ के दिल का सुकून ही ख़त्म हो गया था। अब वह सारा दिन सन्दूक़ की चाबी अज़ारबन्द में टटोले जा रहे थे। लेटते, तो चुपके-चुपके रुपयों का हिसाब-किताब जोड़ते रहते। रात को गहरी नींद ही न आती थी। यों लगता, जैसे कोई उनका सन्दूक़ खोल रहा है। कोई उनके सिरहाने खड़ा है। फिर जब सब सो जाते थे, तो आधी रात को उठकर अब्बा मियाँ सन्दूक़ खोलते। रुपये गिनकर इत्मीनान करते थे कि कोई नोट कम तो नहीं हुआ है।

"मेरे माजिद की कमाई सब साले खा रहे हैं ! मुझे लूट रहे हैं ! आख़िर इस घर का ख़र्च कितना बढ़ गया है ?"

बड़ी बहू अम्मा को डॉक्टर के पास ले गयी। उसने पच्चीस रुपये फ़ीस ली। पचास रुपये की दवाएँ लिखीं, लेकिन अब्बा मियाँ ने दवा के लिए सिर्फ़ दस रुपये दिये। ज़्यादा दवाएँ खाने से फ़ायदे के बजाय उलटा नुकसान होता है और अम्मा तो दवा खाये बग़ैर ही सेहतमन्द हो चुकी हैं अब !

अलबत्ता खुद अब्बा मियाँ को अब अचानक बेशुमार बीमारियों ने आ घेरा था। इसलिए वह सुबह-सवेरे बादाम का हरीरा पीते थे। दोपहर को गोश्त का सूप। फिर मौसम के फल, मिठाइयाँ, ताक़त की दवाएँ, टॉनिक...कहीं मैं मर न जाऊँ...यह साले मेरे माजिद के रुपये से ऐश करेंगे। अकेले अब्बा मियाँ खुद अपनी हिफ़ाज़त में लगे हुए थे।

अब की बार ख़त में माजिद का फ़ोटो आया। शाम को आलिया ने अचानक बड़े भैया को यह रंगीन फ़ोटो दिखाया, तो उन्होंने बिलकुल न पहचाना ! शानदार

काला सूट पहने, टाई लगाये, लहरियेदार बाल जमाये, हाथ पर घड़ी बाँधे यह मोटा-ताज़ा माजिद एक रंगीन परदे के आगे सोफ़े पर बैठा कलर टी. वी. देख रहा था।

"मुझे दे दो अब," अम्मा ने फ़ोटो को हज़ारों बार प्यार किया। सीने से लगाया और बिलकुल उसी तरह अपनी गुदड़ी में छिपा लिया, जैसे अब्बा मियाँ ने पाँच हज़ार रुपये दबा लिये थे। जब भी अम्मा फ़ोटो को सीने से लगातीं तो यों लगता, जैसे भरी बरसात में कीचड़ में डूबा हुआ माजिद जो अँधेरी गली में खो गया था, आज उनके सीने से आ लगा है। उनका जी चाहता, अभी तकिये के नीचे से बासी रोटी की पुड़िया निकालकर उसे थमा दें। कैसा खुश हो जाता था वह रोटी थामकर ! फिर बड़े भैया ने उस फ़ोटो को सुनहरे फ्रेम में लगवाया और दालान की बीचवाली दीवार पर टाँग दिया। कितना अच्छा लग रहा था अब दालान ! उस फ़ोटो ने सारे घर को उजाल दिया था।

"अज़ीज़ी नूरे-चश्मी माजिद सल्लमा, तूले उमरा, बाद अज़ दुआ दराज़ी उम्र व इक़बाल, वाज़ेह हो कि..."

माजिद को ख़त-पर-ख़त लिखे जाते थे।—अब्बा मियाँ अन्धी आँखों से टटोलकर लिखते—"डियर माजिद..." बड़े भैया लिखते—"माजिद मियाँ !"....छोटे भैया लिखते—"माजिद भैया !" ...बड़ी भाभी लिखतीं—"मेरे प्यारे भैया !" ...आलिया लिखती—"मेरे लिए वूली जार्जेट की साड़ी, ट्रांज़िस्टर, पर्फ़्यूम, तालियाँ बजानेवाला जोकर, 555 के सिगरेट, टेरीवूल की शेरवानी और टेरीकाट के पैण्ट...पल-भर में हर चीज़ को पीस डालने वाला ग्राइण्डर...बड़े भैया के लिए चिल्लाते रंगों वाली टीशर्ट और अम्मा के लिए सोने की चूड़ियाँ !..."

इतनी फ़रमाइशों से लदा-फँदा माजिद एक दिन प्लेन से उतरा। अब्बा मियाँ और अम्मा एक सूखे चमरख बे-हज़ामत बेवकूफ़ चेहरे को ढूँढ़ते रह गये और खुशबू में महकता हुआ माजिद अम्मा से आकर लिपट गया। शानदार सूट पहने। गले में कैमरा लटकाये, हाथ में एक नये मॉडल का टेप-रिकार्डर थामे, उसने अब्बा मियाँ के पाँव छुए। भाइयों और भाभियों के आगे झुका। खुशी के मारे सब ही रो रहे थे। माजिद समेत ! यों लग रहा था, जैसे किसी वाशिंग-मशीन ने माजिद को धो डाला हो। वह बहुत गोरा हो गया था। ख़ूब मोटा हो गया था। बेहद खुश-अख़्लाक़ और खुश-मिज़ाज हो गया था। पैसे की पॉलिश ने उसे रगड़-रगड़कर चमकाया था।

फिर वह सामान लेने एयरपोर्ट की एक क़तार में जा खड़ा हुआ। किसी जादू के ज़ोर से दो सूटकेस अपने-आप दौड़ते हुए आये और अब्बा मियाँ के सामने रुक गये। लपककर एक सूटकेस बड़े भैया ने उठाया। दूसरा छोटे भैया ने...। हाई हील के चमकीले नुकीले शूज़ पहने, गले में कैमरा डाले, एक हाथ में टेप-रिकार्डर थामे

और दूसरे हाथ से अम्मा को थामे माजिद सबके आगे-आगे चलने लगा। दोनों भाई सूटकेस उठाये, खुशी के मारे हाँफते हुए पीछे-पीछे आ रहे थे। अकेले अब्बा मियाँ को बार-बार रुककर पीछे आनेवाले सूटकेसों को देखना पड़ता था।

'अल्लाह के नाम पर बाबू !...अल्लाह कमाई में बरकत दे'—एक भिखारिन ने हाथ फैलाया, तो माजिद ने दस रुपये का नोट निकालकर उसके हवाले किया।

''पूरे दस रुपये दे दिये। क्या तू पागल हुआ है ?'' अम्मा का कलेजा दहल गया।

''चलिए, चलिए...'' उसने मुस्कराकर अम्मा को टैक्सी में बिठाया।

''अब अगले साल आपको और अब्बा मियाँ को हज के लिए ले जाऊँगा। मुझे साल में दो बार एयर-लाइंस के पास मिला करेंगे। जहाँ चाहूँ, घूमने के लिए जा सकता हूँ !...आलिया की शादी जल्दी से कर दीजिए ! कोई लड़का देखा ?'' टैक्सी में माजिद कितनी बड़ी-बड़ी बातें कर रहा था। ताज्जुब के मारे अम्मा का मुँह खुला हुआ था। उन्होंने ज़ोर से अपनी कलाई में चुटकी ली। कहीं यह ख़्वाब तो नहीं है ?

''आपके लिए है आण्टी !''—एक दिन माजिद नारायण के घर आया और पॉलिथिन का एक बैग मेज़ पर रखा। वह उस वक़्त अमेरिकन जीन्स पहने हुए था और बहुत क़ीमती शर्ट। खुशबू में महकता हुआ। बैग में एक जापानी नेलक्स की साड़ी थी आण्टी के लिए और नारायण रेड्डी के लिए एक कमीज़ और पर्फ़्यूम !

''वेरी नाईस। थैंक यू बाबा !'' नारायण ने उसे खुशी के मारे गले लगा लिया। ''मैं हमेशा राशिद भाई को बोलता था कि आपका यह बेटा बहुत तरक्क़ी करेंगा, मगर वह कभी मेरी बात नहीं सुनते थे !''

(तेरी माँ की साले...यहाँ से जाता है हरामज़ादे या दूँ एक लात...नीचे आकर ...भों-भों...कुत्ते भौंक रहे थे। बादल गरज रहे थे। माजिद के कानों में बड़ी चीख़ो-पुकार मची हुई थी !)

वह बार-बार माथे से पसीना पोंछ रहा था।

शान्ता ने साड़ी देखी, तो खिल उठी, ''तुमने क्यों तकलीफ़ की बेटे ! तुमको भगवान अच्छा रखे। इत्ती दूर जाकर भी हम लोगों को नहीं भूले...''

''क्यों...? क्या मैं आपका बेटा नहीं हूँ, आण्टी ?''

''हाँ, हाँ, क्यों नहीं बेटा ! अब तुम ही लोग हो हमारे साथ !'' शान्ता के हालात बिगड़ गये थे। नारायण रेड्डी पर रिश्वत लेने के इल्ज़ाम में केस चल रहा था। वह मुअत्तल हो चुका था। उसके बेटे ने अमेरिका से लिखा था कि इससे पहले कि अदालत की कार्रवाई मुकम्मल हो, आप मकान बेचकर यहाँ आ जाइए ! अब उसके

घर के वह धूम-धड़ाके ख़त्म हो चुके थे। सारे पड़ोसियों से उसने मकान बेच डालने की बात कह दी थी।

फिर शान्ता ट्राली खींचती हुई अन्दर आयी। गर्म-गर्म पकौड़ियाँ, सेब, मिठाई ! (कभी यह चीज़ें मँगवाने के लिए शान्ता माजिद को बाज़ार दौड़ाया करती थी !)

"अरे, इतने तक़ल्लुफ़ की क्या ज़रूरत थी आण्टी !" माजिद ने उठकर फ़ैन ऑन किया।

"माफ़ कीजिए। एयरकण्डीशण्ड कमरों में रहने की वजह से आदत हो गयी है मुझे। जब से इण्डिया आया हूँ, इतनी गरमी लग रही है," उसने खुशबू से महकते हुए रूमाल से मुँह पोंछकर कहा, "अंकल, मैंने सुना है, आप यह मकान बेच रहे हैं। क्या क़ीमत लेंगे आप इसकी ?"

"माजिद...माजिद...माजिद...!"

"जी, फ़रमाइए," वह फलों भरी डाली की तरह पुकारनेवाले की तरफ़ झुक जाता था। फिर एक दिन बड़े भैया ने माजिद को अपने कमरे में बुलाया और बड़ी बहू ने ख़ूब उसके कान भरे–

"अब्बा जान तो हमें एक-एक पैसे के लिए तरसाते हैं। हम पर एक हज़ार रुपये कर्ज़ हो गया है। बच्चों के पास कपड़े तक नहीं रहे हैं !"...

"तुम लोग मुझसे छिपकर माजिद से क्या बातें कर रहे थे ?" अब्बा मियाँ चिल्लाये, "मेरे ख़िलाफ़ साज़िशें हो रही हैं ?" अब्बा मियाँ रूस, अमेरिका और चीन के दरम्यान घिरे हुए खड़े थे। तमाम बड़ी ताक़तें उन्हें अपनी तरफ़ खींच रही थीं। इसलिए घर में ख़ूब लड़ाई-झगड़े, तू-तू मैं-मैं हो रही थी।

"चार बच्चों का ख़र्च इस तनख़्वाह में कैसे पूरा करूँ ?" एक दिन अब्बा मियाँ को हमाम में देखकर छोटे भैया ने नौहे (शोकालाप) का पहला मिसरा उठाया–"तुम्हारी भाभी तो इस बार अबॉर्शन कराने की ज़िद कर रही है, मगर मैं इतना बड़ा गुनाह करने को तैयार नहीं हूँ !"

"अरे, नहीं छोटे भैया ! आप इतनी छोटी-छोटी बातों की फ़िक्र क्यों करते हैं ? भाभी की डिलीवरी का ख़र्च मैं भेज दूँगा...और हाँ–यह बच्चों के दूध का कितना ख़र्च होता है हर महीने ?"

फिर माजिद ने खुले आँगन में अम्मा के लिए एक कमरा बनवाया, घर की सफ़ेदी हुई। नयी चारपाइयाँ, ऊनी कम्बल, चाय की प्यालियाँ, और बेड-शीट ख़रीदे गये। अम्मा अब हर वक़्त अपने भयानक अतीत को याद करना नहीं चाहती थीं। इसलिए उन्होंने पैबन्दोंवाली रज़ाई लपेटकर मचान पर रख दी। आलिया, आसिमा और मुन्नी फिर स्कूल जाने लगीं। घर में काम करने के लिए एक नौकरानी रखी गयी। दोनों भाभियों के लिए माजिद ने चार-चार नये जोड़े बनवाये। उन दोनों के

लिए साड़ियाँ भी ख़रीदी गयीं। अब्बा मियाँ की आँखों का ऑपरेशन हुआ। अम्मा भूल ही गयीं कि वह ब्लडप्रेशर की मरीज़ थीं। दिन-भर उन्हें मज़ेदार खानों और फलों की याद आती रहती थी।

एक दिन शान्ता के यहाँ किसी की दावत हुई, तो उसने माजिद के लिए भी मुर्ग़ की बिरयानी और बघारे बैंगन का हिस्सा भेजा। बड़ी भाभी ने उस खाने में पचासों ऐब निकाले। आलिया ने खूब मज़ाक़ उड़ाया।

''आण्टी बड़ी कंजूस हैं। बिरयानी में गोश्त नहीं डाला है !''

''मैं हिन्दुओं के यहाँ का खाना नहीं खाता हूँ !'' माजिद ने त्योरी पर बल डालकर प्लेट आगे सरका दी।...

माजिद के जाने के बाद दोनों भाभियाँ अब्बा मियाँ के हुक़्म की मुन्तज़िर (प्रतीक्षारत) रहती थीं। सुबह बड़ी देर तक नौकरानी अब्बा मियाँ के सिरहाने खड़ी रहती, मगर गोश्त, तरकारी के पैसे बड़ी देर में मिलते थे।

''गोश्त कितने का आया ? तेल आज फिर क्यों मँगवाया ? चावल इतनी जल्दी कैसे ख़त्म हो गये ?'' अब्बा मियाँ की जान को हज़ारों फ़िक्रें लगी हुई थीं। वह जब ढाई सौ रुपये कमाते थे, तो महीने में सिर्फ़ एक बार तनख़्वाह घर लाते वक़्त इन रुपयों को छूते थे। उसके बाद वह नहीं जानते थे कि बीवी किस तरह खींच-तानकर महीने का ख़र्च पूरा करती थी, मगर अब तो रुपये देते वक़्त उनकी जान पर बन जाती।

''मेरे बेटे की कमाई यह मुफ़्तख़ोरे लुटा रहे हैं,'' और फिर वह दोनों बड़े बेटों को गालियाँ देने लगते हैं। दिन-भर एक कॉपी पर ख़र्च होनेवाले पैसों का हिसाब लिखा करते थे। अब दमे के दौरे और खाँसी के फन्दे न जाने कब रास्ता भूल गये—इधर का ! कंजूसी के मारे वह सबसे कम खाते। किसी फल को हाथ नहीं लगाते थे। कुछ तो ख़र्च कम हो। माजिद ने उनके लिए जितने कपड़े ख़रीदे, वह उन्होंने सँभालकर सन्दूक़ में रख दिये थे।

एक दिन क्या देखते हैं कि बड़े भैया एक नया सूट पहने आईने के सामने खड़े पर्फ़्यूम उँड़ेल रहे हैं कपड़ों पर...

''यह कपड़ा कहाँ से आया ?'' अब्बा मियाँ ने ऐनक माथे पर अच्छी तरह जमाकर उन्हें ग़ौर से देखा।

''यह आपकी शेरवानी के लिए माजिद लाया था। मैंने उसे कह दिया—आपके तो इतने कपड़े सिले रखे हैं, पहनते ही नहीं।'' अम्मा ने निहायत बेपरवाही के साथ पान का बीड़ा मुँह में रखकर कहा।

''क्या ? मेरा कपड़ा मेरी इजाज़त के बग़ैर उसे दे दिया ?... ओफ़्फ़ोह ! इतनी हिम्मत हो गयी तुम्हारी ! क्या तू यह समझती है कि मैं मर गया हूँ ! अभी से

मेरे कपड़े बाँटना शुरू कर दिये ? ठहरो, अभी माजिद को ख़त लिखता हूँ !"

"तुम्हारे बेटे ही को तो दिया है। अपने मायके तो नहीं ले गयी !" दवाओं और फलों ने अम्मा की जुबान पर भी अब धार रख दी थी।

"सब मिलकर मुझे लूट रहे हैं। माँ-बेटों ने मिलकर मेरे ख़िलाफ़ साज़िश कर ली है कि मुझे पागल बना दें !"

अब्बा मियाँ दिन-रात शोर मचाते रहते थे। बात-बात पर गुस्सा आता। सबको शक़-भरी नज़रों से देखते थे। फिर तकिये के नीचे से पार्कर पेन निकाल एयरोग्राम पर खत लिखने बैठ जाते थे--

"जाने पिदर, माजिद मियाँ, तूले-उमरा..."

इतने बेशुमार शिकायतनामों के जवाब में माजिद ने लिखा--

"आप जल्दी से आलिया के लिए लड़का ढूँढ़िए। मैं उसे यहाँ मुलाज़मत का वीज़ा दिलवा सकता हूँ ! दस हज़ार कैश और सऊदी अरब में नौकरी..."

धड़ाधड़ पैग़ाम आने लगे। आलिया तो सूरत-शक़्ल की भी अच्छी थी। रंग अब और निखर गया था ! माजिद भाई के भेजे हुए मेकअप ने चेहरे पर एक नयी पॉलिश कर दी थी। अब तो कॉलेज में भी जाने लगी थी। इसलिए जो पैग़ाम आता, वह नाक सिकोड़कर इनकार कर देती--"ऊँह ! यह मुँह और मसूर की दाल ! अख थू...सूरत तो देखो, उलटा तवा। सिर्फ़ बी. ए. पास है लड़का। वह तो अभी से गंजा है !" आलिया को कोई लड़का पसन्द भी न आता था। लड़की देखने के लिए आनेवाली औरतों में अम्मा और भाभियों को सौ ऐब नज़र आते थे।

"निरी फूहड़ हैं। कपड़े पहनने का सलीक़ा तक नहीं है। बेजोड़ ब्लाउज़ पहने थी, बहन !"

"लड़के की माँ तो बिलकुल गाँववाली लगती है !"

"किराये के मकान में रहते हैं। ज़ाती घर तक नहीं है, और चले आये बड़े ऊँचे ख़्वाब देखने !"

आलिया को तो वह डॉक्टर बहुत अच्छा लगता था, जो एक बार अम्मा का चेकअप करने आया था। गोरा-चिट्टा, छैल-छबीला ! पाँच मिनट में पचास रुपये ले गया। महीने-भर में कितना कमाता होगा ? इसलिए जो पैग़ाम आता, वह साफ़ इनकार कर देती। कॉलेज में भी चुन-चुनकर अमीर लड़कों से पेंगें बढ़ाती थी कि कोई तो झाँसे में आएगा। हर दिन नये कपड़ों में नये मेकअप के साथ कॉलेज जाती थी। इसलिए कॉलेज के लड़कों में वह बड़ी जल्दी मक़बूल हो गयी, मगर अब्बा मियाँ ने अपनी दकियानूसी चाल न छोड़ी। वह जब फ़र्स्ट शो देखकर हँसती-गाती घर आती थी, तो अब्बा मियाँ दीदे निकालकर घूरते--"कहाँ गयी थी हरामज़ादी ? टाँगें तोड़कर फेंक दूँगा, अगर कॉलेज के बाद कहीं और गयी तो..."

"मारे फ़ैशन के दुपट्टा भी उतार फेंका है बेहया ने !" अम्मा को खुद लाज आती थी दुपट्टे के बग़ैर उछलती-कूदती आलिया को देखकर !

माजिद हर ख़त में पूछता था—आलिया का रिश्ता कहीं तय हुआ है या नहीं ?

अब्बा मियाँ उड़ती चिड़ियों के पर गिनते। समझ गये कि असल में माजिद को अपनी शादी की जल्दी है। चलो, यही ठीक है। जब तक आलिया को कोई लड़का पसन्द आए, माजिद की शादी क्यों न कर दी जाए। चुनांचे दुल्हन ढूँढ़ने की मुहिम ज़ोर-शोर से शुरू कर दी गयी।

रोज़ अम्मा और भाभियाँ किसी-न-किसी लड़कीवालों के घर पहुँच जाती थीं। केक-पेस्ट्री, फल, मिठाइयाँ खाते-खाते जी ऊब गया। सब-कुछ मज़ेदार मिलता था, मगर लड़की निरी सूखी अमचूर की गाँठ ! और दहेज़ की बात करो, तो कोई दस-बारह हज़ार से आगे की हामी न भरता ! एक दिन अम्मा ने बड़े भैया से कहा, "अगर माजिद को ज़ोड़े की रक़म में बीस हज़ार मिल जाएँ, तो हम आलिया के लिए एक डॉक्टर दूल्हा भी ढूँढ़ सकते हैं, क्योंकि आजकल डॉक्टर और इंजीनियर लड़कों का यही रेट चल रहा है !"

"बीस हज़ार...?" दोनों भाइयों के मुँह से राल बहने लगी। अपने दोनों बड़े बेटों के लिए तो अम्मा ने अपने ही बहन-भाइयों की मुश्किलें आसान की थीं। न जोड़े के रुपये मिले, न दहेज़ में सोना-चाँदी और फ़र्नीचर आया। दूल्हे को किसी ने मुँह-दिखाई में घड़ी तक न दी ! किसी बड़े-से फंक्शन-हाल में दूल्हे के लिए रंग-बिरंगे कुमकुमों (बल्बों) वाला शामियाना न लगा और न दरवाज़े पर नौबत बजी। बस दो-चार दिन पड़ोसियों ने रातों को मिलकर ढोल पीटा और नबड़े गाये और एक दिन अम्मा टैक्सी में बिठाकर बहू को घर ले आयीं। कई दिन बाद जब मुहल्ले वालियाँ दुल्हन का मुँह देखने आयीं, तो दुल्हन चूल्हे के पास बैठी रोटियाँ पका रही थी। हाथ धोकर मुँह पर घूँघट डालकर वह पड़ोसन खाला को सलाम करने आती, मगर अब की बार अम्मा ने दुल्हन वालों से साफ़-साफ़ कह दिया—सेहरा इतनी धूम से आए कि आज तक किसी का न आया हो ! पूरी बिल्डिंग पर रोशनी होगी ! किंग कोठी के बावर्ची चौथी का खाना पकाएँगे। दूल्हा को हीरे की अँगूठी चाहिए। बीस हज़ार जोड़े की रक़म देनी होगी !

दुल्हन वालों ने शादी की यह सब शर्तें मान लीं, मगर हर चीज़ में बराबरी करनी थी। इसलिए ख़ूब धूम-धाम हुई। अब्बा मियाँ ने दाँतों से पकड़-पकड़कर जितना पैसा जमा किया था, उससे अम्मा और बहनों ने अरमान निकाले।

"बड़े लोगों में रिश्ता हो रहा है, इसलिए किसी बात में कमी न हो, वरना नाक कट जाएगी," —बार-बार माजिद अम्मा को जताता था। सारे ख़ानदान में धूम मच गयी इस शादी की !

दुल्हन बड़े बाप की बेटी थी। भाई अमेरिका और सऊदी अरब में कमा रहे थे। इसलिए दुल्हन बेहद नाज़ुक-मिज़ाज थी। कपड़े, ज़ेवर, सब उसकी पसन्द से ख़रीदे गये। फिर मुँह-दिखाई के वक़्त दुल्हन के वालिद ने बीस हज़ार का ड्राफ़्ट दुल्हन के नाम बनाकर अम्मा के हाथ में थाम दिया।

"मगर मुझे तो कैश चाहिए। शादी पर बहुत रक़म ख़र्च हो गयी है," अब्बा मियाँ परेशानी के मारे हकलाने लगे।

"आहिस्ता बोलिए," माजिद ने सेहरे की लड़ियाँ मुँह पर से हटाकर अब्बा मियाँ से कहा, "यह क्या छिछोरी बातें कर रहे हैं आप ? कुछ तो मेरी इज़्ज़त का ख़याल कीजिए !"

दुल्हन के लिए ऊपर जो कमरा बनाया गया था, और जिसे सजाने-सँवारने में बड़े भैया ने बेहद मेहनत की थी, उस छोटे से कमरे में दुल्हन का दम घुटने लगा। दूसरे दिन से माजिद भी दुल्हन के घर ही रहने को चला गया; और एक हफ़्ते बाद वे हनीमून मनाने कश्मीर गये।

पन्द्रह दिन बाद लौटे, तो दुल्हन मायके में उतरी।

जिस दिन वह थोड़ी देर के लिए सास-ससुर को सलाम करने के लिए आयी थी, तो माजिद घबराया-घबराया-सा फिरता रहा—"यह गन्दे बिस्तर हटाओ। चाय का नया सेट निकालो। अम्मा, कोई अच्छी-सी साड़ी पहनो न ! मुर्ग़ रोस्ट करना ! कोई बच्चा बदतमीज़ी न करे।...अब्बा मियाँ ज़्यादा बातें मत किया कीजिए !"

उस दिन सुबह से दोनों भावजें और बहनें चूल्हे के पास बैठी अच्छे खाने तैयार करती थीं। बड़े भैया बड़ी सुघड़ता से दस्तर-ख़्वान पर खूबसूरत डिशें सजाते, और छोटे भैया हाथ में साफ़ तौलिया, जग में पानी लेकर खड़े हो जाते, मगर दुल्हन खाने के लिए इनकार किये जाती।

"तबीयत ठीक नहीं है। आज मैं इन्हें घर लिये जा रहा हूँ !"

माजिद फ़ौरन बड़े भैया को टैक्सी लाने के लिए दौड़ा देता था।

अब तो माजिद का दिल भी ससुराल में लगता था। वह सब बड़े खुशमिज़ाज और शाइस्ता (शिष्ट) लोग थे। बहुत शानदार घर में बड़े सलीक़े के साथ रहते थे। इसीलिए तो माजिद के छोटे से घर की चीख़ो-पुकार से दुल्हन के सिर में दर्द होने लगता था। जब भी ससुराल जाने का वक़्त आता, वह किसी बीमारी का बहाना करके पड़ जाती। फिर माजिद उसकी सहेली के यहाँ बैठकर क़हक़हे लगाते हुए बिलकुल भूल जाता था, कि अम्मा उसकी राह देख रही होंगी। एक-दो बार जब अम्मा ने दुल्हन के घर न आने की शिकायत की, तो माजिद को गुस्सा आ गया, "इस फटीचर घर में मैनाज़ को लाकर क्या अपनी ज़िल्लत कराऊँ ! वह इतने बड़े लोग हैं। वह बेचारी घबरा जाती है !"

आलिया और आसिमा को भी अरमान रहा कि वह दुल्हन भाभी के पास बैठकर उनसे हँसी-मज़ाक़ करें, मगर दुल्हन भाभी जब आती थीं, तो कभी ननद या भावज से बात ही न करतीं, जैसे इतने हक़ीर (छोटे) लोगों से बेतकल्लुफ़ी उन्हें अच्छी न लगती हो ! कोई फ़िल्मी रिसाला या कॉमिक उनके साथ होता, जिसे वह पढ़ने बैठ जातीं।

मामू, चचा और ख़ालू क़िस्म के हज़रात को माजिद ने पहले ही भगा दिया था कि यह लोग रोज़ सुबह क़तार बाँधे दालान में आ बैठते। महज़ इस इन्तज़ार में कि नयी दुल्हन उन्हें झुककर सलाम करेगी और वह दुल्हन के यहाँ चौथी के दिन पकनेवाली बिरयानी में गोश्त की कमी का ज़िक्र छेड़ देंगे। माजिद ने सख़्ती से सबको मना कर दिया था कि यह रिश्ते-नाते दुल्हन के सामने न दुहराये जाएँ। ख़्वाहमख़्वाह अपनी इन्सल्ट होगी कि यह लोग इतने ग़रीब ख़ानदान के हैं।...

शादी के बाद एक महीना बड़ी जल्दी से गुज़र गया। अम्मा तो माजिद की सूरत देखने को तरस गयीं। अब्बा मियाँ गर्म तेल की तरह खौलते रहे, मगर माजिद के ख़िलाफ़ कुछ कहने की हिम्मत किसी में न थी।

फिर माजिद दुल्हन के साथ वापस चला गया।

दस तारीख़ आ गयी। इस महीने ड्राफ़्ट अभी तक नहीं आया।

अम्मा रातों को आँगन में टहलने लगीं। हर जुमेरात को माजिद का ख़त आता था; कई जुमेरातें गुज़र गयीं।...इलाही ख़ैर ! पहली बार दुल्हन को साथ लेकर गया है। दोनों अपनी ख़ुशी में ख़त लिखना भूल गये। बेचारे ने सबके लिए इतना किया है। अब उसे भी चन्द दिन खुश रहने दो। अब्बा मियाँ सबको ताक़ीद करते थे कि कोई माजिद को ख़त और ड्राफ़्ट न भेजने की शिकायत नहीं करे, हालाँकि वह खुद सबसे ज़्यादा परेशान थे, क्योंकि शादी में जो रक़म ख़र्च हुई, वह सब अब्बा मियाँ की जमा की हुई थी। अभी शामियानों, फूलों और बर्तनों का किराया अदा करना था। छोटे भैया का दूध वाला रोज़ तक़ाज़े करने लगा। छोटी भाभी सुबह-शाम नर्सिंग-होम जाने को तैयार बैठी थीं। डिलीवरी का ख़र्च माजिद ने अभी तक नहीं भेजा था।

इधर आलिया को एक लड़का पसन्द आ गया। डॉक्टर था और बहुत ख़ूबसूरत। ज़िन्दादिल ! यों समझिए, कि आलिया के ख़्वाबों का शहज़ादा था वह। उसे दहेज़ में कार चाहिए थी और पच्चीस हज़ार कैश।

अब्बा मियाँ ने फ़ौरन तकिये से पार्कर पेन निकाला—

''मेरा ख़याल है, रजब (इसलामी सातवाँ महीना) की तारीख़ निकाह के लिए मौज़ूँ (उपयुक्त) रहेगी। फ़ौरन चालीस हज़ार रुपये भेजो, ताकि शादी की तैयारियाँ

शुरू कर दी जाएँ। तुम्हारी वालिदा ने दूल्हा वालों को इक़रार का जवाब भेज दिया है !"

इस ख़त का जवाब माजिद ने फ़ौरन दिया–

"आलिया के लिए कोई दूसरा रिश्ता तलाश कीजिए। मेरे पास इतनी रक़म नहीं है। मैनाज़ का अबॉर्शन हो गया है। बहुत बीमार है। इलाज के लिए लन्दन ले जा रहा हूँ। हमारी तफ़रीह भी हो जाएगी इस बहाने...और हाँ, एक ज़रूरी बात लिखना भूल गया। अब मैं हर महीने पाँच हज़ार का ड्राफ़्ट नहीं भेज सकूँगा !"

जिस हाथ में माजिद का ख़त था, अब्बा मियाँ का वह हाथ नीचे गिर गया। उधर अम्मा के पेट में तेज़ दर्द उठा। वही जाना-पहचाना दर्द, जब माजिद पेट में था, तब अबॉर्शन के लिए दवा खाने के बाद उठा था। अब अम्मा को यों लगा, जैसे मैनाज़ का नहीं, बल्कि खुद उनका अबॉर्शन हो गया हो।

□

मशाले-जाँ

सूरज की तरह गिरधर ने कभी रात नहीं देखी।

वह हमेशा उजालों में जिया...और उसे दुखों के अँधेरे से दूर रखने के लिए मैं अँधियारी में डूब गयी हूँ।

एक दिन मुझसे गिरधर ने पूछा था–

"उषा, तुम्हें ऐक्टिंग करनी आती है ?"

"बिलकुल नहीं। एक बार स्कूल के ड्रामे में रोना था, तो मैं हँस पड़ी थी !"

"मगर अब मैं कितनी अच्छी ऐक्ट्रेस हूँ ! हँसने की ऐक्टिंग करते वक़्त मुझे रोना नहीं आता !"

"तुम्हें इण्टेलेक्चुअल औरतें इन्स्पायर करती हैं न ! तुम मीरा से मिलतीं, तो उसे बहुत पसन्द करतीं..."

(एक बार इण्टेलेक्चुअल औरतों के ज़िक्र पर गिरधर ने मुझसे कहा था।)

"अच्छा, तो फिर तुमने भी मीरा को पसन्द कर लिया था...?" मैंने घबसकर पूछा।

"अरे नहीं यार..." गिरधर ने सुलगता हुआ सिगरेट ऐश-ट्रे में बुझा दिया।

"वह सब हमारे लड़कपन का पागलपन था !"

"कैसी थी वह ?" मैंने घबराकर बुझे हुए सिगरेट के टुकड़े को देखा।

"बस ऐसी ही साँवली-सलोनी, जैसी लड़कियाँ हुआ करती हैं; मगर थी बड़ी जीनियस...कॉलेज में टॉप किया। बड़े खुले दिल से मिलती थी, तो यार लोगों ने हमारे बारे में न जाने क्या-क्या बातें फैला दीं !"

"फिर...? फिर क्या हुआ...?" मैं गिरधर के पास आकर लेट गयी।

"फिर वह डॉक्टरी पढ़ने चली गयी और हमारे रास्ते अलग-अलग..." गिरधर ने मुझे अपनी बाँहों में खींच लिया।

"हम बेचारे अहमक़ लड़के...जो पुकारे उसी की तरफ़ दौड़ने लगते हैं," उसने मेरे जिस्म से खेलते हुए कहा।

"तुम उसी तरफ़ क्यों नहीं दौड़े, जिधर मीरा बुला रही थी ?"

"कुछ दूर चले थे", गिरधर पुरानी यादों में खो गया, "24 दिसम्बर को उसकी सालगिरह थी। हम भी मीरा के भजनों की कैसेट और सफ़ेद गुलाब का 'बुके' लेकर

पहुँच गये थे...'' वह हँसकर बोला।

मुझे भी हँसी आ गयी।

''फिर...फिर क्या हुआ...?''

''फिर तू नज़र आ गयी मुझे...'' गिरधर ने मुझे अपनी तरफ़ खींच लिया। ''अब क्या सारी रात अपनी हिमाक़तों की कहानी सुनाये जाऊँ...?''

हम दोनों हँसने लगे। मैंने जल्दी से गिरधर को अपने समीप कर लिया।

मीरा और गिरधर...मैंने न जाने कितनी बार टी.वी. पर मीरा के भजन गाये थे—'मेरो तो गिरधर गोपाल, दूसरो न कोई...'

उस दिन ख़्वाब में कितने ऊबड़-खाबड़ रास्तों पर चली जा रही थी मैं—कभी बादलों के साथ उड़ने लगती। कभी समन्दर की मौजें मुझे अपनी तरफ़ खींच लेती थीं...

''बचाओ...बचाओ...गिरधर...गैरी...''

मेरी चीख़ सुनकर गैरी उठ बैठा।

''कितना पसीना आ रहा है तुम्हें ? कहीं फिर अबॉर्शन न हो जाए !''

''मुझे डर लग रहा है। न जाने क्या ख़्वाब देख रही थी।''

गिरधर उठकर मेरी दवा ढूँढ़ने लगा।

''पिछली बार भी प्रेशर बढ़ जाने से अबॉर्शन हुआ था, लेकिन तुम दवा नहीं खातीं !''

''... ....''

''डॉक्टर के पास तो तुम खुद जाओगी नहीं। कल मैं ऑफ़िस से छुट्टी लेकर डॉक्टर के पास जाऊँगा !''

गैरी बहुत गुस्से में था।

गिरधर मुझे कितना चाहता है !...हमारी शादी को पाँच बरस हो गये, मगर उसे हर वक़्त मेरी फ़िक्र लगी रहती है—क्या खाया...कब सोयी ? कब उठी ? ...मूड कैसा है ?

मैं जब कभी दोनों की मुहब्बत तोलने बैठी, तो छोटी पड़ गयी थी।

मेरो तो गिरधर गोपाल...

सुबह किचन में चाय बनाते हुए मैंने देखा—ब्राउन कलर की बुश्शर्ट गैरी पर कितनी जँच रही थी।

वह आईने के सामने खड़ा अपने सर्कश (उद्दण्ड) बालों के झुण्ड को कन्धे से दबा रहा था।

उसके ऑफ़िस जाने के बाद मैं कितनी उदास हो जाती हूँ, जैसे वह अब बरसों के बाद लौटेगा।

"चलो–पहले डॉक्टर के पास चलते हैं।"

"नहीं–तुम अपनी मीटिंग में जाओ–मैं चली जाऊँगी !"

मैं बड़ी देर तक बालकनी में खड़ी गिरधर की कार को दूर जाते हुए देखती रही...फिर कमरे में आयी तो गिरधर के प्यार की खुशबू फैली हुई थी, जो मेरे अंग-अंग में उतरने लगी, खुशी के मारे उछलने लगी।

"शरारत मत करो नन्हे गिरधर"–मैंने अपने पेट में फड़कने वाली नन्ही-सी जान को डाँट दिया।

"मेरी तबीयत ठीक नहीं है। चक्कर आ रहा है !"

डॉक्टर ने मुझे उलट-पुलट कर देखा। प्रेशर चैक किया। ई.सी.जी. लिया और घबराकर बोली–"आपको एक कॉर्डियालॉजिस्ट के पास जाना होगा–मैं आपको एक लेटर दे रही हूँ !"

"क्या हुआ है मुझे, डॉक्टर ?" मैं घबरा गयी।

"प्रेशर बढ़ने से आपकी और बच्चे के दिल की धड़कन रेग्यूलर नहीं है !"

कॉर्डियालॉजिस्ट ने मेरे कन्धे पर बड़े प्यार से हाथ रखा, "आप बिलकुल मत घबराइए। आपको और बच्चे को कुछ नहीं होगा ! मैं जो हूँ–सब ठीक हो जाएगा !"

"आप के होने से ?" मैंने पहली बार कॉर्डियालॉजिस्ट की तरफ़ देखा।

दुबली-पतली, साँवली-सी। उसके लम्बे चेहरे पर बड़ी-बड़ी रोशन आँखें फ़ानूसों की तरह जगमगा रही थीं। सिर पर बिखरे-बिखरे घने बालों की टोकरी-सी रखी थी।

वह मेरे ऊपर झुकी, तो न जाने कैसी अनोखी खुशबू में घिर गयी मैं। –मुझे ऐसा लगा, जैसे मेरे पेट में बेचैन बच्चा भी डॉक्टर के हाथ लगाते ही पुरसुकून हो गया है।

"इतना प्रेशर कैसे बढ़ा लिया आपने ? ...क्या कोई घर का प्रॉब्लम है ?" वह मेरी ई.सी.जी. की रिपोर्ट देख रही थी।

"नहीं-नहीं–कोई प्रॉब्लम नहीं है, डॉक्टर !" मैं उसकी एक्स-रे की मशीन-जैसी आँखों से घबरा गयी।

"मेरा हज़बैण्ड बहुत अच्छा है। मुझे बहुत चाहता है !"–मैंने बेअख़्तियार होकर जैसे गैरी को अपनी बाँहों में समेट लिया !

"ठीक है–ठीक है..." डॉक्टर ने अपने खूबसूरत हाथ को मेरे सीने पर रखकर

जैसे गैरी की मुहब्बत पर यक़ीन कर लिया।

"अगर यहाँ कोई है," उसने मेरे सीने पर हाथ रखा, "तो फिर औरत के लिए कोई दुःख ख़तरनाक नहीं हो सकता !"

शाम को गैरी ने मेरी रिपोर्ट देखी, तो बहुत घबराया। किसी और कॉर्डियालॉजिस्ट को भी दिखाने की बात की।

"मैं किसी और डॉक्टर के पास नहीं जाऊँगी। वह डॉक्टर बहुत अच्छी है–इतनी मुहब्बत से बात करती है..."

"तो उसकी मुहब्बत लेकर क्या करना है मुझे ! पता नहीं, डॉक्टर कैसी है ?"

गैरी बहुत घबराया हुआ था।

डॉक्टरों की मुहब्बत पर एतबार क्यों नहीं है उसे ? मैंने कड़वी गोली निगलते हुए सोचा।

एक हफ़्ते बाद...मैं आउट-पेशेण्ट-रूम में बैठी अपनी बारी का इन्तज़ार कर रही थी, तो मैंने पहली बार उस डॉक्टर की नेम-प्लेट देखी–डॉक्टर मीरा सिन्हा... कॉर्डियालॉजिस्ट।

"मीरा...मीरा...मीरा...?"

उस दिन जब डॉक्टर ने हाथ पकड़कर मुझे टेबल से उठाया, तो ऐसा लगा, जैसे मैंने वहाँ अपनी कोई चीज़ छोड़ दी है। अधूरी-सी लग रही थी मैं !

एक हफ़्ते तक न जाने कितने अन्देशे, वहम मुझे घेरे रहे थे।

"आपका नाम मीरा है ? पहली बार आपकी यहाँ पोस्टिंग हुई है ?" उस दिन मैंने कमरे में जाते ही डॉक्टर पर सवालों की बौछार कर डाली।

"जी...मैं दिल्ली में थी–तीन बरस स्टेट्स में रही..." उसने मेरी रिपोर्ट देखी, "...आप तो बड़ी जल्दी नॉर्मल हो गयी हैं !"

"क्या आपने दिल्ली युनिवर्सिटी में पढ़ा है ?" मैं अब एबनॉर्मल हो रही थी।

"हाँ...मैंने वहाँ से बी. एस-सी. किया था...फिर मैडीसन में एडमिशन मिल गया ...क्यों ?...आपने भी वहाँ पढ़ा है क्या ?"

"नहीं," मैंने हाँफते हुए कहा, "बस यूँ ही पूछ लिया !"

मेरे दिल की धड़कन फिर बे-तरतीब हो रही थी।

"अच्छा...तो आप और आपके हज़बैण्ड दोनों डॉक्टर हैं ?" मैंने मुस्कराने की कोशिश की।

"नो-नो"—डॉक्टर ने मेरे लगातार सवालों से चिढ़कर अपना हाथ ऊपर उठाकर कहा, "आई ऐम. अनमैरेड..."

"अच्छा...!" मेरे ऊपर तो जैसे कोई पहाड़ टूट पड़ा !

"मैं अब उस डॉक्टर के पास नहीं जाऊँगी। मुझे किसी और डॉक्टर के पास ले चलो !"

मैंने गिरधर को अपना फ़ैसला सुना दिया।

"मगर वह तो बहुत अच्छी डॉक्टर है। आठ दिन में अच्छा कर दिया तुम्हें !"

"अच्छा...तुम्हें कैसे मालूम ?..." छुरी जैसे मेरे हाथ से गिरकर मेरे दिल पर जा लगी।

तो इसीलिए यह श्रीमान् आजकल इतने खुश नज़र आते हैं--मेरे साथ मुहब्बत की ऐक्टिंग हर रोज़ हो रही है !

मीरा इस शहर में आ गयी है। दोनों छिप-छिपकर मिलते होंगे। इसीलिए रोज़ एक बहाना करते हैं—

"आज एक मीटिंग में जाना है !"

"रात को खाने पर मेरा इन्तज़ार मत करना !..."

अगर मैं इलाज के बहाने मीरा के क्लीनिक नहीं गयी, तो किसी बात का पता नहीं चलेगा...यह बताये बग़ैर कि मैं कौन हूँ, मुझे मीरा से दोस्ती बढ़ानी पड़ेगी। पता तो चले कि मेरा गिरधर गोपाल कितनी गोपियों के साथ रास रचाता है।

"आज तुम्हें नींद क्यों नहीं आ रही है ?...आँखें बन्द करो और सो जाओ।" गैरी मुझे थपकियाँ दे रहा था, तो मैं दुःख के मारे काँप रही थी।

"हाँ—मुझे सुला दो, मेरी आँखें बन्द कर दो...यही तो चाहते हो न तुम ?"

"हैदराबाद में आपका जी लगा या नहीं ?" एक दिन चेकअप के बाद मैंने मीरा से पूछा।

"बहुत अच्छा है आपका शहर..." वह हँसने लगी, "कोई काम करनेवाली औरत नहीं मिलती। मेरा कोई दोस्त-रिश्तेदार भी यहाँ नहीं है !"

"मैं जो हूँ ! आज से आप मुझे अपना दोस्त बना लीजिए—क्या पता कभी कोई रिश्तेदारी भी निकल आए !"

मैंने उसका हाथ थाम लिया।

"थैंक यू वेरी मच..." उसने रस्मी तौर पर मेरा हाथ छूकर छोड़ दिया, जैसे

मेरे हाथ में लिपटी हुई नफ़रत ने उसे डस लिया हो...

"यहाँ से घर जाने के बाद कुछ रिसर्च का काम करती हूँ। मुझे फ़ुरसत ही नहीं मिलती, इसलिए किसी से दोस्ती नहीं करती। क्या नाम है आपके...? बच्चे पैदा करने के सिवा और क्या काम करती हैं आप ?..." उसने मुस्कराकर पूछा।

"मैं उषा गोपाल हूँ—क्लासिकल सिंगर हूँ—शायद आपने भी टी. वी. या रेडियो पर मेरा गाना सुना हो...मैं आप ही के भजन गाती हूँ—मीरा के भजन !"

"ओहो—आप तो बड़ी महान् कलाकार हैं !" इस बार उसने उठकर बड़ी गर्मजोशी से हाथ मिलाया, "क्लासिकल संगीत तो मुझे भी बहुत पसन्द है, कभी सुनूँगी आपका गाना !"

"कहाँ रहती हैं आप ?" अब मैं उसका हाथ थामकर कुछ और क़रीब आ गयी—"मुझे अपना फ़ोन-नम्बर दीजिए...मैं आपके लिए बहुत अच्छा खाना बनानेवाली औरत ला दूँगी !"

"ओह—थैंक यू सो मच ! वैसे मैं बहुत सादा खाना खाती हूँ—ज़्यादा नमक-मिर्च कुछ नहीं।" उसने मेरी बातों से बोर होकर एक फ़ाइल खोल ली।

"मगर अब तो अपनी ज़िन्दगी में बहुत-से मज़े घोल रही हो—मीरा सिन्हा !" —मैंने उसकी तरफ़ देखकर सोचा। अब कल अपनी नौकरानी रमा की बहन लक्ष्मी को इसके घर ले जाऊँगी, ताकि वहाँ की सारी ख़बरें मुझे मिलती रहें।

"कभी मैंने भी सोचा था, संगीत सीखूँगी ! कुछ दिन क्लास में भी जाती रही..."

"फिर...?...फिर क्या हुआ...?"

"कुछ नहीं...बस कुछ गड़बड़ हो जाती है न...जिधर जाना चाहो, नहीं जाते..." उसने फ़ाइल बन्द करके दूर पटक दी।

सिस्टर बार-बार परदा उठाकर देख रही थी कि मैं कब बाहर जाऊँ और वह नये पेशेण्ट को अन्दर भेजे।

डॉक्टर मीरा का फ़्लैट बहुत उदास था। सुनसान...बेतरतीब...मिट्टी-धूल से भरा हुआ...हर चीज़ चुप-चुप-सी थी। टी.वी. पर इतनी धूल है, जैसे बहुत दिनों से न खोला गया हो।

दरवाज़े खिड़कियाँ बन्द...साइड-टेबल पर रखे उसके मम्मी-डैडी की तसवीरें भी चुप थीं। कैलेण्डर पर बैठी रंगीन चिड़िया भी अपनी आवाज़ रोके हुए थी। एक

कोने में स्याह गिलाफ़ में लिपटा हुआ सितार रखा था। न जाने कितने बहलावे, अलाप, तानें, पलटे उसमें बन्द थे। हर तरफ़ किताबें, न्यूज़-पेपर बिखरे पड़े थे... डाइनिंग-टेबल पर, फ़र्श पर, किचन में...

'तू इन्सानी जिस्म की एडवान्स स्टडी में जुटी हुई है, डॉक्टर...! अब वह गिरधर के तो परखचे उड़ा देगी...इसीलिए मिस्टर गिरधर गोपाल इतने थके-थके, माथे से पसीना पोंछते हुए कार से उतरते हैं आजकल...'

"कैसे रहती हो इस कमरे में अकेली ? आओ, तुम्हारे बेड-रूम में आराम से बैठेंगी...आज मैं तुम्हें एक भजन सुनाऊँगी !"

मैं उसके बेड-रूम में कुछ ढूँढ़ने गयी थी। पलँग पर दूसरा तकिया...गिरधर के जलाये हुए सिगरेटवाला ऐश-ट्रे, चाय का दूसरा ख़ाली कप...

मगर मुझे कुछ न मिला। उसका बिस्तर इतना साफ़ था, जैसे वह खुद भी उस पर कभी न लेटी हो...वह किचन में से ढूँढ़कर कुछ बिस्कुट लायी...सेब और केले...

"क्या खाने के बजाय इनसे काम चल सकता है तुम्हारा ?"

उसने प्लेट मेरे सामने रख दी।

"तुम इनसे रोज़ काम चलाती हो, तो एक दिन मैं भी कोशिश करूँगी..." हम दोनों हँसने लगीं।

"मुझे भी मज़े-मज़े के खाने बनाने आते हैं, मगर अपने लिए कौन बनाए यार !" वह पैर हिलाने लगी।

"तो किसी और के लिए क्यों नहीं बनातीं...?" मैं उसके पास जा बैठी।

वह घबरा गयी। फिर कुछ सँभल गयी—जैसे उसके बदन से उठनेवाली खुशबू मैं पहचान न लूँ।

"किसी और के लिए...! हाँ—ऐसा ही होता है न !" वह जैसे उदास-सी हो गयी। छत की तरफ़ देखने लगी। उसकी आँखें बहुत बड़ी थीं, जैसे वह हर तरफ़ देख सकती हों।

मैं उसके घर में घड़ी के पेण्डुलम की तरह धड़क रही थी। शाम हो गयी है। हर कॉल-बेल की आवाज़ पर उछल पड़ती कि अब गैरी अन्दर आएगा...फ़ोन की हर आवाज़ पर सोचती कि यह गैरी का फ़ोन है...

"किसका फ़ोन था ?" जब मीरा ने फ़ोन उठाया, तो मैंने बेताबी से पूछा।

मेरी घबराहट को देखकर मीरा हँस पड़ी।

"उषा रानी, मेरे और उसके बीच ऐसा कोई नम्बर नहीं रहा, जो डायल किया जा सकेगा ! इसलिए तुम इत्मीनान से बैठी रहो..." मीरा ने यह बात मज़ाक़ में कही, मगर मुझे बड़ा सुकून मिल गया।

मैं फिर उसके पास सरक आयी और टेबल पर ताल देकर गुनगुनाने लगी—

"मेरो तो गिरधर गोपाल, दूसरो न कोई..."

"नहीं-नहीं।" वह उछल पड़ी। घबरा गयी। फिर सँभलकर बोली—"यह क्या पुराने गीत ले बैठीं...कुछ और गाओ यार ! तुम्हारी आवाज़ बहुत अच्छी है..."

वह अपनी घबराहट पर शर्मिन्दा-सी हो गयी थी।

"अच्छा—शुक्रिया ! मेरी और कौन-कौन-सी चीज़ें तुम्हें अच्छी लगती हैं, डॉक्टर मीरा सिन्हा ?"

मैंने हँसकर पूछा।

"तुम मुझे पसन्द आ गयी हो," वह बड़े प्यार से बोली, "ऐसा बहुत कम हुआ कि मैं किसी को इतनी जल्दी दोस्त बना लूँ !" हम दोनों हँसने लगीं।

"तुम मेरे पास रहो—मेरे क़ातिल, मेरे दिलदार, मेरे साथ रहो..."

वह सिर झुकाये मेरा गाना सुन रही थी। गाते-गाते मैंने सिर उठाया—मीरा के मम्मी-डैडी, कैलेण्डर पर बैठी चिड़िया, गुमसुम सितार, और आँखें बन्द किये बेसुध-सी मीरा, सब जैसे मेरा गाना सुनने में गुम थे।

मेरे क़ातिल...मेरे दिलदार...

नज़्म ख़त्म हो गयी, मीरा फिर भी चुपचाप बैठी रही। फिज़ा इतनी गम्भीर-सी हो गयी थी कि कुछ बोलने की हिम्मत न रही मुझमें।

"गाती रहो उषा रानी..." उसने धीरे से कहा—"आज तुम्हारी आवाज़ ने मेरे चारों ओर उजाला-सा बिखेर दिया ! कोई ग़ज़ल सुनाओ यार—मुझे ग़ज़ल बहुत अच्छी लगती है। न जाने शायर ग़ज़ल कैसे लिखते होंगे ?...किसी के बारे में सोचो, जोड़ो और फिर उसे गुनगुनाते फिरो..."

"बस यह सब शाइरी है !" मैं हँसने लगी।

"यह शाइर लोग जिस औरत से इश्क का ढोंग रचाते हैं न, अगर वह सामने आ जाए, तो पहचान भी न सकें !" मैं चाहती थी कि अब वह इसी विषय की तरफ़ आ जाए।

"हाँ"—उसने एक किताब के वर्क़ पलटते हुए कहा।

"बहुत से रंग वक़्त की धार में बह जाते हैं।...एक साल हुआ, मैं किसी काम से दिल्ली गयी थी। बहुत जी चाहा कि युनिवर्सिटी जाकर देखूँ—न जाने हर चीज़ कितनी बदल गयी होगी...मगर कुछ भी न बदला...हर चीज़ वैसी ही, जैसी वह थी !"

"मैं तुम्हारी इस बात को नहीं मानती..." मैं बहस करने पर तैयार थी। "चीज़ें तो हमेशा वैसी ही रहती हैं, तुम्हारे अन्दर के मौसम उन्हें रँग डालते हैं !" मैंने उसके

हाथ से किताब छीनकर दूर फेंक दी। फिर शायद कभी ऐसी बातें करने का मुझे मौक़ा न मिले।

"उषा रानी, यह सब मीरा के गीतों में होता है...फ़ैज़ की शाइरी में होता है !...वरना न कोई किसी को याद रखता था, न जी को रोग लगाता..."

"अरे...तुमने तो सारे आशिक़ों का पोस्टमार्टम कर डाला ?"

"कर चुकी हूँ"–उसने छत की तरफ़ देखकर जैसे अपने-आप से बातें शुरू कर दीं–

"वह मजबूर था... मुझसे दूर चला जाता...किसी भी लड़की से शादी कर लेता...मगर मुझे कुछ तो दे सकता था...कम-से-कम यह एहसास कि वह मुझे भूल न सका !"

मीरा की बात सुनकर मैं भी जैसे दुःख में डूब गयी।

"क्या इतना अच्छा था वह...याद रखने के क़ाबिल...!"

मैंने यह बात मीरा से नहीं कही, मगर उसने सुन ली।

"मैं हर पल बूढ़ी होती जा रही हूँ, मगर मेरी यादों पर निखार-सा आ रहा है। मैंने उसे बड़े खूबसूरत-से रूप दिये हैं–उसे याद रखने के लिए कोई बहाना भी तो चाहिए न !"

मीरा की आवाज़ मेरे ऊपर गर्म क़तरों की तरह गिर रही थी।

"अब तुम घर जाओ उषा, तुम्हारे पति तुम्हारा इन्तज़ार कर रहे होंगे..." उसने अपने-आपको समेटकर कहा।

"आज मैंने तुमसे न जाने क्या-क्या कह दिया–आज मैंने बहुत दिनों के बाद अपनी आवाज़ सुनी है।..."

"इस कमरे में अकेली बैठी दीवारें तके जाओगी, तो यही हाल होगा !"

"हाँ, यही हाल होगा–दरिया अपनों से कटकर रेत बन जाता है न !"

उसने इन्सानी बदन के असरार व रम्ज़ (रहस्य-भेद) वाली किताब बन्द करके सीने पर रख ली।

"इन्सान के बदन के सारे भेद इन किताबों में नहीं मिलेंगे मीरा," मैंने किताब उसके हाथ से छीनकर दूर रख दी।

"तू अभी इतनी-सी बच्ची है। न जाने किस पागल ने तुझसे ब्याह कर लिया है ?"

वह हँसने लगी।

"किसी दिन मिलो न उस पागल से ! खुद भी पागल हो जाओगी !" (मैं खुद भी इस बात से डर गयी थी !)

उस दिन टी.वी. पर मेरा प्रोग्राम ख़तम हुआ, तो फ़ोन की बेल पर गिरधर ने पूछा, ''हैलो...?'' और फिर मुझसे कहा, ''तुम्हारे लिए फ़ोन है...''

''हैलो !''—यह मीरा की आवाज़ थी। मैंने घबराकर गिरधर को देखा।

मीरा को मेरा प्रोग्राम बहुत अच्छा लगा था।

''अच्छा...? आज तुमने टी.वी. ऑन किया था ?''

''हाँ...दिल घबरा रहा था...टी.वी. खोला, तो तुम गा रही थीं !''

''अच्छा, अब गाना सुनने का मूड आ गया है तो कल रवीन्द्र भारती थियेटर चलो—किशोरी अमोनकर का गाना सुनेंगे !''

''नहीं—तुम अपने पति के साथ जाओ। क्लासिकल संगीत मैं किसी महफ़िल में बैठकर नहीं सुन सकती !''

''क्यों ?'' मैंने ताज्जुब से पूछा ! (यह औरत हर तरफ़ से अपने-आपको बन्द किये बैठी है !)

''बस...यूँ ही—कुछ राग मुझे रुला देते हैं, कुछ हलका देते हैं, कभी सुलगा देते हैं मुझे...बेहद उदास हो जाती हूँ। तुम कहोगी, पागल हो जाती हूँ !''

कहकर वह हँसने लगी।

''पागल तो तुम अपने ख़ामोश फ़्लैट में भी लगती हो ! हर आवाज़ पर पहरे बिठा दिये हैं तुमने अपने घर में ?''

''नहीं उषा, मैंने किसी को चुप नहीं कराया है। यार...वे सब मेरे साथ रहते-रहते ख़ुद ही चुप हो गये हैं !''

''कभी अपने सितार को छेड़कर तो देखो ! वह तुम्हें झँझोड़ डालेगा। तुम्हें बातें करने पर, हँसने पर मजबूर कर देगा ! अपनी किताबों को बन्द करके खिड़की से बाहर क्यों नहीं देखतीं...?''

मैं मीरा से बातें कर रही थी, तो गिरधर ने न्यूज़पेपर पढ़ना छोड़ दिया। बड़े ग़ौर से हमारी बातें सुन रहा था।

''तुम एक दिन मेरे घर आओ न ! हम दोनों मिलकर बहुत शोर मचाते हैं। हमारा टेप-रिकार्डर, टी.वी., फ़ोन—सब गैरी के साथ चिल्लाते हैं...''

''नहीं—मुझे सहेलियों के पतियों से मिलना अच्छा नहीं लगता।'' वह संजीदा हो गयी।

''मगर मुझे तो बहुत अच्छा लगता है अपनी दोस्तों को उनसे मिलना...कुछ अता-पता दो न...कहाँ ढूँढूँ उन्हें ?''

मैं मीरा के जवाब की यूँ मुन्तज़िर (प्रतीक्षारत) थी, जैसे अपनी मौत का हुक़्म सुननेवाली हूँ।

''वह कहीं नहीं गया...हर वक़्त मेरे सामने है ! शायद कभी मैं दर्द की एक

कसक बनकर उसे याद आ जाऊँ !" ...फिर ज़रा रुककर बोली—"उषा ! क्या वह मुझे एक खूबसूरत ख़्वाब की तरह भी याद न रख सका ? कभी मैं सोचती हूँ, मैंने न जाने क्यों अपने-आपको इतने धागों में लपेट लिया है ..और अब मर्द क्या है—यह किताबों में खोज रही हूँ !..."

मैं घर आयी, तो गैरी बालकनी में टहल रहा था।

"कहाँ गयी थीं तुम ?...इतनी देर क्यों लगा दी ?"

"इतनी देर...? तुम मुझसे दो घण्टे के लिए भी दूर नहीं रह सकते...!" (तुमने अपनी ज़िन्दगी का कोई लम्हा मीरा को नहीं दिया है !)

मगर मैं तो आज अपना सब-कुछ लुटा आयी थी...दुःख के मारे पेट में छिपा मुन्ना फड़कने लगा था। कैसा अजीब-सा दुःख था मेरा...मेरे पति ने अपनी ज़िन्दगी का एक क्षण भी मीरा को नहीं दिया—उस लड़की को, जो गिरधर की आवाज़ सुनने के लिए हर आवाज़ को चुप कराये बैठी थी...जिसने अपनी ज़िन्दगी का हर रंग धो डाला था...

मैं भी उस मर्द पर क्या भरोसा करूँ ? मैं अपने बच्चे को लेकर कहीं दूर चली जाऊँगी...मैं इस घर में एक पल भी नहीं रह सकती, जिस पर किसी और औरत का हक़ हो...

मेरे पेट में सोनेवाला बच्चा जाग उठा...

वह मेरी गोद में आकर लेट गया। उसने मेरे आँसू पोंछ दिये। मुझे थपकियाँ देकर सुलाने लगा।

'मम्मी...तुम पागल हो गयी हो क्या ?...अगर डैडी की जेब में मीरा का फ़ोटो मिलता, अगर डैडी 24 दिसम्बर को मीरा के लिए तोहफ़े ख़रीदकर ले जाते, तो क्या तुम हँसतीं—या रोतीं ?...'

मैं उठकर बैठ गयी। खुले हुए बाल सेट कर मैंने अपने बच्चे को गले से लगा लिया—यूँ जैसे वह गिरधर हो...गिरधर, जो सिर से पाँव तक मेरा था...सिर्फ़ मेरा...

उस रात मुझे गिरधर पर बहुत प्यार आ रहा था...सुबह मैंने उसे बहुत मीठी पूरियाँ बनाकर खिलायीं और ऑफ़िस जाते वक़्त यूँ लिपट गयी, जैसे शादी के बादवाले दिन आ गये हों !...

"ए—इतना प्यार करके मत याद दिलाओ, यार...हमें अच्छी तरह याद है कि

आज तुम्हारी बर्थ-डे है !" वह हँसने लगा—"तुम्हारे सब दोस्तों को फ़ोन करके बता दिया है कि शाम को चाइनिज़ होटल आ जाएँ !"

"अच्छा !...सिर्फ़ मेरी बर्थ-डे याद है तुम्हें ?" मुझे न जाने क्यों गुस्सा आ गया।

"तो और किसकी बर्थ-डे याद रखें ?" गिरधर आईने के सामने खड़ा अपने-आपको पसन्द कर रहा था।

"उस लड़की की बर्थ-डे, जिसके लिए तुम मीरा के भजन का कैसेट और फूलों का 'बुके' ले जाया करते थे..."

"ले जाया करते थे नहीं—सिर्फ़ एक बार ले गये थे...यार, तुम बीवी लोग बड़े शक्की होते हो !...ज़रा-सी बात मैंने सुना दी, तो बस दिल में छिपाये बैठी हो !" गिरधर मेरे पास आ बैठा।

"ज़रा-सी बात ?...यह ज़रा-सी बात है ? तुम क्या जानो गिरधर, लड़कियाँ ऐसे तोहफ़ों को कितने रंगों में रँग डालती हैं !..."

"लेकिन मीरा बड़ी सोबर लड़की थी। हम सिर्फ़ अच्छे दोस्त थे। उसने भी मुझे एक पेन दिया था। फ़ोटो-एलबम—और न जाने क्या अल्लम-गल्लम...किताबें... कॉलेज में ऐसी बातें चलती रहती हैं, यार !"

फ़ोटो-एलबम...तो उस एलबम में उसने अपना फ़ोटो क्यों नहीं लगाया ?... इसीलिए कहती है कि मेरे और उसके बीच ऐसा कोई नम्बर नहीं है, जो डायल किया जाए...

मगर मैं उस कनेक्शन को जोड़ दूँगी !

24 दिसम्बर को मैंने कई कैसेट ख़रीदे, जिसमें मुख़्तलिफ़ फ़नकारों ने मीरा के भजन गाये थे...सफ़ेद गुलाब का 'बुके' लिया और गिरधर को ऑफ़िस फ़ोन करके बता दिया कि एक सहेली की बर्थ-डे में जा रही हूँ।

मीरा टेबल पर इन्सानी ढाँचे का स्केल फैलाये नाप-तोल में जुटी हुई थी।

"यह सब फ़िज़ूल काम है..." मैंने उसके पेपर एक तरफ़ सरका के सफ़ेद गुलाबों का 'बुके' उसके सामने रख दिया।

"अब तुम इस बात को मान लो डॉक्टर मीरा सिन्हा कि तुम इन्सान के दिल-दिमाग़ का कोई भेद नहीं जानतीं ?"

"बात क्या है ? इन फूलों के साथ कहाँ से आ रही हो ?" उसने मुझे बड़े ग़ौर से देखा।

मैं घबरा रही थी कि गुस्सा और रोने की ऐक्टिंग कैसे करूँगी आज ? मगर न जाने क्यों मीरा को इतना खुश देखकर मैं सचमुच रो पड़ी !...दोनों हाथों में चेहरा छुपाकर चिल्लाने लगी–

"मैं तुम्हें खुश नज़र आ रही हूँ...! तुम क्या जानो, एक लड़की ने मेरा क्या-क्या छीन लिया है ? मेरा पति कितने हिस्सों में बँटा हुआ है !"

"उषा–उषा...यह आज तुम क्या कह रही हो ? डोण्ट वरी प्लीज़..."

वह घबरायी जा रही थी।

वह जल्दी से फ्रिज़ खेलकर ठण्डा पानी लायी। मेरे बाल ठीक किये।

"ऐसी हालत में तुम्हें रोना नहीं चाहिए !"

"कब तक न रोऊँ...?" मैंने बड़ी मुहब्बत से उसके हाथ थाम लिये।

"मेरी शादी को चार बरस हो गये हैं। हर साल 24 दिसम्बर को मेरे पति गिरधर गोपाल मीरा बाई के भजनोंवाले कैसेट लाते हैं ! सफ़ेद गुलाबों का 'बुके' भी लाते हैं और फिर सारा दिन उन फूलों को सामने रखे हुए गुमसुम-से बैठे रहते हैं !..."

"24 दिसम्बर को...?" वह चौंक पड़ी, "तुम्हारे पति का नाम गिरधर गोपाल है ?"

"हाँ–क्या तुम उन्हें जानती हो ?"

अब वह खुद पानी पीने फ्रिज़ की तरफ़ दौड़ी।

"नहीं–मैं अब किसी गिरधर गोपाल को नहीं जानती...मगर तुम क्यों रो रही हो ?"

"कैसे न रोऊँ ! गिरधर एक लड़की की याद दिल में छिपाये बैठा है। वह हर साल उसके लिए फूलों के दीये जलाता है...देखो–यह फूल...यह कैसेट...मीरा... तुम मर्द के बदन पर रिसर्च कर रही हो–मुझे बताओ, मर्द को कहाँ समझ पाओगी ?..."

"सब बेकार है।" मीरा ने सिर झुकाकर किताब बन्द कर दी।

"तो फिर तुम गिरधर के बारे में क्या कहोगी ?"

मीरा किसी गहरी सोच में दूर चली गयी थी। उसने मेरी बात भी नहीं सुनी। उसने बेअख़्तियार फूलों के बुके को उठा लिया और फिर जैसे काँटों को छू लिया हो...

"तुम यह फूल यहाँ क्यों लायी हो ?"

"तुम्हें दिखाने...तुमसे कहने–वरना शायद तुम यक़ीन न करतीं कि मेरा पति

एक बरस तक इन फूलों को अपने दिल में खिलाये रखता है !..."

उसने फूल मेज़ पर रख दिये और पलँग पर जैसे खुलकर बिखर गयी। तकिये को बाँहों में समेटकर उसने आँखें बन्द कर लीं।

पन्द्रह दिन बाद मैं ऑपरेशन-थियेटर में थी।

सफ़ेद कोट पहने मीरा ऑपरेशन-थियेटर में मसरूफ़ थी, तो मैंने देखा—उसके सफ़ेद कोट के नीचे गुलाबी साड़ी चमक रही थी। मुझे ऐसा लगा, वह फिर रंगों में डूब गयी है...

मगर बहुत घबरायी हुई थी। वह मुझसे निगाहें चुरा रही थी।

"क्या बात है ?—सब-कुछ ठीक तो है न ?" मैंने उसका हाथ थाम लिया।

मेरे पास आकर उसने बड़ी मुहब्बत से मेरे सिर पर हाथ रखा।

"सब ठीक हो जाएगा—तुम घबराओ मत...शायद आज मुझे ट्रान्सफर ऑर्डर मिल जाएँगे !"

"ट्रान्सफर ?"

"हाँ, मैंने अप्लाई किया था कि मेरा ट्रान्सफर दिल्ली मेडिकल रिसर्च सेण्टर पर कर दिया जाए !"

"मगर क्यों ? मेरे डिलीवरी केस का क्या होगा ?"

"तुम्हारा केस...यह तो मेरे लिए एक चैलेंज है। बात यह है कि मेरी तबीयत ठीक नहीं है। मैं मम्मी के पास जाना चाहती हूँ।"

मेरे ऑपरेशन से पहले मीरा स्क्रीन पर मेरे दिल की हरक़त देख रही थी कि चकराकर गिर पड़ी—और ख़ामोश हो गयी...

शायद उसने मेरे दिल में छिपा वह राज़ देख लिया था।

□

जुगनू और सितारे

इस लघु-उपन्यास का परिवेश हैदराबाद और वहाँ की सभ्यता-संस्कृति है। इसलिए वहाँ की हैदराबादी भाषा का इसमें उपयोग किया गया है, जो कि ज्यूँ की त्यूँ रखी गयी है। इसमें नायिका पुल्लिंग उच्चारण से बात करती है।

—ले॰

हुजूमे शौक़ सरे रहगुज़ार कब से है,
गुज़र भी जा कि तिरा इन्तज़ार कब से है।

"न जाने किधर आज मेरी नाव चली रे..." ख़ासी बुलन्द आवाज़ से गुनगुनाती वह सुर्ख़ मोरम की रविश पर दौड़ी जा रही थी। यूँ जैसे वह फूल की पंखड़ी से भी ज़्यादा हलकी हो गयी हो !...बाग़ की खुशबुओं में तहलील (घुलती) हुई जा रही हो !

उर्दी बिहिश्त (वसन्त) का महीना आ रहा था। हवाओं में खुनकी आ चली थी। अंजीर और सीताफल में नयी कोंपलें फूट रही थीं और बाग़ के सब ही दरख़्त नया लिबास बदलने की फ़िक्र में थे।

आज बाग़ में पपा के साथ काम करने के बजाय वह दीवार पर चढ़ी अपनी पड़ोसिन अनसूया के साथ 'झूले' की बातें करती रही। याद ही न रहा कि आज कॉलेज जाना भी है। क्लास-फेलो होने के बावजूद वह अनसूया से बहुत कम मिलती थी। सिर्फ़ उनके घरों के दरम्यान ही यह दीवार नहीं खड़ी थी, बल्कि उनके ज़ेहन और पोज़ीशन के दरम्यान भी कई फ़सीलें हाइल (बाधक) थीं। सिर्फ़ उस दिन वे दोनों दीवार पर खड़ी होकर बातें करतीं, जब अशोक कुमार की कोई नयी फ़िल्म देखी जाती।

हिन्दुस्तान में मुसावात (समानता) क़ायम करने के लिए फ़िल्म-ऐक्टरों ने कितना नुमायाँ काम किया है।

अनसूया की माँ प्रभनी वाले गतावार साहब के यहाँ नौकर थी। गतावार की माँ ने किसी जाहिल मौलवी से सुन लिया था कि आक़िबत (यमलोक) काफ़िरों के साथ सलूक करके भी दुरुस्त की जा सकती है। इसलिए अनसूया गतावार साहब की कमाई के बूते पर कॉलेज में पढ़ती थी और हर मुक़ाबले में शरीफ़ लड़कियों से बाज़ी ले जाती! यूँ ख़ुद गतावार साहब कौन-से ख़ानदानी जागीरदार थे !

मस्जिद में पेश-इमामी करके उनके बाप ने प्रभनी में इतनी ख़ैरात जमा कर ली थी कि पहले तो गतावार ने ज़मीन खोदकर उस दौलत से चार अक्षर अपने पेट में डाले। फिर छोटे-मोटे गत्तों को बढ़ाके कई मकान खड़े कर लिये। उनकी सेलूवाली बीवी अभी तक भर-भर पाँव चाँदी के पौंगर पहनती। कानों में टाइपराइटर के अक्षर

की तरह सोने के तिनके जड़े रहते। जिस वक़्त वह मराठी मिश्रित उर्दू में फूई से लड़ती या ड्राइवर को पुकारती—'अजी ओ डलीवर साइब—' तो अमन्नी को हँसी का दौरा पड़ जाता था।

"ऊई, किधर के उजाड़ सूरत पेश इमामाँ आ को बसीं ! बेफ़िज़ूलीच उनसे दोस्ती किये माँ !"

खड़े दुपट्टे का पल्लू सँभालने को वह रुकी, तो गुड़हल की शाखों में से छनते हुए पपा नज़र आये। रोज़ की तरह लकड़ी की खड़ाऊँ पैरों में डाले, धारियोंवाला रात का पायजामा पहने, सफ़ेद तौलिया उनके काँधे पर पड़ा था और वे बड़े इत्मीनान से दीवानख़ाने की तरफ़ जा रहे थे। उनके साथ ही दो और पैर थे। फटी चप्पलों से झाँकते हुए पैर। बिलकुल किसी बैरा के पैर, जो नौकरी की उम्मीद में किसी सिफ़ारिशी ख़त के साथ पपा के पास आया होगा।

हर रोज़ फ़ज्र (सुबह) की नमाज़ के बाद पपा दो घण्टे तक बाग़ की तराश-खराश में मसरूफ़ रहते थे। इससे पपा को रूहानी सुकून भी यूँ मिलता कि माली फ़ायदा काफ़ी होता।

कमरे में पहुँचते ही उसे बेशुमार काम याद आये—"भई, हम तो ख़ूब तफ़रीह करके आ रईं !" उसने बच्चों की तरह बशाशत (उल्लास) से अपनी क़दे-आदम तसवीर को सुनाया (अगर मैं यह तसवीर होता, यूँ ही एक पोज़ बनाये हमेशा खड़े रहना पड़ता, तो—चाहे बाग़ में कितने ही नये फूल खिलते, कितने ही पौधे बारिश के बोझ से गिरकर टूट जाते, लेकिन मेरे चेहरे की मुस्कराहट पर कभी ख़िज़ाँ न आती।) वह घबरा गयी...धत्...उस हंगेरियन आर्टिस्ट ने ऐसी दाइमी (स्थायी) मुस्कराहट क्यों बख़्शी है ?

अभी उसे छुट्टी लेकर सलीम से शाम का प्रोग्राम मालूम करना था—वरना वह सख़्त नाराज़ हो जाएगा। सलीम को सोशल वर्कर बनने के बाद हर जगह अपने साथ-साथ चाँद को लिये फिरने का ख़ब्त था। चुन्नू नवाब के पास जाकर चन्द ग़ज़लों की धुनें बनानी थीं, और सबसे बड़ा मरहला (पड़ाव) तो चोटी बाँधना था। घुटनों से नीचे लटकती हुई चोटी को उसने कितनी बार काटने का इरादा किया, मगर कभी वक़्त पर कैंची ही न मिलती।

"पाशा जानी...आपको सरकार बुला रईं," काइम अली ने भटकते हुए आकर इत्तिला दी और सोफ़ों की गर्द झाड़ने लगा।

"क्यों रे काइम के बच्चे, तेरे को कैसा बोलूँ रे। मेरे को पाशा जानी नक्को बोले तू...?" झुँझलाकर उसने कंघा पटक दिया।

"आज आया किधर मर गयी, जो तू सफ़ाई करने को आया...?" उसे काइम अली से अज़ली नफ़रत थी। चुन्नू मामू ही क्या कम थे, जो काइम अली को बरदाश्त

किया जाए। सुनते हैं, नाना हज़्रत के ज़माने में काइम अली ड्योढ़ी की रौनक़ थे। नवाब साहब को उसके हाथ के पके हुए झींगे और 'चाकना' बहुत पसन्द था और उसके सामने ड्योढ़ी की लौंडियाँ उनकी निगाहों में उतर गयी थीं।

अब इस घर से शाही दौर रुख़सत हो चुका था, लेकिन फिर भी ड्योढ़ी से निकाले हुए पुराने नमकख़्वारों की लम्बी फ़ौज यहाँ जमा रहती। अमन्नी के दिमाग़ में जो जागीरदाराना ख़ू (स्वभाव) थी, वह इस घर में पूरी तरह रची-बसी नज़र आती थी।

(आज यक़ीनन वह पपा के साथ अडेकमेट जा रही है)

''ख़दम-बोसी, पपा...'' वह तक़रीबन झुकी।

''जियो बेटा ! आपके मास्टर साहब आ गये न ?'' पपा ने सामने फैले हुए काग़ज़ों से निगाह हटाये बग़ैर कहा। वह बिजली की-सी तेज़ी से मुड़ी, मगर वहाँ बंगाली आर्टिस्ट का पता ही न था। एक काला भुजंग (चरवाहे) की सूरत वाला आदमी वही स्याह पाँव लिये बैठा था, जैसे मुद्दतों से प्यासा हो और एक तवील रेगिस्तानी रास्ता तय करके यहाँ तक आया हो। दिल डूब-सा गया ! (तो वह अब नहीं आएगा !...)

''आदाब-अर्ज़ !...'' मजबूरन वह उस ओर भी सलाम बजा लाने के अन्दाज़ में झुकी। जवाब में सिर्फ़ निगाहों के इशारे से सलाम क़बूल किया गया।

''हाएँ ! मैं आपसे कैसा इंग्लिश पढ़ूँगा, पपा ?...?'' उसे हँसी आने लगी।

मास्टर भी मुस्करा दिया। सिर्फ़ उसके मुज़क्कर सीगा (पुल्लिंग) इस्तेमाल करने पर हैदराबाद की हर वह लड़की, जिसे अपने सम्बन्ध में ज़रा-सी भी ख़ुशफ़हमी हो, यूँ हीं रोब डालती है।

''अजी, उनों इंग्लिश में एम. ए. किये तो हैं। क्या समझे आप ?''

पपा मुस्कराये और मास्टर साहब की ओर मुड़ गये।

''हमारे चाँद पाशा नईं ज़रा हयावाले हैं। आप इनको ऊखल में डालना !''

''जी, अच्छा !'' मास्टर साहब सँभलकर बैठ गये।

बहुत देर तक पपा मास्टर साहब पर अपनी ख़ानदानी बरतरी (श्रेष्ठता), कारोबार की वसीअत (विशालता) और चाँद की ग़ैर-मामूली ज़हानत का रोब डालकर अन्दर चले गये, तो चाँद सहमी जा रही थी। यूँ जैसे ज़िन्दगी में पहली बार मास्टर को सामने देखकर सिट्टी गुम हो जाती है। उसकी आया किताबें लाने गयी, तो हस्बे-मामूल ड्राइवर से गपशप में मसरूफ़ हो गयी। गहरी-गहरी साँसों के बीच मास्टर सिगरेट पर सिगरेट सुलगाने लगा। उसकी निगाहें कमरे की सजावट में गुम थीं। बेदिली से सोफ़े में धँसी चाँद अन्दर का शोर सुनती रही।

अभी बड़े मामू हज़्रत दस्तार पहने, ख़ासदान, पानदान और क़लमदान सहित

तशरीफ़ लाये थे। उनके साथ हस्बे-मामूल दो चपरासी थे। सरकारी युनीफ़ार्म पहने बलगोस बाँधे। कोई ख़ास बात न थी, न बड़े मामू हज़त को अपनी सूबेदारी का रोब डालना था। यह उनके शाही ख़ून की शाहाना आदत थी। आमतौर पर लोगों ने मशहूर कर रखा था कि बड़े नवाब सोते वक़्त भी दस्तार नहीं उतारते हैं।

जब कभी वे आते, सारा घर ऊपर-नीचे हो जाता ! घर के सारे नौकर मुहज़्ज़त (सभ्य) बन जाते। अमन्नी सिर पर साड़ी का पल्लू डाले किसी लौंडी को मारना छोड़कर इस्तिक़बाल (स्वागत) को दौड़तीं। मद्रासी मैनेजर से रोज़मर्रा की सियासत पर बहस करनेवाले पपा को इत्तिला मिलती, तो हड़बड़ाकर उठते। रास्ते में जो-जो भी मिलता, झुककर 'ख़दम-बोसी' अर्ज़ करता। इशारे से सलाम क़बूल करते। बड़े पुर-वक़ार अन्दाज़ में क़दम रखते। एक गरबीली शान के साथ वह आकर बैठ जाते। चेहरे से वह जलाल बरसता कि सूबेदार के बजाय सेनापति दिखाई देते। सबसे पहले गौरी माँ की पीठ पर हाथ फेरकर वह पपा से कहते, "क्यों सादिक़ मियाँ, अब तो गौरी माँ के वास्ते भी अपन सोचना !" गौरी माँ यह सुनकर दोनों हाथों में चेहरा छिपाकर हँसते-हँसते चाँद की ओट में हो जाती।

"क्यों पाशा, आप मुर्ग़ की निहारी बनाना सीखे ?" वह चाँद से पूछते।

"जी, हाओ..." ख़ौफ़ और शर्म के मिले-जुले लहजे में वह साफ़ झूठ बोल जाती।

बरसों गुज़रे बड़े मामू हज़त को लड़कियों से यह सवाल करते। यूँ जैसे इस सर्टीफ़िकेट के बग़ैर कोई लड़की न क़बूली जाएगी। इस इण्टरव्यू के बाद तख़्लिया (एकान्तवास) का हुक़्म होता।

सिर्फ़ गौरी माँ दरवाज़े से कान लगाये एक-एक लम्हे की ख़बर नामानिगारों की तरह अवाम तक पहुँचाया करती।

"आपा, क़ासिम आपा की शादी वह मौलवी साइब से हो रईं !" क़ासिम आपा के साथ उन दैत्यकाय मौलवी साहब को देखकर चाँद घबरा जाती। (यह लड़कियाँ अपनी क़िस्मत भी कैसे बेतुक़ी लिखवा लाती हैं।) न जाने गौरी माँ की नाक में बड़े मामू हज़त कैसे नकेल डालेंगे ?

बन्द कमरे में दुनिया-भर के मुतनाज़ा मसाइल (विवादास्पद समस्याएँ) निकाले जाते और टेप का बन्द चाँद के लिए रिश्ता ढूँढ़ने पर ख़त्म होता !

चाँद उस ख़ानदान के लिए एक बड़ी प्रॉब्लम थी। उसके हुस्न की मुक़ाबल (तुलना की) लड़की ख़ैर हैदराबाद में तो मिल जाती, मगर ख़ानदान में कोई न थी, वैसे घर ही में दूसरे लड़कों को छोड़ ख़ुद बड़े मामू हज़त के सलीम और नवाब जानी मौजूद थे। मगर बड़े मामू हज़त का यह हाल था कि चाँद की माँ सरदार को अपनी माँ कहते उनका मुँह सूखता। सादिक़ हुसैन से बहनोई के सारे चोंचले वज़ेदारी

(शिष्टता) से निभाने को तैयार, मगर ऐसे वक़्त सिर्फ़ इतना याद रहता कि सरदार अब्बा हज़रत की औलाद सही, उसकी माँ तो एक मामा थी। इधर अमन्नी ख़ानदानी नवाबों के इन्तज़ार में बैठी थीं और पपा को नवाबों से वैर था।

फिर भी बड़े मामू होने के नाते वह अपनी बहनों की लड़कियों की फ़िक्र में घुल-घुलकर यह भारी-भरकम ज़िस्म बना पाये थे। इस वक़्त भी उनकी रोबदार आवाज़ गूँज रही थी–

"आप वहाँ बेफ़िज़ूल काहे को आस लगाएँ। हमारी बेटी में एक कमी है, तो उसका बर काँ से बे-ऐब मिलेंगा...?"

"हइयो, हइयो ! बजा फ़रमाये आप !" पपा बेदिली से ताईद कर रहे थे।

उसमें एक कमी है। उस कमी का एहसास उसे बार-बार दिलाया जाता। वह ख़ानदान की दूसरी लड़कियों के मुक़ाबले में अपनी तहज़ीब और तालीम के बावजूद कमतर समझी जाती थी। हज़ार बार उसने अपने बारे में सुना और हज़ार बार सोचा कि वह इस कमी को दूर कर देगी...वह सबसे बुलन्द है...वह क्या करे... क्या ?...

सामने बैठा हुआ मास्टर सो जाने के अन्दाज़ में टेबल-क्लाथ पर डांस करते हुए मर्द और औरत को देख रहा था। ख़ैर, यह तो कोई ख़ास बात न थी। चाँद के बँगले में आकर तो बड़े-बड़े सैलानी भी तारीफ़ करने पर मजबूर हो गये थे। घर की आराइश का ख़ब्त यूँ तो हर धनी हैदराबादी को होता है, मगर सादिक़ हुसैन ने तो बड़े-बड़े जागीरदारों से टक्कर ली थी।

"लीजिए, यह मेरे कोर्स की किताबाँ हैं," इन्तज़ार से उकताकर उसने किताबें मास्टर की जानिब धकेल दीं। हाथ से किताबों को दूसरी जानिब धकेलते हुए मास्टर ने नया सिगरेट सुलगाया।

"अभी किताबों को रहने दीजिए। मैं आपको कोर्स से अलाहिदा (अलग) भी कुछ पढ़ाना चाहता हूँ !"

फिर न जाने वह क्या बकवास करता रहा, जिसका खुलासा यह था कि चाँद आज तक जीने के बजाय झख मारती आयी है। उसने उस बँगले से बाहर कभी नहीं देखा। वह यह लड़की नहीं है, जिसकी आज ज़माने को ज़रूरत है। उसे एक तालीमयाफ़्ता (शिक्षित) लड़की बनने के लिए अभी बहुत-कुछ पढ़ना होगा।..."ख़ैर, तो आपका नाम क्या है ?"

वह झुँझला गयी–लेकिन मास्टर बहरहाल मास्टर होता है–चाहे वह पैबन्द लगाकर गबरडीन का पैण्ट पहने हो, उसकी जेब में एक आने वाले चार-मीनार सिगरेट की डिबिया पड़ी हो, उसकी गन्दी चप्पलें कितनी ही बेदर्दी से क़ालीन का सत्यानाश मार दें !...

"वख़रुन्निसा बेगम !..." उसने बड़े फ़ख्र से कहा।

"और चाँद भी तो।..." मास्टर की निगाहें अभी कमरे की ज़ेबाइश (सजावट) से सैर (तृप्त) न हो पायी थीं।

"वह तो जब प्यार से पुकारते..."

एक घण्टे तक वह यूनान, यूरोप और हिन्दुस्तान के अदब की अहमियत यूँ समझाता रहा कि वह अदीब खुद भी न समझ पाये होंगे। न जाने कैसे उसने हर चीज़ का हासिल चाँद को ठहराया। शेक्सपियर, गोर्की, और ग़ालिब के बाद दुनिया की ज़िम्मेदारी चाँद के कन्धों पर आ पड़ी है।

शुरू में मास्टर की आवाज़ गूँजती हुई मालूम होती थी और बात का आख़िरी सिरा एक मुबहम (गूढ़, अस्पष्ट)-सी सरग़ोशी में ख़त्म हो जाता था।

बात समझाते वक़्त उसका चेहरा बड़ा पुर-सुक़ून (शान्त) होता। आँखों के कोने सिमट जाते। बड़ी-बड़ी बातें भी मामूली-सी लगतीं। उसकी शख़्सियत कमरे में छाने लगी।

चन्द मिनट तक चाँद दुनिया के इस बोझ से दबी रही, जैसे ज़रा भी हिली, तो उसके कन्धों पर से लुढ़कती हुई दुनिया के रेज़े-रेज़े हो जाएँगे। कुछ यक़ीन नहीं आ रहा था। लेकिन मास्टर के चेहरे पर सच्चाई की तमतमाहट थी। वह चाँद को यूँ देख रहा था, जैसे उसकी सही क़ीमत का अन्दाज़ा लगा रहा हो या, जिस चश्मे के इन्तज़ार में उसका सारा वजूद प्यासा था, वह अब सामने आ गया हो।

"अगर कोई बात समझ में न आए, तो पूछ लीजिएगा !"

कोई बात ऐसी न थी, जो समझ में आयी हो। यह अदब-वदब की गुफ़्तगू तो उसने बारहा (कई बार) बरदाश्त की थी, बल्कि बंगाली मास्टर ग्रीन ने इंग्लिश पढ़ाते वक़्त अदब की ऐसी चाट लगा दी थी कि वह खुद भी रूमानी कहानियाँ लिखने लगी थी, जो 'मेहराब' में बड़े तमतराक से प्रकाशित हुआ करतीं। कितनी बार वह सलीम के साथ कल्चरल प्रोग्रामों में शरीक़ हुई, लेकिन सियासत उसके बस का रोग न थी।

"ख़ैर जी, मिट्टी डालो...मगर एम. ए. किये सो लोगाँ इतने गन्दे चप्पल क्यों पहनते होंगे, जो फ़र्श को भी गन्दा कर दइयें। ऐसे गन्दे आदमियों का ज़िक्र चमचा खव्वाल से करना..." उसने पढ़कर उठते हुए सोचा।

चुन्नू मामू सबसे छोटे मामू थे। नफ़ासत और नज़ाकत का पुतला ! ख़ूबसूरती पर मिटनेवाले। अगर सामने से कोई बदसूरत आदमी गुज़र जाता, तो तबीयत मुकद्दर (अप्रसन्न) हो जाती। वह काइम अली की बिरादरी से ताल्लुक़ रखते थे, इसलिए नाच-गाने के दीवाने ! बड़े-बड़े उस्तादों से फ़न सीखने में उम्र और दौलत गँवा दी। छह फुट के लहराये हुए क़द पर अमूमन साड़ी और ब्लाउज़ पहनते। बालों

को गरदन तक बढ़ाके सँवारते। काजल, पाउडर, लिपस्टिक से हर वक़्त आरास्ता (सजे-धजे), लेकिन घर में औरंगाबादी हमरो की शेरवानी और शामू का चुस्त पायजामा भी पहन लेते। तबले, सारंगी और पानदान में घिरे, हर वक़्त मुसाहिबों के हलके (घेरे) में बैठे हैं। अपने बड़े भाई की तरह उन्होंने न तो शाही साज़िशों में हिस्सा लिया और न बड़े ओहदों के पीछे दौड़े। अपनी ख़ानदानी आन को क़ायम रखना भी तो सबसे अहम फ़र्ज़ था। इसीलिए सब बहन-भाइयों से लड़कर छोटी बहन यानी गौरी माँ की माँ के यहाँ बनजारा हिल रहते थे।

ज़रा-सी तकलीफ़ पर मचल करके रोना उनकी आदत थी। आवाज़ इतनी बारीक़ कि छोटी लड़कियों को भी मात करें। खाना खाते वक़्त भी रियाज़ (अभ्यास) किया जाता ! वे चाँद के पूरे ग्रुप के सबसे ज़्यादा लाडले मामू थे, और सबको अपना शाग़िर्द समझते थे। फ़िल्म से सख़्त नफ़रत थी। हर वक़्त मदनी नवाब की थियेटर कम्पनी को याद करते, जिसमें हीरोइन का रोल अदा कर चुके थे, लेकिन अपने शाग़िर्दों का दिल रखने को उन्हें सिनेमा भी दिखा लाते। यूँ भी चुन्नू मामू से दस-पन्द्रह रुपये, साड़ियाँ और दूसरी चीज़ें हर वक़्त ऐंठी जा सकती थीं। जुमा के दिन सब मिलकर क़व्वाली गाते–'दीवार तले खड़को, सनम हम तो गाएँगे...हाँ दीवार तले खड़को...'

क़व्वाली में उनकी आवाज़ सबसे बारीक़ होती, इसीलिए चाँद ने 'चमचा क़व्वाल' का ख़िताब दिया, जो एकमत से फ़ौरन मंजूर हो गया। मौज़ूँ (उपयुक्त) ख़िताब बाँटने में चाँद का सानी कोई न था।

किताबें रखकर वह अन्दर आयी, तो पूरी बिरादरी उसका इन्तज़ार कर रही थी। गौरी माँ और उसकी छोटी बहन फरख़, सलीम का छोटा भाई नवाब जानी और क़ासिम आपा। इसके अलावा नवाब जानी एक नया जानवर भी पकड़ लाया था।

"उनों हैं हयात अली क़ाँ (ख़ाँ) साहब। आपके बिरादरे-अज़ीज़ !" उसने बाक़ायदा तआरुफ़ (परिचय) कराया और सबने आँखें फाड़कर उसे देखा।

"आपको ग़लतफ़हमी हुई नवाब जानी ! मैं तो टूटा तारा हूँ !" वह घबराकर यूँ खिड़की से बाहर देख रहा था, जैसे उड़ने को पर तोल रहा हो। सबने आँखों ही आँखों में तय किया–आदमी शाइर दिख रहा है...

वह टूटा तारा ही था। उसकी माँ बड़े मामू हज़त की ड्योढ़ी में छोकरी थी। एक दिन हयात के पैदा होने की ख़बर ड्योढ़ी में आम हुई, तो बड़े मामू हज़त ने अपने अब्बा के डर से उसे निकाल दिया। मारे बदहवासी के पन्द्रह रुपये महीने का इक़रार भी कर बैठे थे। यह सब सुनी-सुनायी थी। यूँ आँखों-देखी भी न भूले थे।

जब हर रोज़ सुबह ही एक कार में सब सामान की तरह लदकर आयाओं के साथ स्कूल जाया करते थे, तो बाहर सड़क पर एक लड़के को खड़ा देखते। एक स्याह-फाम (अश्वेत) बदसूरत लड़का। उसकी शेरवानी का कालर और कुहनियाँ फटी होतीं। किरमिच के मैले जूतों में से उँगलियाँ बाहर झाँकतीं और वह गरमियों की धूप में नहाने के बावजूद बड़े सब्र से सड़क के किनारे बैठा गेट के अन्दर घूरे जाता, मामू हज़त का इन्तज़ार किये जाता। उसे अन्दर आने की इजाज़त नहीं थी और मामू हज़त वायदे के बावजूद कई-कई माह उसकी माँ को ख़र्च नहीं देते थे। जब कार उसके क़रीब से गुज़रती, तो सबसे पहले गोरी माँ उसको मुँह चिढ़ाती और उसकी नक़ल में सब ही उसे मुँह चिढ़ाना फ़र्ज़ समझते थे; मगर वह लड़का अपनी आँखों में हैरानियाँ जगाये, बड़ी हसरत से चमकती मोटर में बैठे हुए ख़ूबसूरत बच्चों को दूर तक घूरे जाता !

आज इतने लम्बे-चौड़े इन्सान को सामने पाकर चाँद का जी चाहा, एक बार फिर उसे मुँह चिढ़ाकर भागने की रेस होनी चाहिए, मगर टूटे तारे वाली उपमा ने रोक दिया। वह आज भी उस शीशमहल के वासियों को देखकर चकित हो गया था।

"आज से हयात मियाँ हमारी पार्टी में मिल गये।" नवाब जानी ने ऐलान किया, जिसे सबने नाक-भौंह चढ़ाकर सुना।

"ख़ैर, चल जाएँगा !" फ़र ने सब्र किया।

"जेब जबड़ा...?" चाँद ने गौरी माँ के कान में मशविरा किया।

"हो अल्लाह..."—उसने ख़ुश होकर ताईद की। नवाब जानी ने भी हयात का यह ख़िताब बहुत पसन्द किया। उनकी इस्तिलाह (परिभाषा) में मुरब्बानुमा चेहरे और फैले हुए दहाने (मुख) वाले के लिए यह मौज़ूँ-तरीन (उपयुक्ततम) नाम था। इस तरह उन्होंने अपने इस्तिलाह में बहुत-से अल्फाज़ (शब्दों) जमा कर लिये थे, जिनकी ईजाद का सेहरा हमेशा चाँद के सिर बँधता।

शाम को वह कॉलेज से लौटी, तो आया ने सलीम का ख़त दिया। उसने हसरत जंग की लड़की से कश्मीर ही में शादी कर ली थी।

यह ख़त तो मौत की तरह एक-न-एक दिन आना ही था, मगर हर मौत कितनी नयी और अविश्वसनीय होती है, और हर बार छाती पीट-पीटकर रोने का स्टाइल भी पुराना होने के बावजूद कितना आम है !

लेकिन मक़्दूर (सामर्थ्यवान) होने के बावजूद उसे नौहागर (विलाप करने वाला) न मिला। नहाने के बहाने बाथ-रूम में घुसकर वह ख़ूब रोयी। ऊपर से शॉवर-बाथ का पानी उसके आँसुओं के दरिया को टब के समन्दर में मिलाता रहा।

राज़क ने भी इंग्लैण्ड जाने से पहले ऐसा ही ख़लूस (सहृदयता) बरता था, मगर सलीम की बात ही और थी। उसकी शायराना तबीयत भी बड़ी कशिश रखती थी। वह राज़क की तरह सिर्फ़ दौलत का ही रोब न डालता था। सोशल सर्विस में उसने बड़े-बड़े कारहाए-नुमायाँ (प्रमुख कारनामे) अंजाम दिये थे—"ख़ौम (क़ौम) के लिए क़ून (ख़ून) का आख़िरी ख़तरा (क़तरा) बहाना भी हमारा ख़ौमी (क़ौमी) फ़र्ज़ है !"

और चाँद सोचती थी, सलीम की बीवी बनना भी कितना जानजोख़ों (जोख़िम) का काम होगा। सलीम ने उस पर एक नज़्म भी लिखी थी—'नक़्शे-नातमाम'। जब युनिवर्सिटी के मुशायरे में वह नज़्म सुनायी थी, तो 'कल्लिया अनास' और 'निज़ाम कॉलेज' की लड़कियों में खलबली मच गयी थी। सब एक-दूसरी की ख़बर लेने लगीं और इशरत आपा ने बिगड़के कहा था, "अजी, उने बहूत फोर-ट्वण्टी है। एक बार तो मेरी रिक्शा के संगात सेकल मिलाकर कॉलेज तक आया था !"

"फिर आपकी सूरत देख लिया होगा ?" यशोदा ने सादगी से पूछा था।

"तो फिर यह नज़्म आप पर ही लिखी गयी है ?" सबने मुत्तफ़िक़ा (एकमत) तौर पर बड़ी फ़राख़दिली (उदारहृदय) से आपा के हक़ में दस्तबरदारी ज़ाहिर की।

यूँ भी आपा उर्दू ग़ज़ल का वह पिटा हुआ मौज़ूअ (विषय) थीं, जिन पर मीर और ग़ालिब से लेकर हुदहुद और चिरकी तक छाये हुए थे। हर साइज़ के और हर रूप के अदीब को देखते ही उनका दिल बेक़ाबू कबूतर की तरह फड़फड़ाने लगता। ख़ाली घण्टों में वह अदब से दिलचस्पी रखनेवाली लड़कियों को मशहूर अदीबों-शायरों का कच्चा चिट्ठा सुनाया करतीं।

उनसे अलग वह गैलरी में बैठी मुस्कराती रही। उनमें से किसी के तेवर गिरफ़्त में नहीं आते। कौन है, जिसे बनानेवाला मुसव्विर (चित्रकार) रंग भरते-भरते ज़रा सिगरेट सुलगाने को रुका और वह इन्तज़ार से बेज़ार होके यूँ ही भाग खड़ी हुई ?...

'नक्शे-नातमाम' की तश्बीहा कौन थी ?...बारी-बारी उसने मुर्गियों की तरह लड़ती हुई लड़कियों पर निगाह डाली और अपने गोरे हाथों को घुटनों में दबा के हँस पड़ी थी।

उस वक़्त वह ज़माना याद करके दिल में घटाएँ-सी उमड़ रही थीं। बहुत देर तक वह आईना में अपना रोता हुआ पोज़ देखती रही। आँसुओं से हुस्न निखर जाता है। तभी तो उर्दू शायर सरे-मिज़गाँ (पलकों पर) आँसू देखने की ख़ातिर सरे-मक़तल (वध-स्थल) आना पसन्द करते थे।

सिंगार-पटार से फ़ारिग़ होके वह सोफ़े पर जा पड़ी। अपने आँसुओं के धुँधलके में एक और परछाईं नज़र आयी। एक स्याह सूखा मारा हाथ, जो शिद्दते-इज़्तिराब (व्यग्रता की तीव्रता) में सोफ़े की पुश्त पर सिर पटक रहा था और सोफ़े के मखमल पर खिले हुए गुलाबों में बेशुमार शबनम के क़तरे झिलमिला रहे थे...

पहले दिन हयात की इस हरक़त पर चाँद घबरा गयी थी। चाँद की हैरानी से शर्मिन्दा होके वह डोलते क़दमों से चला गया, तो चाँद ने पहले गौरी माँ की तरफ़ देखा, जो अभी तक अपनी सौतेली माँ के थप्पड़ से गाल सुर्ख़ किये मेज़ पर झुकी रो रही थी। फिर उसने नवाब जानी को देखा, जो उस फ़िज़ा से मुतआस्सिर (प्रभावित) होकर अन्दर आया और लापरवाही से बोला—"मजनूँ के चचा हैं यह हज़त ! फुट्टा घड़ा समझो। ठेस लगी, तो पानी छलकने लगता !"

फिर चाँद और गौरी माँ हमा-तन-गोश (एकाग्रचित्त) बनी उसकी कहानी सुनने बैठ गयी थीं। फूटे घड़े की कहानी, जिसे किसी नवाब की बेटी ने उठाकर पटक दिया था, मगर हयात उससे न रूठा। उसे औरत की बेबसी पर तरस आता था। उस दिन से वह किसी औरत की आँख में आँसू न देख सका। मर्द भी इतने फ़राख़दिल होते हैं ? चाँद को यक़ीन न आया।

आज का दिन कैसा उजाड़ था। सुबह सलीम की शादी की ख़बर आग की तरह कॉलेज में फैल जाएगी। न जाने कैसे उसका हर रूमान कॉलेज में ख़ुशबू की तरह फैल जाता था और सब उजाड़ सूरतें हँस-हँसकर मज़ाक़ बनाया करतीं। सबसे बढ़कर यशोदा, जो लड़कियों के इस कारोबारे-इश्क़ पर दिल खोलकर हँसा करती, हालाँकि खुद न जाने किन गुण्डों के साथ गाँव-गाँव की ख़ाक़ छानती थी। आज तक उसने यशोदा से बात नहीं की थी। चाँद का पूरा ग्रुप उन लड़कियों से भी बात न करता, जो यशोदा-जैसी लड़कियों से मिलती-जुलती थीं। इन धेड़-चमारों को कुछ तो अपनी औक़ात का एहसास होना चाहिए।

घर आते ही चाँद को अपनी औक़ात का भी एहसास होता।—जब अमन्नी सलीम के लिए बड़े मामू हज़त पर हर तरह के डोरे डालकर थक जातीं। उधर पपा अमन्नी की कुछ चलने ही न देते।

यह तो सब ही जानते थे कि सादिक़ मियाँ अपने ससुराली जागीरदारों से सख़्त मुतनफ़्फ़िर (विमुख) थे। ख़ासतौर पर जब से उनकी माली पोज़ीशन बुलन्द हुई थी, वह खुले बन्दों जागीरदारों पर लान-तान (दुत्कार) करते रहते थे। हज़ार बार उन्होंने सुनाया कि जागीरदारों को बेटी देने से बेहतर है कि लड़की को बावड़ी में फेंक देता। ज़्यादा इसरार पर वह सलीम के यहाँ की लौंडियाँ-छोकरियाँ गिनाने लगते।

यह तो सरीहन (स्पष्टतः) जागीरदारों से जलन थी, वरना चाँद का बचपन अभी कौन-सा दूर चला गया था।

जब वह हमरो का पायजामा पहनती थी, कलीदार कुरते पर मशज्जर की वास्कट और कारचोबी टोपी ओढ़कर हर जगह पपा के साथ जाती थी। होटल के सिलसिले में पपा शोलापुर, मुम्बई, और पुणे जाते, तब भी वह पीछा न छोड़ती। पपा ख़ुद भी उसे ज़रा देर को जुदा करने पर तैयार न होते थे, अलबत्ता बाहर जाकर वह चाँद से ज़्यादा उसकी आया पर मेहरबान हो जाते।

उसे पपा का वह मिसाली हुस्न भी याद था, जो औरतों को छोड़ बड़े-बड़े नवाबों को रिझा देता था। क्या मालूम वह कहानी सच ही हो कि पहले पपा नाना हज़्रत को पसन्द आये थे और उनकी किसी बात से ख़ुश होकर नाना हज़्रत ने सबसे ज़्यादा मंज़ूरे-नज़र लौंडी की सबसे ख़ूबसूरत लड़की सरदार से उनकी शादी कर दी। बिलकुल ख़ानदानी लड़कियों वाली धूमधाम से शादी। चाँद को राशिद अली बेग की बीवी भी याद थी, जिसने हज़ारों रुपये लगाके 'उसमानिया' को पढ़ाया और उस कर्नल की लड़की को, जिसके पीछे कर्नल की बेशुमार दौलत थी।

वह हर जगह पपा के साथ होती। उन मुग़लई दावतों में, जहाँ फ़र्श पर दस्तरख़्वान बिछता, सुर्ख़ दस्तरख़्वान पर कच्ची बिरियानी और बघारे बैंगन की रक़ाबें रखकर खिलाया जाता और उन दावतों में भी जहाँ छुरी-काँटे में मछली की तरह फँसना पड़ता!...पपा गुज़रे दिन भूलकर चाहे कुछ कहते रहते, मगर सलीम ख़ुद ही बिहिश्त नवाज़ जंग के आला ख़ानदान पर फिसल गया। मुहब्बत के सारे मशहूर दुखान्त कमरे में तैरते फिर रहे थे और फिर भी कमरा ख़ाली-ख़ाली-सा लग रहा था। हर चीज़ में एक कमी नज़र आ रही थी। वह ख़ुद भी तो एक वाहिमा-सी (भ्रम) में पड़ी थी, जैसे उसके अन्दर हरारत, कुव्वत, हरकत कुछ नहीं रही। अपनी मर्ज़ी से वह हाथ भी नहीं हिला सकती...उसमें एक कमी है, जो काइनात (सृष्टि) की किसी ज़ी-रूह (जीवात्मा) में नहीं।

"अल्ला मियाँ, सलीम की मग़रूर बीवी की ख़ौमपरस्ती (क़ौमपरस्ती) से क़ूब (ख़ूब) नफ़रत हो। उसको साल में दो बच्चे होने दो। इसी ग़म में घुल-घुलके सलीम की शक्ल बुढ्ढू एडवानी के जैसी हो जाए !"

कोसने देने के बाद ज़रा जी ठिकाने आया, तो उसे अपना मास्टर याद आ गया।

ख़ुदा को जितनी आज़माइशों में डालना था, वह अब ख़त्म होने को थीं। यशोदा के अलावा वह नया मास्टर दूसरा शख़्स था, जिसे देखकर यक़ीन नहीं कि मिल्टन और गोर्की को पढ़ना छोड़, उन्हें अपना नाम भी लिखना आता होगा !

आज तक इतना ख़ुश्क-मिज़ाज और कुरूप मास्टर उसे नहीं मिला था। भला ऐसे वक़्त कौन इन्सान पढ़ सकता है, जब सामने एक अज़ली (आदिकाल का) प्यासा इन्सान बैठा हो, गन्दे पैरों से फ़र्श ख़राब कर रहा हो, सिगरेट की राख नये कार्डराय के टेबल-क्लाथ पर गिराये जाए ? (अने भी जेब-जबड़े का भाई दिखता)।

(सलीम तो अब बीवी को लेकर बेदर चला जाएँगा) ग्यारह तो बज रहे होंगे...! जभी तो रात के सन्नाटे की गुनगुनाहट उभर रही है। 'उसमानिया' का शोर कम हो रहा है। सिर्फ़ दो-चार पिये हुए अदीब अभी तक बैठे उन नक्क़ादों (समीक्षकों) को गालियाँ दे रहे हैं, जिन्होंने उनकी गराँ-क़द्र (अमूल्य) तख़लीक़ात (रचनाओं) की क़द्र न की। बैन्ल्लअक्वामी (अन्तर्राष्ट्रीय) हालात पर बहस करनेवाले नाइट-एडीटरों और रोज़नामों में काम करनेवाले कातिबों का शोर जाग पड़ा है। जुमुर्द महल के तमाशाई, इक़बाल और मख़दूम के अशआर गुनगुनाने वाले निज़ामिया होटल के अदीब सड़कों पर निकल आये हैं। यह आबिद रोड भी कितनी अजीब है। जब दुनिया सोती है, तो यह बेदार हो जाती है !...

रज़ाई ओढ़कर वह भटकी हुई चिड़िया की तरह फ़िज़ा में कुछ ढूँढ़ने लगी...

दूर कहीं सहगल गा रहा है—कहर हो या बला हो, जो कुछ हो...काश कि तुम मेरे लिए होते...

काश ! तुम मेरे लिए होते...काश...मेरे लिए...

हयात की दास्तान सुनकर गौरी माँ को उस पर बड़ा तरस आया। सब ही को उससे हमदर्दी हो गयी। फ़र और नवाब जानी ने उसे भी शतरंज-प्लेयर बना लिया। फिर एक दिन शतरंज खेलते में गौरी माँ हस्बे-आदत भड़क उठी और ज़रा-सी बेईमानी करने पर हयात की कलाई में दाँत गड़ा दिये। गौरी माँ की इस बदतमीज़ी पर सब शर्मिन्दा हो गये। हयात अपनी कलाई से टपकता हुआ ख़ून देखकर मुस्करा रहा था।

"गौरी माँ को देखा तो मेरे को शहज़ाद याद आयी..." यह सुनकर सबको इतने ज़ोर की हँसी आयी, कि चाय की प्यालियाँ हाथों से छूट गयीं—"एइयो, गौरी की ख़िसमत (क़िस्मत)...बाप रे...बेचारी..."

कुछ देर गौरी माँ खिसियानी-सी बनी झेंपती रही। फिर उसका सफ़ेद चेहरा लाल-भभूका हो गया। अपने बिखरे बालों की लटें पीछे झटककर उसने ऐलान किया कि वह उस ज़ेब-जबड़े से इन्तक़ाम ज़रूर लेगी।

गौरी माँ को बार-बार रूठने-मनने की पुरानी आदत थी। चाँद की हमउम्र सही, मगर उसे अभी तक गुड़िया खेलने से फ़ुरसत न मिली थी। बड़ी पाबन्दी से अपनी सौतेली माँओं की मार खाती। दरख़्तों पर चढ़कर इमलियाँ तोड़ती और अपने झण्डोले बालों को पीछे झटककर दोनों हाथों से मुँह छिपाये हँसे जाती। अपनी छोटी बहन

फ़रख़ की तरह उसे नयी-नयी स्टाइल के कपड़े पहनने और तरह-तरह के फ़ैशन करने का बिलकुल शौक़ न था। चाँद की तरह ज़रा-ज़रा-सी बात को शिद्दत से महसूस करना और अपने-आपको हर वक़्त लिये-दिये रखना भी उसे कभी न आया। जब वे तीनों एक जगह बैठी हों, तो देखनेवाला सिर्फ़ चाँद में खो जाता। उसके नाज़ुक-नाज़ुक नयन-नक़्श इतने जँचे-तुले थे, जिनमें कोई आर्टिस्ट तरमीम (संशोधन) नहीं कर सकता था, लेकिन भरपूर निगाह डालने से चाँद में किसी कमी का शिद्दत से एहसास होता। उसकी ख़ूबसूरती बे-नमक के सालन की तरह बदमज़ा लगती। इसके बर-ख़िलाफ़ (प्रतिकूल) गौरी माँ की दाइमी (स्थायी) मुस्कराहट, उसका सफ़ेद रंग और हर बात से बेफ़िक्री ख़ासी पुर-क़शिश थी। सिर्फ़ फरख़ बेचारी रह जाती, जिसे अपनी बड़ी बहन की न मासूमियत मिली थी, न रंग। अलबत्ता उसके साँवले चेहरे पर ख़ानदानी अज़मत की छाप थी और उसे गौरी माँ की तरह अच्छे-भले कपड़े फाड़ने का, फूल तोड़ने का और लोगों को ख़्वाहमख़्वाह सताने का ख़ब्त बिलकुल न था।

उस दिन भी गौरी माँ और चाँद, हयात की ट्रैजेडी सुनकर बहुत उदास हो गये थे। दूसरे कमरे में नवाब जानी, फ़र को सुना रहा था—"एक बार क्या हुआ, जुगनुआँ सितारों को बोले—मैं सुना, थोड़े दिनों में तुम्हारी रोशनी क़तम (ख़त्म) हो जाएगी। सितारे कोई जवाब नहीं दिये और मुस्कराते रहे..."

इधर गौरी माँ सबको तरसाने के लिए जो कच्ची इमलियाँ खड़े दुपट्टे में छिपाये बैठी थी, वह उसने खिड़की से बाहर फेंक दीं और हाथ पोंछकर बोली—"परवाह नक्को करो हयात भई ! मर्द अपनी मुहब्बत को ज़्यादा दिनों याद नहीं रखते..."

हयात ने पलटकर गौरी माँ को भीगी आँखों से देखा और चला गया। वह हमेशा यूँ ही चला जाता था, बग़ैर इजाज़त लिये, और उसके जाने के बाद एहसास होता कि वह रोशनी अचानक बुझ गयी है, जो किसी चोर-ग़ोशे से निकलकर कमरे को चमचमा रही थी।

"धत् ! यह आदमी चुप हीरो बनने की कोशिश करता,"—फर चिढ़ गयी।

मगर शाम को वह फिर आया, तो सबकी साज़िश के मुताबिक़ गौरी माँ इस्तिक़बाल (स्वागत) को लपकी—"अल्लाह, आप इतनी देर से क्यों आये, हयात भई ? मैं आपको जब से याद कर रहियो न !"

सब 'पब्लिक ओपनियन' खेल रहे थे। सबने हयात को चोर बनाया और चाँद ने स्टूल पर खड़े होकर उससे सम्बन्धित खेलनेवालों की चार रायें सुनायीं—

"जेब जबड़ा-दिल-जाँकनी की हालत में समझदार, पुख़्ता व चालाक...टूटा हुआ तारा-मुफ़्त हाथ आये, तो बुरा क्या है ?..."

आख़िरी राय पर उसने यूँ छत की तरफ़ देखा, जैसे ख़ुदा से इन्साफ़ का तालिब

(इच्छुक) हो। फिर गौरी माँ की तरफ़ देखकर उसने आहिस्ता से कहा, "मुफ़्त हाथ आये, तो बुरा क्या है ?..."

एक मिनट के लिए सबकी साँस रुक गयी। गौरी माँ तक उसका चेहरा देखकर शर्मिन्दा-सी हो गयी। मुमकिन था, वह चकराकर गिर पड़ता, मगर नवाब जानी ने बढ़कर मामला सँभाल लिया। जब गौरी माँ चोर बनकर कमरे से बाहर चली गयी, तो शेरवानी की जेबों में हाथ डालकर बाहर जाते हुए उसने कहा, "मेरी राय भी नोट कर लीजिए, चाँद पाशा–

"तू मिरी रात को मेहताब से महरूम न रख
तेरे पैमाने में है माहे-तमाम ए साक़ी..."

उसके बाद वह कई दिनों तक न आया।

ज़िन्दगी यूँ भी बहुत मसरूफ़ थी। उस दिन जो मामू हज़्रत ने एक घण्टे तक बन्द कमरे में मीटिंग बुलायी थी, तो मज़ाक़ नहीं फ़रमाया था। सुना है, तामीरात (निर्माण) के किसी इंजीनियर साहब ने बाग़ में गौरी माँ को किसी से लड़ते देख लिया था (लड़ते वक़्त वह हमेशा प्यारी-सी लगती !)। उन्होंने बनजारा हिल्स पर इतना बड़ा बँगला बनवाया था, जिसमें एक बीवी पहले से मौजूद थी और अभी बच्चों सहित तीन और बीवियाँ आसानी से रह सकती थीं !

यह ख़ुशख़बरी सुनकर सबको एकदम से अपने कपड़ों की मार पड़ गयी थी। एक तो यूँ ही यह घर में लड़की की पहली शादी थी और मामला बनजारा हिल्स की लड़कियों से टक्कर का आन पड़े, तो ज़ाहिर है, हर शख़्स को इस मसले पर संजीदगी से गौर करना पड़ा।

गौरी माँ हरएक से कहती फिरती कि लोग अब उसे गौरी माँ के बजाय उसके पूरे नाम रहीमुन्निसा बेगम से पुकारें।

"कुछ भी हो, मैं तो अब यह मास्टर से नईं पढ़ूँगा आँ !..." एक सुबह चाँद नाश्ते की मेज़ पर ख़ूब ठनकी।

"अजी, समझाओ न अपनी लाडली बेटी को..." अमन्नी फ़िक्रमन्द होके पपा से मदद की तालिबगार (अभिलाषी) हुईं।

"वह बाप बेचारा ग़रीब छोकरा है, तो नक्को कते !"

'हइयो, हइयो..." पपा अख़बार से नज़रें हटाये बग़ैर ताईद (अनुमोदन) कर रहे थे। ऐसे वक़्त उनकी पोज़ीशन बड़ी नाज़ुक हो जाती। अपनी बेटी की वह किसी

बात को रद्द नहीं कर सकते थे, लेकिन बीवी की यह मसलहत-अन्देशी (दूरदर्शिका) भी ठीक ही थी कि लड़कियों का मास्टर हमेशा ग़रीब होना चाहिए। उन्हें अपनी बेटी पर एतिमाद (विश्वास) था, लेकिन अभी पिछले दिनों उन्होंने इत्तेफ़ाक़न (संयोगवश) चाँद के होमवर्क की कॉपी उठायी, तो उसमें मास्टर ने जगह-जगह एक ख़ूबसूरत लड़की के स्केच बना डाले थे। मजबूरन अख़बारों में दूसरे मास्टर के लिए इश्तहार देना पड़ा।

''मेरे को वह बंगाली मास्टर होना। नईं तो हाजी दादा की दुकान से एक बनारसी साड़ी दिलाओ,'' बच्चों की तरह वह मचल रही थी।

पपा ने बड़े अचम्भे से अपनी बेटी को देखा, तो उस मास्टर का बदल एक बनारसी साड़ी भी हो सकती है...! शुक्र है, उनकी बेटी अपने बाप पर गयी।

''मैं जाकर फ़ोन कर देता ऊँ,'' पपा को नीम-रज़ामन्द पाकर वह कमरे में भागी।

''आपकी दौलत को ज़ंग लगी...बोल के क़बर (ख़बर) डाला क्या अख़बार में...?'' अमन्नी को बेहद गुस्सा आया। बेटी की फ़रमाइश पर कैसे अनजान हो जाते हैं। यूँ घर के हिसाब में एक पैसे की भूल हो जाए, तो दुनिया उलट-पुलट हो जाए !

''उने ताजिर की बेटी है। दमड़ी दमड़ी पू मरनेवाले जागीरदार की छोकरी नईं है !'' सादिक़ हुसैन फ़ख़्र से बोले। आज उन्हें अपनी बेटी पर बड़ा प्यार आ रहा था।

''बस चुप बैठिए जी ! बहूत देखे ऐसे ताजिराँ !''—अमन्नी सोचने लगीं, ''आज क्या जागीरदारों पू(पर) हँसते, जी ! जब उनकी हालत मकतादारों की भी नईं रई ! वह दिन याद करो, जब मेरे जैसी पालकड़ियाँ चालीस हज़ार का दहेज़ लाये। अरे जागीरदारों तो तुम जैसों को छू दिये, तो सोना हो गये न ! अगर मैं अम्मा के बजाय बड़ी अम्मा के पेट से पैदा होती, तो यह सादिख़ (सादिक़) मियाँ की ख़िसमत (क़िस्मत) सात बार जन्म लेकर भी अब्बा हज़्रत की औलाद तक कैसा पहुँचती ?''

''क्या मतलब है तुम्हारा ? एक बेटी को देखकर भी दिल ठण्डा नक्को करूँ...!'' अख़बार फेंककर सादिक़ हुसैन लड़ने को तैयार हो बैठे। अब सरदार के चुप होने की बारी थी। चालीस हज़ार का दहेज़ लायीं, तो क्या ! सादिक़ हुसैन की माँ ने भी तो अपनी ख़ानदानी हड्डी बेची थी। सिर्फ़ इसलिए कि नवाब साहब ने सादिक़ को अपना सबसे चहेता दामाद समझा। बड़े मामू हज़्रत ने सगी बहनों का-सा बर्ताव किया। चुन्नू नवाब ने गौरी माँ की माँ और चाँद की माँ को आपा ही कहकर पुकारा। फिर शादी के छह साल बाद भी औलाद ही न हुई। दुनिया-भर के मन्दिरों पर चढ़ावे चढ़ाये। बी के अलम (झण्डे) पर ढटियाँ बाँध-बाँधकर थक गये। तब कहीं

जाकर चाँद पेट में आयी। कितनी बार सरदार ने सुना कि सादिक़ हुसैन लड़के के लिए एक और शादी कर रहे हैं। घबराकर उन्होंने घर में नयी-नयी मामाओं-छोकरियों का इज़ाफ़ा कर दिया। चाँद पैदा हुई, तो वह सर्फ़े-ख़ास (ख़ज़ाने) में मुन्तज़िम (प्रबन्धक) थे। फिर वह राशिद अली बेग की बीवी को पसन्द आ गये और यहाँ की सोसायटी में अपनी माँग बढ़ते देखकर उन्होंने बीवी का दहेज़ बेच डाला। आबिद रोड के पिछवाड़े एक शानदार होटल खोल लिया। फिर कर्नल हमीद की लड़की उन पर फिसली। 'उसमानिया' का साज़ो-सामान बढ़ता गया। अब यह हैदराबाद का एक ख़ास होटल था, जहाँ बड़े-बड़े ओहदेदार आते। प्रेस कॉन्फ्रेन्सें होतीं। आबिद रोड से गुज़रनेवाले कारों के मालिक 'उसमानिया' में आइसक्रीम न खाना भी यूँ ही समझते, जैसे इन्सान मुम्बई जाए और ज़िन्दा ऐक्टरों को न देखे। होटल की पिछली इमारत में वह ख़ुद रहते थे और दूसरी जानिब पड़ी हुईं झोंपड़ियाँ हटाके एक बहुत बड़ा बाग़ लगा लिया था।

सादिक़ हुसैन के पुराने मुलाक़ाती जानते थे कि ख़ज़ाने का यह साबिक़ मुन्तज़िम चाहे कितना ही क़िस्मत का सहारा ले, मगर उसे तक़दीर ने नहीं, बेईमानियों ने बनाया है। कहनेवाले तो यह कहने से भी नहीं चूकते कि हसरत जंग की जागीर में चालीस सर्कश (उद्दण्ड) किसानों को सादिक़ हुसैन ने ज़िन्दा चुनवा दिया था, जिसके सिले में सरदार चालीस हज़ार का दहेज़ लायी। यूँ बड़े-बड़े काम इतनी ख़ामोशी से करना उनके बायें हाथ का खेल था, जिसकी वजह से बड़े लोगों में हर वक़्त उनकी माँग रहती।

मगर सूरत से तो वह बगुले की तरह मासूम और ख़ामोश लगते। सुर्ख़ व सफ़ेद रंग, घुँघरियाले स्याह बाल, जिन पर अब कहीं-कहीं सफ़ेद धारियाँ पड़ रही थीं और बुढ़ापे की आमद से भारी-भारी-सा जिस्म ! उनके चेहरे पर महबूबाओं वाली दिलरुबाई अभी तक झलकती थी, जो किसी ज़माने में हसीनाओं के होश उड़ा देती होगी, लेकिन आज भी उनके मिलनेवालों को क़रीब बैठने पर मजबूर करती थी...

ख़ैर, ऐब ढूँढ़ना दुनिया का दस्तूर है, मगर बड़े आदमी बनने के बावजूद उनकी विनम्रता में फ़र्क़ न आया था। गुड़ से मरनेवालों को उन्होंने कभी ज़हर न दिया ! घर के सारे नौकर राजा या मियाँ के नाम से याद किये जाते। उनसे हँस-हँसकर तेलुगु में मज़ाक़ भी कर लिया जाता, मगर काम के वक़्त कोई साँस न ले सकता था। कितनी बार ज़रा-सी ग़लती पर उन्होंने होटल के बैरों को जूते से पीटा। हड़ताल करनेवाले मुलाज़िमों को जेलों में सड़वा दिया। ज़रा-सी नाफरमानी करने पर घर की छोकरियों को भी वह मार देते कि देखनेवाले तौबा करें। उनसे हर शख़्स बनाये रखना पसन्द करता।

यूँ काम आ पड़े, तो पैसा ख़र्च करना बुरा न समझते थे। कोई अहम मेहमान आ जाए, तो आइसक्रीम भी लीजिए और केक-पेस्ट्री भी ! दावतें हों, तो ऐसी कि लोग भूल न सकें, लेकिन घर में रोज़ आध-पाव हड्डियों के चार सालन पका करते। बिलकुल जागीराना चलन था। अपने साबिक़ मोहतमिम (प्रबन्धक) को देखकर आज भी वह 'ख़िबला-ख़िबला' (क़िबला-क़िबला) कहते हुए कुरसी से उठ जाते। बा-रसूख़ (रसूख़दार) लोगों की मजलिस में हमेशा 'जी क़ुदावन्द' (ख़ुदावन्द) और 'हइयो तक़्सीर' के साथ हाथ जोड़कर जवाब दिया। हमेशा ख़ालिस ख़ानदानी लोगोंवाला अख़्लाक (शिष्टाचार) रहा।

दीवाली में भैंसों की लड़ाई देखने और मन्दिर पर चढ़ावा चढ़ाने वह भी बड़े नवाब साहब के साथ सिकन्दराबाद ज़रूर जाते। हर साल ग्यारहवीं शरीफ़ की नियाज़ भी धूम से होती। फिर जुमेरात की रात को दरगाह यूसफ़ीन में रात-भर जागकर क़व्वाली सुनते और फ़ातिहा के बाद उलटे पैरों हाथ जोड़े लौटते हुए तो उन्हें हर हैदराबादी ने देखा होगा !

हर खुदा पर उनका ईमान था—वह आसमान की बुलन्दियों पर हो या ज़मीन के महलों में। क्या मालूम किस वक़्त किसकी ज़रूरत आ पड़े।

सुबह ऑफ़िस-रूम में अक़्सर मद्रासी मैनेजर से हिन्दुस्तानियों पर बहस हुआ करती।

''हिन्दुस्तानियाँ और बिल्लियाँ एक ज़ात ! दोनों येच सोचतीं—कब घरवालों की अँखियाँ मुँदना, कब हण्डी ले को भागना !''

''बजा फ़रमाया !'' मैनेजर हस्बे-हिदायत गरदन हिलाकर ताईद करता।

''आप सुनें सरकार ! परसों अपना 'सहीफ़ा' (एक घटिया-सा अख़बार) वाला क़बर (ख़बर) डालाँकते। हिन्दुस्तान में क़ूब (ख़ूब) झगड़े-टण्टे चल रहे। अब हिन्दुस्तान अलग बनता कते। पाकिस्तान अलग बनता !''

''मैं अबी (अभी) अर्ज़ किया न हज़त...'' सादिक़ हुसैन फरमाते, ''यह हिन्दुस्तानी अपने बेटे को भी देखा तो जलता ! अपने मुम्बे का मुहम्मद अली बैरिस्टर नईं। उने पाकिस्तान बनाता कते !... दस्तख़त की हुई फ़ाइलों के साथ-साथ हिन्दुस्तान की पॉलिटिक्स भी उनके क़लम के नीचे से सरकती जाती।''

''आँ...फिर गाँधी क्या बोला...?'' मैनेजर इस मौक़े से फ़ायदा उठाकर टाइप करना बन्द कर देता।

''उने क्या बोलता जी ! सोब (सब) एक थैली के चट्टे-बट्टे हैं। अपना गच चुप बैठको देखना क्या लगत आती से ?...अरे—आप ऐसा गच चुप बैठे, तो कैसा.. ? ज़रा हमारे ऊपर मेहरबानी फरमाओ, मौलाना !'' और मैनेजर खिसिया के टापइ-राइटर पर झुक जाता।

रात के खाने के बाद सब मुँह लटकाये बैठे थे। बनजारा हिल्स का इंजीनियर चालीस हज़ार से कम पर राज़ी न था और इस बात ने सबकी कमर तोड़ दी थी।

उस सर्द फ़िज़ा को पिघलाने के लिए नवाब जानी सबको 'क्वा वाडिस' की कहानी सुना रहा था, जिसे सबसे पहले देखने का उसने शरफ़ (सम्मान) हासिल किया था, लेकिन कमरे में कोई नीरो के ज़ुल्म सुनने को तैयार न था।

यहाँ अपने सामने हज़ारों रोम जल रहे थे। हज़ारों ख़्वाहिशों को सलीब पर चढ़ाया जा रहा था।

चाँद ने रेडियो पर कोई अच्छा प्रोग्राम ढूँढ़ने के बाद हैदराबाद लगा दिया, जहाँ से कोई मीर की ग़ज़ल गा रहा था।

यहाँ सब आज से सदियों पूर्व के इन्सान बैठे थे। आज भी रोम के ख़ुदा अपना हुक़्म मनवाने के लिए कौन-सा ज़ुल्म नहीं करते। आज भी ज़िन्दगी उतनी ही ग़ैर-यक़ीनी थी। आज भी इन्सानियत के ख़ुदाओं को मौत के राग से इश्क़ है और इन्सानों को ख़ौफ़नाक़ दरिन्दों के सामने डालकर इस तमाशे से लुत्फ़ उठाया जाता है—

फिरते हैं मीर ख़्वार कोई पूछता नहीं
इस आशिक़ी में इज़्ज़ते-सादात भी गयी

सबने बड़े ताज्जुब से देखा। दरवाज़े में जेब-जबड़ा पशेमान-सा खड़ा था। चाँद और नवाब जानी स्वागत को लपके।

उसके हाथ में पाँच रंगीन बैलून थे, जो उसने बड़े ख़लूस, बड़े चाव से गौरी माँ को पेश किये और सबको अपनी हँसी रोकनी पड़ी। आज गौरी माँ का मूड बहुत बिगड़ा हुआ था। फिर उस ग़ैर-रूमानी से तोहफ़े से तो वह और भी भड़क उठी। उसने बड़े तक़ल्लुफ़ से शुक्रिया अदा किया और खिड़की के पास जाकर एक बैलून हवा में छोड़ा, जो आहिस्ता-आहिस्ता अँधेरे में ऊपर उठने लगा।

जेब-जबड़े के चेहरे पर ख़ौफ़ छाने लगा, जैसे गौरी माँ किसी इन्सान के टुकड़े-टुकड़े करके हवा में उछाल रही हो। हाथ सीने पर बाँधे, साँस रोके, वह बड़े सब्र से अँधेरे में ग़ायब होते हुए बैलून देखता रहा। जब गौरी माँ पाँचों बैलून उड़ाकर मुड़ी, तो एक ठण्डी साँस लेकर जेब-जबड़े ने आहिस्ता से कहा, "यह पाँच आने के थे !"

यह सुनकर नवाब जानी को बड़ा अफ़सोस हुआ, क्योंकि हयात तीस रुपये पानेवाला लिपटन कम्पनी का एजेण्ट था और पाँच आने उसके लिए बड़ी अहमियत रखते थे। यूँ गौरी माँ को उसे ठप नहीं करना चाहिए था।

"तू धेड़नी है उजाड़ सूरत," चाँद का जी चाहा, ख़्वाहमख़्वाह गौरी माँ को

गालियाँ दे। फिर तो गौरी माँ को भी एहसास हुआ कि उसने ज़्यादती की है...''अयो, मैं समझी हयात भई मेरे को उड़ाने के वास्ते दिये !''

हाथ के इशारे से हयात ने चाँद को रोक दिया।

''मैं देखना चाहता था, चाँद पाशा, गौरी माँ इनका क्या करतीं। मेरी तबीयत तो बहुत दिनों से ख़राब है...।''

''अने कितना अजीब आदमी था अल्लाह !''...चाँद ने सोचा।—उसे कभी गुस्सा नईं आता। कभी हँसता नईं। उने कभी सिनेमा नईं देखा। कभी आइसक्रीम नईं खाया। फिर भी उने ज़िन्दा है। उसको किसी से शिकायत नईं है। बड़े मामू हज़त से भी नईं। जिन्होंने सलीम और नवाब जानी को यूरोप तालीम के वास्ते भेजे, पन उसको मैट्रिक तक पढ़ाने में भी साथ नईं दिये। हयात को अपने बहन-भाइयों पर भी गुस्सा नईं आता था, जिन्होंने उसका हक़ मार लिया...जो उसको दिन-भर साइकिल पर घूमते देखकर भी कोई हमदर्दी नईं करते थे। उसको न शहज़ाद से शिकायत थी, न गौरी माँ से। यह भी कितनी बड़ी खुश-ख़िसमती (क़िस्मती) थी कि अब उने सड़क पर बैठकर धूप में सूखने के बजाय उस ख़्वाबों के महल में आ सकता है। सिर्फ़ नवाब जानी की इनायत है। अब बड़ी ममानी उसको गालियाँ देना भी छोड़ दिये और बड़े मामू हज़त और चुन्नू मामू और अमन्नी और खालमाँ, किसी को उसकी जानिब से क़तरा (ख़तरा) नईं था। सिर्फ़ पपा उसको देखकर माथे पर बल डालते हैं...

''अजी, यह छोकरों को घर में नक्को आने दो—एक-न-एक दिन नुख़सान (नुक़सान) उठाएँगे आप लोगाँ !''

मगर वह अलमारी में रखे हुए गुड्डे की तरह बेज़रर (अहानिकारक) और दिलचस्प था। मासूम तितली-सा लगता। चाहे जितनी देर मुट्ठी के जेलख़ाने में बन्द करके तड़पने का तमाशा देखिए और जब फड़क-फड़ककर मर जाए, तो हाथों में लगे हुए उसके परों के रंग देखकर कितनी खुशी होती है ! और गौरी माँ को अपनी मुट्ठी में तितलियों को क़ैद करने का बड़ा शौक़ था।

फिर दो बीवियों के जन्नत नसीब करने के बाद अमीर अली ख़ाँ जागीरदार ने सिर्फ़ पन्द्रह हज़ार में गौरी माँ को ग़नीमत समझ लिया और छोटी खालमाँ के यहाँ एकदम रंगों, क़हक़हों और शहनाइयों का हंगामा उबल पड़ा।

माँझे का ज़र्द जोड़ा पहने, खुशबू में बसी गौरी माँ एकदम सारी दुनिया से आँखें बन्द करके मसहरी पर जा बैठी। जो कोई उससे मज़ाक़ करने अन्दर जाता, तो ज़र्द रंग का यह अक्स उसके चेहरे पर भी फैल जाता। जभी तो यह रंग हयात के मुँह पर भी जमकर रह गया था। सँभाल-सँभालकर रखी हुई खुश्क मुस्कराहट को वह बड़ी कंजूसी से इस्तेमाल करता था।

फिर नीचे कालीन पर बैठी हुई लड़कियों ने चमचा-ख़व्वाल (क़व्वाल) के साथ ढोल सँभाल लिया—

'सहेली मेरी भोली ममोला, मेरा दिल वाही लिया माँ !
नारंगी पै हो गयी दिवानी, मेरा दिल वाही लिया माँ !'

यह गीत सबको बहुत पसन्द आया। चाँद और फ़र ने बिलकुल मीरासिनों के अन्दाज़ से लड़-लड़कर सलीम, बड़े मामूँ हज़त और पपा से इनाम लिया। फिर गौरी माँ की बरात दरवाज़े पर आ गयी।

हयात नवाब जानी से कहता फिर रहा था, "गौरी माँ के दूल्हे का इस्तिक़बाल (स्वागत) शायाने-शान (शान के योग्य) होना चाहिए !" और भाई होने के नाते उसने सबसे पहले दूल्हा को चौखट पर यूँ रोक दिया, जैसे क़यामत तक अन्दर नहीं आने देगा। जब मज़ाक़ बरदाश्त से बाहर होने लगा, तो अमीर अली खाँ ने सेहरे की लड़ियों में से अपनी सफ़ेद मूँछें दिखाकर नेग के इक्यावन रुपये दिये, मगर हयात रुपये लिये बग़ैर अन्दर भाग गया। फ़िज़ा में शहनाइयाँ पूरे जोश से भड़क उठीं। दिल यूँ धड़कने लगे, जैसे उछलकर बाहर आ जाएँगे ! क़ासिम आपा बच्चों को घेरे रिकार्डों पर रिकार्ड लगाये जा रही थीं और टोलियाँ बनाये औरतें ज़्यादा-से-ज़्यादा चीख़ने का मुक़ाबला कर रही थीं।

समधिनों के क़हक़हे, बच्चों की पुकार, बैण्ड के नग़मे, गौरी माँ की सिसकियाँ और हयात की आवाज़ मिलकर एक ऐसा गीत बन गया, जिसके सुर अलाहिदा-अलाहिदा नहीं किये जा सकते। उस वक़्त गौरी माँ कितनी प्यारी लग रही थी। अगर हयात देखता, तो ज़रूर एक अच्छी नज़्म का इज़ाफ़ा हो जाता।

अब लड़कियों का जोशो-ख़रोश ठण्डा पड़ गया था। ख़्वाहमख़्वाह कोई बोझ-सा दिल पर आन पड़ा।

'अपनी बन्नी ले चले, अब ले चले सरदार हो
दुल्हन की अम्माँ यूँ बोले, अब हो गये लाचार हो !'

मीरासिनों के इस गीत पर औरतों के अलावा नवाब जानी और हयात भी दरवाज़े से लगे सिसकियाँ भर रहे थे।

फिर एक बजे रात को यह हंगामा उस आदमी की तरह ख़ामोश हो गया, जिसका चीख़ते-चीख़ते हार्ट फेल हो जाए। चुन्नू मामू रोये जा रहे थे—"अगे मेरी अम्मा...मेरी सोने की बेटी को चोराँ लेको भाग रईं, रे अल्लाह !..."

घर में बड़ा रहस्यपूर्ण सन्नाटा छाया हुआ था। सिर्फ़ छोटी खालमाँ की सिसकियाँ गूँज रही थीं। नवाब जानी, सलीम और पपा नीचे सामान उठा-धरी कर रहे थे।

चाँद ने बिलकुल न सोचा कि गौरी माँ किसी के आफ़्ताबों (सूरजों) की रोशनी

समेटे लिये जा रही है। वह साक़ी-ए-महफ़िल से रुख़सत हो रहा है, जिसके पैमाने में चाँद उदय होनेवाला था। अपने आँसू पोंछकर बहुत देर तक वह हिमायत नगर की तरफ़ जाती हुई बारात देखती रही। उसे जेब-जबड़ा क़तई याद न आया। उसकी इतनी प्यारी बहन, इतनी अच्छी दोस्त रुख़सत हो रही थी, एक ऐसे शख़्स के साथ, जो चाँद को क़तई पसन्द न आया–"अयो अल्लाह, अब मैं किससे लड़-लड़कर इमलियाँ छीना करूँगा जी...!"

फिर सोफ़े पर गिर के वह ख़ूब रोयी। रात-भर ख़्वाब में खोटे सिक्कों का व्यापार होता रहा। उन्हें लिये वह बाज़ारों-बाज़ारों घूमती रही। हर दुकानदार उन्हें वापस कर देता। किसी बैंक में वे क़बूल न किये गये। खोटे सिक्के...जिनमें मिलावट थी, जो किसी बाज़ार में न चलेंगे। हर कसौटी उन्हें झूठा साबित कर देगी !...

पहली जुमअगी के दिन वे सब अमीर अली ख़ाँ की मरम्मत के लिए वज़नी-वज़नी तरकारियों और फलों का इन्तख़ाब (चुनाव) कर रहे थे कि नीचे बड़े मामू हज़्त की घन-गरज सुनाई दी–

"आप तो शादी के दिन ऐसा भागे, जैसा मुरदे को ख़बर (क़ब्र) में डाल के भागे हों। आपको मालूम था कि घर में कितना काम है ?"

यूँ हयात पर बेभाव पड़ती देखकर बड़ी ममानी भी अपना भारी-भरकम जिस्म समेटकर उठीं।

"चुप डण्ड है बा उने तो–मामू का खाना, दूसरों की बकरियाँ चराना। वहीच मशल (वही मिसाल) है तुम्हारी !" उन्होंने अपनी तशबीहों-इस्तिआरों (उपमाओं-रूपकों) वाली ज़बान शुरू की–"हमारे वख़त (वक़्त) पर काम नईं आये, तो मियाँ जब तुम्हारा वख़त पड़ा, गुलगुला कौन तल के देंगा ?..."

फिर वह कमरे में आया। यूँ जैसे वाक़ई तीसरे दिन नयी क़ब्र पर फ़ातिहा पढ़ने आया हो...

"आप लोगाँ मेरे से क़फ़ा (ख़फ़ा) हो गये..." उसकी आवाज़ भर्रायी हुई थी। ज़मीन पर बैठे-बैठे चाँद ने सिर उठाके देखा। वह कितना लम्बा है। उसके आख़िरी सिरे को छूना कितना मुश्किल है। चमकते फ़र्श पर उसकी परछाईं यूँ पड़ रही थी, जैसे वह आधा ज़मीन के अन्दर दफ़न है। तीन दिन का भूला हुआ ग़म जाग पड़ा और चाँद उससे लिपटकर ख़ूब रोयी।

"जाने दो, चाँद पाशा !" उसने चाँद के आँसू पोंछे, "वह ऊपर उड़ जानेवाला बैलून थी। उने हमारे वास्ते नईं थी !"

"ज़िन्दगी के वह कितने अछूते लम्हे होते हैं, जब तख़ैयुल (कल्पना) की वादियों में शेरों के हैवले (साये) डोलते फिरें ! जब फ़न (कला) के इसरार व रमोज़ (रहस्य व भेद) शायर के चारों तरफ़ सरगोशियाँ करने लगें, लेकिन ऐसे वक़्त में भी शेर कहने के बजाय उसके कमरे की क़ीमत का अन्दाज़ा करने लगूँ, तो आप क्या समझेंगी...?" वह उठकर बैठ गया।

बस ऐसी ही ट्रैजेडी हुई है मेरे साथ। आप लोग बजा फ़रमाते हैं कि हैदराबाद में अदीब पैदा नहीं होते, सिर्फ़ वर्कर ढलते हैं। मुझे इसका एतिराफ़ (स्वीकार) है। मौजें गिनते-गिनते जब मैंने तूफ़ान पर नज़र डाली, तो शायराना मूड ग़ायब हो गया। यूँ लगता है, जैसे मैंने आज तक कोई शेर नहीं कहा, सिर्फ़ आँखें बन्द करके ख़्वाबों के जज़ीरों (द्वीपों) में घूमता रहा हूँ।

हर पाँच मिनट के बाद नया सिगरेट सुलगाने वाला जनूबी (दक्षिणी) हिन्द का वह शाइर कहता रहा। अपने मुँह के ऊपर भड़कते हुए सिगरेट के शोले में वह खुद भी जलता हुआ नज़र आ रहा था। उकताये हुए अन्दाज़ में संगीता तिमरन चट्टोपाध्याय ने अपने पैरों के क़रीब फैलती हुई धूप देखी। शाम की हवाएँ ज़बर्दस्ती सूरज को अँधेरे में धकेलने पर तुली हुई थीं।

पुराने पुल के उस चायखाने में हस्बे-मामूल (पूर्ववत्) उस वक़्त काफ़ी चहल-पहल थी। यह शहर का मर्कज़ी (केन्द्रीय) मुकाम था। चारमीनार के गिर्दागिर्द फैला हुआ हैदराबाद ! सिमटते-सिमटते इन छोटे-छोटे चायख़ानों में ख़त्म हो गया था। पुराने घाघ मुर्शदाँ (अफ़ीमची), झटके-ताँगे वालों, मज़दूरों, और छोटा-मोटा कारोबार करनेवाले ताजिरों (व्यवसायियों) के यह अड्डे थे। दिन में कई बार पॉलिसी बदलने वाले उर्दू अख़बारों के एडीटर, क्लर्क, ऊँची ड्योढ़ियों से निकाले हुए हरामी साहबज़ादे, फटीचर अदीब, और उनमें काम करनेवाले सहृदय वर्कर और खुफ़िया के जासूस, सब यहीं जमा होते हैं।

मुमकिन है, ग्राण्ड होटल, अज़ीज़ कम्पनी और निज़ामिया में बड़े-बड़े इण्टेलेक्चुअल बैठे, बढ़िया शराब में आला दर्ज़े की सियासत घोलकर पी जाते हों, लेकिन किंग कोठी, शाह मंज़िल, और दारुस्सलाम की हर सियासी चाल के मोहरे यहीं से चले जाते हैं। फ़िज़ा में सेंधी, पसीने और बीड़ी की बू फैली रहती है।

चारमीनार के आस-पास फैली हुई हिन्दुस्तानी कबाबों, दही-बड़ों की दुकानें फुलवारों, लोहारों और सुनारों की दुकानों में मिल गयी हैं। तिजारत दुकानों से निकलकर फुटपाथ पर भी आ गयी है।

आज संगीता को भी इस चायख़ाने में आना पड़ा था।

उनके क़रीब ही एक मद्रासी अपने दोस्त से नीम उर्दू, नीम इंग्लिश में बातें

कर रहा था।

"हैदराबाद की महजिदों (मस्जिदों) में नमाज़ाँ बड़ी जल्दी बैगन करतईं। मैं महजिद में इण्ट्रेन्स होकर अबी वुज़ू बना रूँ कि अमाम साइब खट बोल के सिलूट ही मारवईं। ओह छोकरा, एक चाई लाओ !" उनके साथी ने ताईद में गरदन हिलायी !

"मक्का महजिद में तो बारह बजते ही अमाम साइब इण्ट्रेन्स एण्ड करोतीं।"

"आज बाग़ आमा की महजिद में हुज़ूर का टेम्पर बहूत चढ़ाना था कते !" एक तुर्की टोपी ने चिन्ता ज़ाहिर की।

"आच्छा...?" तक़रीबन एक दर्ज़न लोग उछलकर तुर्की टोपी के क़रीब आ गये—"आँ, फिर क्या हुआ ?"

एक दुबले-पतले मौलाना, एक मन वज़नी पगड़ी बाँधे, कौमी झण्डे की तरह लहरा-लहराकर अपने दोस्त को शे'र सुना रहे थे—

'सनम के रूखे मुनव्वर पर जो एक तिल-सा चमकतिया है,
गोया खुदरत (क़ुदरत) के मुन्शी ने ख़लम (क़लम) झटका सौ नकतिया है।'

खड़े होकर बड़ी तहज़ीब के साथ झुक-झुककर दाद समेटने के बाद वह हाथ जोड़कर आज़िज़ी से (विनम्रता से) बोले—"दूसरा शे'र भी बोलाऊँ तकसीर, पन अभी मतलब डालना बाख़ी (बाक़ी) है !"

संगीता की महियत (मग्नता) को महसूस किये बग़ैर शाइर कहता रहा, "मुआफ़ करना संगीता तिमरन चट्टोपाध्याय, शायद आपने यही नाम बताया था ! आप-जैसी आर्टिस्ट भी अगर हैदराबाद को ख़ाली पाकर अजन्ता का रुख़ करें, तो मुझे बड़ा अफ़सोस होगा। आपके सामने काफ़ी अहम मॉडल पड़े हैं। यह तो ठीक हैं कि हैदराबाद बहुत मुश्किल है—बहुत ज़खीम (स्थूल)। उसे समझने के लिए आपको कई डिक्शनरियाँ चाहिए।—तो क्यों न आप इसका खुलासा देख लें। इसका दिल। आप तिलंगाने चली जाइए, लेकिन वहाँ जाने से पहले मैं आपको एक जगह ले जाऊँगा। पहले तिलंगाने के पसेमंज़र (पृष्ठभूमि) को समझना होगा !"

हालाँकि वह महज़ एक आर्टिस्ट थी, लेकिन बड़ी ख़ुश-अख़्लाकी (शिष्टता) से, बड़े तहम्मुल (सहिष्णुता) से संगीता ने जनूबी (दक्षिणी) हिन्द के उस बेचारे शाइर को देखा, जिसके सम्बन्ध में उसने सुना था कि बड़े काम का आदमी है। इसलिए बँगलों और ड्योढ़ियों वाले हैदराबाद में उसके लिए कहीं ठिकाना नहीं है। वह कई-कई दिन पुल पर सो कर गुज़ार देता है। कभी बरसों उसे हैदराबाद के नीचे जाना पड़ता है, जहाँ सिर्फ़ उसके काम नज़र आते हैं, वह ख़ुद दिखाई नहीं देता। फिर उभरा, तो निज़ामिया होटल के अदीबों में जा बैठा। 'उसमानिया' में ट्यूशन पढ़ा आया। कई-कई बरस की जेल काट आया। किसी अख़बार के दफ़्तर में जा

बैठा। किसी दुकान के तख़्ते पर सोते-सोते उठकर दीवार पर अपनी नयी नज़्म लिख देता है। फिर उसके दोस्त उस नज़्म को पत्रिकाओं में भेज देते हैं।

आज कई दिन से वह यहीं था। संगीता ने झुककर दीवार पर कोई नयी नज़्म ढूँढ़ी—'हर लाइलाज मर्ज़ के लिए इसको आज़माइए !' और उसके नीचे लिखा हुआ 'ज़िन्दा तिलिस्मात' मिटाकर किसी ने बेढंगी तहरीर में लिख दिया था—

'हुजूमे शौक़ सरे राहगुज़र कब से है,
गुज़र भी जा कि तिरा इन्तज़ार कब से है।'

"यह आपका शेर है ?"

"नहीं..." शाइर ने यूँ इनकार किया, जैसे इक़रार करने को बेक़रार हो।

"मैं इतना बड़ा शाइर कहाँ हूँ, जो हर लाइलाज मर्ज़ का इलाज कर सकूँ ! आप शायद नहीं जानतीं कि यह शे'र यहाँ कितनी मुसीबतें झेलकर आया होगा। कितनी हिरासतों (निगरानियों) से निकल भागा है। इस शे'र के गिर्द पच्चीस हज़ार का पहरा है। लोगों ने इस शे'र को अपनी रायफलों से गिराना चाहा, मगर इसकी परवाज़ (उड़ान) कोई न रोक सका !"

"ताज्जुब मत करो संगीता ! यह हैदराबाद है। यह जनूबी हिन्द का दिल है। यहाँ सूरज गरूब (अस्त) हो जाता है, मगर इन्तज़ार की रोशनी नहीं बुझती। यहाँ के शाइरों को अपने शे'रों के मतलब नहीं मिलते। शे'रों के मतलब पाने के लिए उन्हें आग में कूदना पड़ता है। अपने-आप को उस फ़ौलाद में ढालना पड़ता है, जिस पर फ़ौलाद की गोली असर नहीं करती...

"यहाँ के मुअज़्ज़ज़ (सम्मानित) शहरी बाग़ आमा की मस्जिद में जमा होनेवाले ओहदेदारों की साज़िशों और शाही महलों की पॉलिसी पर बहस करते हैं और धान के खेतों में काम करनेवाले मज़दूर बैनलअक्वामी (अन्तर्राष्ट्रीय) हालात पर एक-दूसरे से झगड़ पड़ते हैं।...

"यहाँ की जाहिल औरत बीच चौराहे पर शौहर की गरदन पकड़ के उसकी दिन-भर की कमाई छीन लेती है और जब बी॰ ए॰ पास कर लेती है, तो अपने शौहर की खवासों (लौंडियों) में घिरी, रोते-रोते अपने आँसुओं में डूब मरती है। वह नहीं जानती, चर्चिल हालीवुड के किसी मसखरे का नाम है या मैक्स-फैक्टर के नये गाज़े (पाउडर) का...इसलिए मैं इस गन्दे होटल में बैठा सोचे न जाऊँ, तो क्या करूँ ? ऐसी जगह का भी मुझे इन्तज़ार है...मुझे इन्तज़ार है..." अपने खुश्क होठों पर ज़बान फेरकर उसने कुरसी की पुश्त पर गरदन डाल दी।

साड़ी का ढलका हुआ पल्लू दोबारा सिर पर डालकर संगीता ने देखा। अप्रैल की खुनक हवाएँ सूरज के सुनहरे गोले को अन्धकार में धकेल चुकी हैं। हाईकोर्ट और उसमानिया हॉस्टल की सबसे ऊँची मंज़िलों पर रोशनी का हलका-सा गुमान

था और बेशुमार चमगादड़ें रोदे-मूसा (मूसा के दरिया) के खेतों में जा रही थीं।

नीचे उतरकर उसने सरोजिनी नायडू के यहाँ जाने के लिए झटका (रिक्शा) बुलवाया।

सुबह चाँद ने बड़ी काहिली से आँख खोली।

सेहन में अमन्नी बिस्माल्लाह बी को मार रही थीं और वह रो-रोकर तौबा-तिल्ला कर रही थी। उसके कमरे से मिला होटल का लॉन था, मगर आज उधर ख़ामोशी छायी हुई थी—आज हड़ताल है।

पपा ने जंग के ज़माने में बढ़ायी हुई तनख़्वाहें फिर घटा दी थीं और इस बात पर तीन महीने से मुलाज़िम झगड़ रहे थे। बहुत-से निकल गये। फिर माफ़ी माँगने आ गये। बहुत-सों ने दूसरी जगह काम करने की धमकी दी, मगर पपा जानते थे कि आजकल काम कहीं नहीं है, और फिर इन हक़ीर (तुच्छ) कीड़ों की क्या हस्ती है जो पपा से सर्कशी (बग़ावत) कर जाएँ !

कई दिन से होटल बन्द था और पपा का गुस्सा इन्तहाई हद को पहुँचा हुआ है।

अब क्या करना ?—उसने करवट बदलकर सोचा।

चाँदनी रातों में बाग़ पर निखार आता, तो चाँद पर एक नामालूम-सा ग़म छाने लगता। वह बरामदे की सीढ़ियों पर घण्टों बैठी रहती। हर वक़्त उसे किसी अचानक होनेवाली बात का इन्तज़ार-सा रहता।

गढ़ल और चम्पा की क्यारियों के दरम्यान संगमरमर का एक मजस्समा (मूर्ति) था। एक उदास पुजारिन वीणा बजा रही थी।

चाँदनी रातों में यूँ लगता, जैसे वह सचमुच की मीरा हो और मन्दिर की सीढ़ियों पर बैठी गा रही है—मैं बिरहिन बैठी जागूँ जगत सब सोये री आली !...

इस बाग़ में चाँद ने बहुत-से पौधे अपने हाथ से लगाये थे। यह फूल आज से पहले कभी न खिलते, अगर बारिश में घण्टों भीगकर वह क़लम न लगाती। यह महुए के दरख़्त अबद (अन्तकाल) तक एक-दूसरे को न छू पाते, अगर चाँद उनकी दूरी पर तरस खाकर क़रीब-क़रीब न लगाती। दिन का राजा सलीम की तरह दूर भाग रहा है और गुलचाँदनी की बेल चाँद की तरह उसके पीछे दौड़ रही थी—जागीरदार कहीं का !

आज कई दिन से वह न बाग़ में गयी थी, न बनजारा हिल्स। अब वहाँ क्या

रखा था ! फ़र कॉलेज में ही मिल जाती। नवाब जानी को अपने रोमांस से फ़ुरसत न मिलती। जेब-जबड़ा कभी-कभी आ जाता। सलीम बेक-वक़्त (एक ही समय) क़ौम की और बीवी की नाज़-बरदारी में मसरूफ़ था। गौरी माँ बड़े ठाठ से ससुराल में जा बसी थी। आती भी तो इतनी फ़ुरसत न मिलती, जो ख़ाक़सार लोगों से गपशप हो। कभी सब इकट्ठे होते, तो नवाब जानी से शतरंज की बाज़ियाँ लग जातीं; मगर बीच में आकर कोई ख़लल न डालता।

गौरी माँ को देखो, तो वह बिलकुल रिवायती बीवियों की तरह लपाईं-झपाईं ससुराल में काम करती फिर रही है। हाथ चला-चलाकर सास से लड़ रही है। अनुभवी माँओं के अन्दाज़ में बच्चे को दूध पिला रही है। बाल पीछे झटक-झटककर बावर्चीख़ाने में मसरूफ़ है। शौहर की झिड़कियाँ सुनकर ज़ारो-क़तार रोये चली जा रही है, मगर कोई नहीं, जो उसके साथ रोये।

ईद को अब भी शीर-कोरमा पकता और सब जूठे हाथों समेत एक-दूसरे के गले में लटक जाते। फ़र रोज़ाना कॉलेज में नीचे गिरी हुई इमलियाँ लाती थी। रेडियो पर मीर की ग़ज़लें गायी जातीं और 'पब्लिक ओपीनियन' खेलते वक़्त ख़ूब एक-दूसरे पर कीचड़ उछाली जाती, मगर वह पहले-जैसा जोशो-ख़रोश न था।

जेब-जबड़े का स्याह रंग अब और भी उलटा तवा हो गया था। उसके चेहरे पर महरूमी (वंचना) के ऑटोग्राफ़ साफ़ पढ़े जाते। साइकिल पर घुमाके रही-सही शगुफ़्तगी (प्रफुल्लता) लिपटन कम्पनी वालों ने छीन ली थी।

"परवाह नक्को (न) करो हयात भई ! मर्द अपनी मुहब्बत को ज़्यादा दिनों याद नहीं रखते !" गौरी माँ आज भी उसे तसल्ली देती।

मालूम नहीं, सितारों की रोशनी में कितनी कमी हो गयी है ? (गोबर के ढेर पर मँडरानेवाला कोई जुगनू सोचता !)

जिस दिन फ़र भी उसके साथ कॉलेज से आ जाती, तो वे दोनों घण्टों बैठी सोचा करतीं।

अभी राज़क भाई के आने में थोड़े दिन बाक़ी हैं। सलीम अब कुछ दिनों से पक्का लीडर बननेवाला है। चमचा क़व्वाल ने स्याह जार्जिट की नयी साड़ी ख़रीदी है, जो ऐंठनी चाहिए।

"चाँद जानी, आज मैं एक ग़ज़ल बागसरी (बागेश्वरी) में बिठायी न !" वह जाते ही ख़ुशख़बरी सुनाते।

वे दोनों ग़ज़ल सुनते में झूठी तारीफ़ के साथ ख़ूब इलायचियाँ और चिकनी डली साफ़ करती जातीं।

"अल्लाह—मामू शाह ! हमको वह काली चमकियों वाली साड़ी दो न !" प्रिन्सिपल बोली, "कॉलेज-डे में तुम दोनों वहीच (वही) साड़ी पहनकर आओ !"

और साड़ी लेके भागते वक़्त वे दोनों मुड़कर आहिस्ता से कहतीं—"चमचा ख़व्वाल !"

अभी वह पलँग पर लेटे-लेटे मामू शाह से साड़ी माँगने की तरक़ीब सोच रही थी कि फ़र का फ़ोन आया। आज दो बजे के जहाज़ से राज़क आ रहा है। रिसीवर रखकर वह दौड़ती हुई पपा के कमरे में गयी और हस्बे-आदत स्याह परदा मुँह पर डालकर पपा को यह ख़ुशख़बरी सुनायी, मगर पपा ने उस मसर्रतखेज़ (उल्लासपूर्ण) ख़बर का नोटिस न लिया। एतिहादे-मुसलमीन के चन्द कारकुन (कार्यकर्ता) उनसे किसी बड़ी रक़म का मुतालबा (माँग) कर रहे थे। ज़ाहिर है, ऐसे वक़्त पपा का मूड बेहद ख़राब होना चाहिए।

मजबूरन अकेली ही गैराज की तरफ़ भागी। रास्ते में कार से उतरते हुए चमचा क़व्वाल मिले।

"चाँद जानी, तेरे को मेरी ख़सम (क़सम) ज़रा सुनकर जा। आज मेरे को भैरवीं गाने का मूड आ रिया..." जल्दी के मारे दो पैरों में घुँघरू बाँधे ही चले आये थे।

"राज़ख भाई आ रये न !" चाँद ने भी ख़ुशख़बरी सुनायी।

हर रोज़ की तरह उस रात भी वह सोते वक़्त बहुत ख़ुश थी। राज़क ज़रा भी नहीं बदला।

"तुम साड़ी पै बहूत अच्छे दिखते हो, बख़ार !" एरोड्रॅम पर उसने तारीफ़ शुरू कर दी। चाँद को बड़ी तसल्ली हुई। यूँ जैसे डॉक्टर ने सेहमतमन्द होने का सर्टीफ़िकेट दे दिया हो।

"तुमसे दूर रहकर तो मैं भी ज़रा-ज़रा शाइर हो गया हूँ !"

किसको मालूम, वह दिन कैसे गुज़रे। उसे याद ही न आता कि अमन्नी का कौन-सा चढ़ावा काम आया ? किस तरह छोटी खालमाँ राज़ी हुईं ? पपा ने कौन-सा मुनाफ़ा देखकर दाँव लगाया ?

चाँद को होश आया, तो राज़क उसे मँगनी की अँगूठी पहना चुका था। बरामदे में कच्चे खोपरे, सन्दल और फूलों के थाल रखे जा रहे थे। आयाएँ, मामाएँ सेहन में बैठी गा रही थीं। चूल्हे के पास से कच्ची बिरियानी की ख़ुशबू उड़-उड़कर सारे घर में फैल रही थी। बैण्डवाले चीख़ रहे थे और घर में इतने लोग भर गये थे कि दरोदीवार छुप गये। खिड़की से बाहर दूर तक पँचरंगी लहराती झण्डियों के नीचे मोटरों की क़तारें खड़ी थीं। चमचा क़व्वाल की पार्टी नाच-गाने के कई प्रोग्राम पेश

कर चुकी थी। सुर्ख़ बनारसी साड़ी का पल्लू बार-बार चुन्नू नवाब के सिर से ढलक जाता और बड़ी नज़ाकत से वह हारमोनियम पर उँगलियाँ चला रहे थे–'फुलवा में महका वसन्त, हरवा मोल लेओ रे'...

आज गौरी माँ अपने वज़न से ज़्यादा वज़नी ज़ेवरों में छुपी हुई थी और सब ख़्वाहमख़्वाह हँस-हँसकर लोटे जा रहे थे। फिर अचानक सन्नाटा छा गया। सिर्फ़ नागा की आवाज़ गूँजती रही, जो किसी साज़ के बग़ैर एक पुराना तेलुगु गीत गा रही थी–

'तहसीलदार हमारी गायें खोलकर ले गया है
जागीरदार ने हमारी फ़सलें लूट ली हैं
आनेवाले राही को हम क्या दे सकेंगे ?
हमारे पास सेवती की एक कली रह गयी है
उसे सँभालकर रखना ख़रीदने वाले सौदागर !'

यह बहुत पुराना गीत था। चाँद ने उसे कई बार शादियों में धेड़नियों से सुना था।

सेवती की एक कली की कहानी, जो लूट और ज़ुल्म के तूफ़ान में बच गयी थी। बेचारी अकेली कली किस काम आएगी ?

कितना मुब्हम (गूढ़, अस्पष्ट) गीत था, लेकिन आज मँगनी के दिन भी सबके उल्लसित चेहरे उस गीत ने उदास कर दिये थे। सब ख़ामोश थे। गौरी माँ तक जैसे अपनी इकलौती कली को परदेसी हाथों में सौंप रही हों। उसे सँभालकर रखना ख़रीदनेवाले सौदागर !...

अमन्नी की दबी-दबी सिसकियाँ बुलन्द होने लगीं और वह मेज़ से लगी अपनी अँगूठी देखे जा रही है।

फिर काइम अली ने मास्टर साहब के आने की ख़बर दी और यह इत्तिला भी कि उनके साथ एक औरत भी आयी है।

औरत के नाम पर वह चौंक पड़ी। कल इशरत आपा ने बताया था कि चाँद को पढ़ानेवाला मास्टर तो बहुत मशहूर शाइर है। वह अपने उसूलों का बड़ा पक्का है और हसीन से हसीन लड़की को भी लिफ़्ट नहीं देता। (यह तो डूब मरने का मुक़ाम हुआ कि वह चाँद को भी नहीं गिनता !) उसे यक़ीन था कि मास्टर के साथ यशोदा होगी। एक बार चाँद किसी जलसे में सलीम के साथ गयी थी, तो वहाँ मास्टर साहब ने यशोदा से भी परिचय कराया था।

"आप उनसे मिलती रहा कीजिए बीबी ! यह ख़ुद आर्टिस्ट नहीं, लेकिन आर्टिस्ट का दिल ज़रूर रखती हैं !"

दोनों ने बड़ी तंज़िया (व्यंग्यपूर्ण) निगाहों से एक-दूसरी को देखा था।

स्याह परदे को मुँह पर डाल के उसने अन्दर देखा। एक साँवली-सी लड़की

बैठी थी। बिलकुल ग्रीनवाला स्टाइल ! उसके चेहरे पर भी दाइमी (स्थायी) प्यास के आसार थे और वह आँखें फाड़े कमरे की सजावट को निगल रही थी ! और चाँद ज़रा देर पहले की सारी उदासी भूल गयी।

"अल्लाह आप कुछ दिन और ठहरो न ! अपना निज़ाम सागर जाएँगे। मैं राज़ख (राज़क) को बोल के आपको एक पार्टी दूँगा। नवाब जानी की जागीर में आजकल कम्यूनिस्टाँ हराम के ख़ूब लड़ाइयाँ डाल रएँ ने, नईं तो वाँ पिकनिक को जाते थे !"...

मगर संगीता जवाब देने के बजाय मुँह खोले बड़े ताज्जुब से उसे घूरती रही।

"यह तसवीर मैं बम्बई में एक हंगेरियन आर्टिस्ट से बनवाया था। उने क्या बोला, आपको मालूम, मास्टर साहब ? कहते, अल्लाह मियाँ मेरी सूरत पर आक़िरी (आख़िरी) टच नईं दिये..." वे तीनों बड़ी ज़ोर से हँसे। न जाने हंगेरियन आर्टिस्ट की बेवकूफ़ी पर या होशियारी पर !

संगीता को देखकर उसे शक होने लगा कि ग्रीन की महबूबा यही होगी, जिसकी बातें करते वक़्त वह पढ़ाना भूल जाता था। संगीता ने अपने माथे की बिंदिया कहाँ गिरा दी ? फूलों की वेणी कहाँ है ? मणिपुरी नाच के लिए लोच-भरा जिस्म तो है, मगर वह अपनी नाज़ो-अदा कहाँ भूल आयी ?—सब सोचते हुए वह कॉपी पर उसके सैकड़ों स्केच बना डालता।

राज़क और चाँद ने मिलकर उनकी ख़ातिर में कोई कसर न छोड़ी और संगीता ने उनके लिबास, दोस्तों, और मसरूफ़ियत से लेकर 'उसमानिया' में होनेवाली हड़ताल की वजह तक पूछ डाली, तो चाँद का जी चाहा, मास्टर साहब और उनकी दोस्त को जी भरके पानी भी पिला दे। कोई ऐसा काम करने के लिए चाँद बेचैन थी, जो संगीता की नज़र में उसकी वक़अत (प्रतिष्ठा) बढ़ा दे। वह समझ जाए कि चाँद महज़ एक दौलतमन्द लड़की ही नहीं है, उसके पास भी एक आर्टिस्ट का दिल और शाइर का दिमाग़ है।

रात को पलँग पर लेटकर अपनी बेमसरफ़ (उद्देश्यहीन) ज़िन्दगी को उसने ग़ौर से देखा।

दूर किसी बँगले में सुनाई जाने वाली विरह-कथा के बोल भटकती हुई चिड़िया की तरह फड़फड़ाने लगे।

गानेवाला मृदंग की ताल पर चीख़ रहा था—"अगर तेरे आदर्श और अमल में फ़र्क़ है, तो झूठ की तरह तू फ़ना (नष्ट) हो जाएगा !"

पंचतन्त्र की यह कहावत यूँ आयी, जैसे आसमान की वसीअतों (व्यापकताओं) में नमूदार (प्रकट) होनेवाले सफ़ेद लिबास में मलबूस (पहने) फ़रिश्ते चाँद से मुखातिब हों—"मैं तो सेवती की एक कली हूँ जी !" उसने डरते-डरते सफ़ाई पेश

की। जानेवाले राहबों (वैरागियों) से कहो, वह इस कली को उठा लें...लाख चाहा कि इस हिसार (घेरे) को तोड़कर निकल जाए, मगर ज़िन्दगी बेर का दरख़्त तो थी नहीं कि ज़रा हिलाया और पक्की-पक्की मुरादें गिर पड़ें, और चाँद के नसीबोंवाले सारे पक्के बेर तो गौरी माँ, यशोदा और सलीम चुनकर ले गये थे।

इधर ज़िन्दगी थी कि पुरानी मोटर की तरह हर चार क़दम पर जाके रुक जाती। कभी सलीम धोखा दे जाता, जब वह सोशल वर्कर बन रही थी। वह अफ़साना-निगार बन जाती कि राज़क यूरोप चला गया। ग्रीन को अपनी महबूबा के स्केच बनाने से फ़ुरसत न मिली कि उसे आर्टिस्ट बनाता।

आज दिन-भर बड़े हंगामे रहे। होटल के सब बैरों का नुमाइन्दा बनकर रामन्ना एक बड़ी फौज के साथ आया था। ख़ूब नारे लगाये, मगर पपा की सूरत देखकर सब भाग गये। थोड़ी देर के बाद अकेला रामन्ना चाँद के कमरे में आया और उसके पाँव पकड़ लिये।

''मेरे को नईं मालूम तेरे झगड़े-टण्टे ! पपा को जाके बोल !''—और वह मास्टर साहब की दी हुई किताबें पढ़ने लगी।

''आप बोले, तो साइब का गुस्सा ठण्डा हो जाता, ज़रा-सा नी (छोटी बेगम साहिबा) !'' रामन्ना बच्चों की तरह रो रहा था।

चाँद को बड़ा गुस्सा आया। इन्हें अकड़ दिखाना भी तो नहीं आता, ''अरे उजाड़ सूरतो, कभी तो महीने दो महीने जमकर अड़ो। फिर देखना, पापा कैसे अपनी ज़िद पर ख़ाइम (क़ायम) रहते...''

''हड़ताल करना तो मुश्किल नईं है चन्ना ज़रा सानी, पन भूखे सोना मुश्किल है !'' रामन्ना आजिज़ी (याचना) से कह रहा था।

मजबूरन वह रामन्ना की गलतियाँ बख़्शवाने पपा के पास गयी।

मगर नाश्ते की मेज़ पर अमन्नी गुलबर्गा का क़िस्सा लेकर बैठ गयीं...।

हर साल गुलबर्गा के उर्स में जाने की तैयारियाँ महीनों पहले से होतीं। चाँद को रेल का यह तवील (लम्बा) सफ़र कभी न भाया।

और भी तो दरगाहें हैं। वह पपा के साथ पहाड़ी शरीफ़ की एक हज़ार सीढ़ियाँ चढ़के थक जातीं थीं, लेकिन ऊपर पहुँचकर कितनी ख़ुशी होती थी। यहाँ सोनेवाले बुज़ुर्ग टाल भी जाएँ, तो ख़ुदा से सीधी बातचीत कर लो !

बुज़ुर्गों की सिफ़ारिशों पर पपा को बहुत विश्वास था। वह सिफ़ारिशों का असर

जानते थे और बड़ी ताक़तों से बिगाड़ उनकी फ़ितरत (स्वभाव) में न था।

गुलबर्गा से गोसू मियाँ का ख़त आया था कि फ़िज़ा बहुत ख़राब हो रही है। आप ज़नाने को साथ न लाएँ तो अच्छा है।

''लोगाँ एक-दूसरे को मारके क्या खुशी पाते हैं ?'' रात को उसने मास्टर साहब से पूछा।

''यह तो दूसरे मज़हब की आड़ है, बीबी ! आप भूखे इन्सान को एक रोटी का लालच देकर उसके भाई को भी क़त्ल करवा सकती हैं !''

यह मास्टर साहब भी कब के भूखे-प्यासे हैं कि हर बात में रोटी का ज़िक्र ले आते हैं। कहीं जग हो रही हो, कहीं फ़साद हो, उस दिन मास्टर साहब बहुत उदास रहते। पढ़ाते वक़्त बार-बार उसका ज़िक्र लाते। चार-चार बार अख़बार पढ़ते।

''एक तालिब-इल्म (विद्यार्थी) के लिए ज़रूरी है कि वह दुनिया के हालात पर ग़ौर करे। अगर आप आर्टिस्ट बनना चाहती हैं, तो पहले दुनिया को अच्छी तरह देखिए, ताकि उसकी सही तसवीर उतार सकें !''

''ऊँह ! अपने को क्या ! अंघार (अंगार) लगने दो दुनिया को ! मैं तो एक कली की तसवीर बनाऊँगा। एक ख़ूबसूरत-सी कली को...'' उसने तय किया था।

आजकल ख़ाली घण्टों में कॉलेज में सिर्फ़ सफ़िया की बातें होतीं। लड़कियों को उसकी क़िस्मत पर रश्क आता। ऐसी दुबली-पतली, साँवली सूरत और लोग हैं कि उस पर धड़ाधड़ मर रहे हैं—एक इंग्लिश अदबियात (साहित्य) के प्रोफ़ेसर, एक उर्दू लेक्चरर, एक एम. ए. का तालिब-इल्म, एक रेडियो-स्टेशन का इंचार्ज ! वह जिधर से निकलती, लड़कियाँ उसकी क़िस्मत पर रश्क करतीं। किसी ने तो यह हवाई भी छोड़ी थी कि इंग्लिश अदब के प्रोफ़ेसर इस बार अपने नावेल में यूरोप का कोई रूमान बयान करने के बजाय अपना और सफ़िया का रूमान लिखेंगे।

सफ़िया को देखकर चाँद को रश्क आता, ''मैं उजाड़ सूरत ! यह भी नईं क्या ?''

शाम को बड़े इन्तज़ार के बाद मास्टर साहब आये, तो वह परदा थामे दरवाज़े में ही खड़ी रही।

''मास्टर साहब, आप शेराँ लिखते कते न ! फिर हमको भी सुनाइए न, अल्लाह !'' मुँह पर स्याह परदे की नक़ाब डालकर बड़े नाज़ से बोली।

''अच्छा, चाँद, यूँ कहिए, आज आप पढ़ना नहीं चाहतीं ?''

मास्टर साहब जानते थे। जिस दिन सोफ़े पर बैठने के बजाय वह परदा थामे खड़ी रहे, बेमानी सवाल किये जाए, तो यक़ीनन उस वक़्त वह बाग़ में आँख-मिचौली खेलना चाहती है या कोई रिश्ते का भाई उसमान सागर लिये जा रहा है। वह चमचा क़व्वाल या जेब-जबड़े के नये लतीफ़े सुनना चाहती है। यह भी मुमकिन है कि आज

फिर वह शाइर के कन्धे पर हाथ रखकर उसकी गोद में अपनी लम्बी चोटी डाल के पूछे—"मास्टर साहब, मेरे ऊपर खड़ा दुपट्टा कैसा उजाड़ दिखता नईं ? अल्लाह ! आप अमन्नी को बोलो न कि चाँद के वास्ते नयी साड़ियाँ ख़रीदो !"

लेकिन परदा छोड़के उसने बड़े ताज्जुब से पूछा, "आज आप मेरे को चाँद क्यों बोले ?"

"आपको प्यार से चाँद ही तो कहा जाता है।" वह इत्मीनान से नीम-दराज़ (अधलेटे) होकर सिगरेट सुलगाने लगा।..."आज आप मेरी नज़्म सुनना चाहती हैं तो आइए..."

चाँद ने चौंककर देखा। उस एक लम्हे में, उस सन से गुज़रनेवाले लम्हे में न जाने उसने क्या-क्या देखा। उसने मास्टर की फटी चप्पलें देखीं। उसकी अज़ली (स्थायी) प्यासी आँखें, उसके पीछे फैले हुए स्केण्डल्स...आज वह प्यार से चाँद पुकार रहा है। उसे नज़्म सुनाना चाहता है। यह दुकानों के तख़्ते पर सोनेवाला दो दमड़ी का शाइर !

मास्टर उठकर खड़ा हो गया। आज वह बड़ा मुज़्तरिब (अधीर)-सा था।

"बैठ जाओ।"—यह तहक्कुमाना (रोबदार) लहजा मास्टर ने पहली बार सुना। वह बैठ गया।

"आप कौन होना जी, मेरे को प्यार से पुकारने वाले ?" परदा छोड़कर वह क़रीब आ गयी।

"नईं सुनना मेरे को आपकी यह नज़्माँ..." धुआँ-धुआँ हुस्न शोला-ज्वाला बन रहा था। एक भौंह उठाकर मास्टर ने बड़े ग़ौर से देखा। यह रोज़ की कमगो (अल्पभाषी) चाँद नहीं थी। आज उसकी आँखों में अपनी अहमियत का ग़रूर था।

"चलिए, जल्दी पढ़ाइए..." किताब आगे फेंककर वह बेज़ार-सी आ बैठी।

"अब आप आगे कुछ नहीं पढ़ सकेंगी, विकारुन्निसा बेगम !..."—उसने सिगरेट और माचिस उठाकर जेब में डाले और चला गया। बहुत देर तक उस आवाज़ का आख़िरी सुर सरग़ोशी बना गूँजता रहा। बहुत देर तक वह चुप बैठी रही। टेबल-क्लाथ पर डांस करते हुए औरत और मर्द थम गये। वह मेज़ पर नया 'क्रॉस-रोड्स' छोड़ गया था और उसके सामने मोटी सतरों (पंक्तियों) में लिखा था—

"जब मंज़िल आ जाए, तो वह मंज़िल नहीं होती। मंज़िल के मुतअल्लिक (सम्बन्ध में) सोचने का वक़्फा होता है !"

आज मंज़िल आ गयी थी, लेकिन वह सोचे बग़ैर आगे बढ़ गयी।

ऐसा क्यों हुआ ? पपा हर वख़त (वक़्त) नईं बोलते, छोटे आदमियों को मुँह नक्को (न) लगाओ ! अब उने अपनी प्यास बुझाने किधर जाएँगा !...

अभी ज़रा देर पहले वह उस सोफ़े से उठा था। उसकी आँखों में सुकून था।

शायद वह देखने उठा हो कि बारिश हो रही है या नहीं ? मुमकिन है, आज फिर रात-भर काम करने से उसके सिर में दर्द हो रहा हो और वह टहलना चाहता हो...कोई भयानक-सा वाकया हो गया हो ! और वह घबराया हुआ था।...(अच्छा हुआ, उने लड़कियों को लिफ्ट नईं देता कते न !)

पपा ने सुना, तो बहुत ख़ुश हुए।

"अच्छा किये—मैं सुना था, उने भी गुण्डा-पाट. का है !"

रात को वह रेडियो-स्टेशन से इक़बाल की ग़ज़लें गाकर लौटी, तो सेफ़दाबाद के चौराहे पर फ़र मिल गयी और घर आने के बजाय वह भी बनजारा हिल्स चल दी।

आज वहाँ बड़ी संजीदगी छायी हुई थी। गौरी माँ के आँसू और अमीर अली का गुस्सा तो कोई नयी बात न थी। हयात की बीमारी का सिलसिला भी बहुत पुराना था। खिड़की से लगे पलँग पर लेटा वह बाहर का अँधेरा देख रहा था। बार-बार उसे खाँसी के फन्दे-से लगते और खिड़की से बाहर थूककर वह किसी गहरी फ़िक्र में खो जाता। यूँ जैसे किसी शाहकार नज़्म की तलाश में हो।

उसके आसपास सिगरेट के धुएँ ने एक हिसार (घेरा)-सा खींच दिया था। (ऐसे ही एक घेरे में मास्टर ने भी अपने-आपको बन्द कर लिया था)। लेकिन उस वक़्त इतनी अच्छी बात वह नवाब जानी को न सुना सकी। वह सब सिर झुकाये अमीर अली की बातें सुन रहे थे। गौरी माँ आज भी मेज़ पर झुकी स्याह समन्दर की तरह टेबल-क्लाथ पर आँसुओं के जज़ीरे (द्वीप) बना रही थीं और जेब-जबड़े की आँखें बिलकुल ख़ुश्क थीं। यूँ जैसे वह अपनी ज़िन्दगी के पुर-शोर इस्तिवाई खित्ते (भूमध्यरेखा का क्षेत्र) से गुज़रकर अब किसी सहराए-आज़म (महान्-मरुस्थल) में पहुँच गया था।

इस सहरा में कोई नखलस्तान न था। आँसुओं के झरने और उम्मीदों के पहाड़ अब बहुत पीछे छूट गये थे।

तीनों बीवियों को क़ब्र में उतारने के बाद अब अमीर अली खाँ बीवियों को मौत का रास्ता दिखाने में तजुर्बेकार हो चुका था।

"आप लोगाँ इसको समझाइए। वरना क्या फ़ायदा ! मैं तमाम ज़िन्दगी इसको ऐसा ही रुलाता रयों ! मैं बहुत बुरा आदमी हूँ। मेरे को गुस्सा आया, तो फिर तुर्रम ख़ाँ भी गौरी माँ को नहीं बचा सकेंगे—हाँ !..."

सब ख़ामोश थे ! वह इतना बेहूदा क़िस्म का आदमी था, जिससे बहस करना फ़िज़ूल था।

फिर न जाने क्या हुआ ! थोड़ी देर को कमरा उलट गया। होशो-हवास भयभीत चिड़िया की तरह फड़फड़ाकर सँभले, तो अमीर अली के तड़पते हुए जिस्म से ख़ून

के फ़व्वारे छूट रहे थे। मसहरी की निकाली हुई लकड़ी क़रीब ही पड़ी थी और लोग हयात को पकड़ने भाग रहे थे। मुँह पर आयी हुई लटों को पीछे झटके बग़ैर गौरी माँ अपने बाप के क़दमों से लिपटती, कभी अमीर अली ख़ाँ के मचलते हुए जिस्म से !

"इसको पकड़ लो—हरामज़ादे को जान से मार डालो !..उसकी सूरत को अंघार (अंगार) लगा दो..."

चीख़-चीख़कर वह बेहाल हुई जा रही थी।

बाग़ की खिड़की खोले चाँद गुनगुना रही थी—

'साँस की तरह से आप आते रहे, जाते रहे...'

पाइप को दोनों हाथों से सँभाले पपा टमाटर की क्यारियों को पानी दे रहे थे। पपा ने बड़ी दूर-दूर से मँगवाकर नये पौधे लगाये थे, ताकि बाग़ का एक कोना भी बेकार न पड़ा रहे। हर साल बाग़-आमा की नुमाइश में फूलों-फलों पर उन्हें पहला इनाम मिलता। काश्ते-अंगूर पर लिखी हुई पपा की किताब कृषि-विभाग से इनाम भी पा चुकी थी।

"अंगूर का झाड़ लगाना और औलाद पालना बराबर है !" वह दोस्तों से कहते थे, "जितनी मेहनत किये, वैसा फल मिलता !"

हर सुबह चाँद उठकर पपा के साथ बाग़ में काम करती थी। दोनों मिलकर एक-एक पौधे की देखभाल करते। यहाँ के प्रत्येक दरख़्त के बारे में वह जानती थी कि कब लगाया गया, किन दिनों ठिठुरकर रह गया; कब तेज़ी से बढ़ा ?...

फिर वह भी बाग़ में आकर पपा के साथ अंगूर की बेलों को सँवारने लगी।

"पपा, हयात भाई का अभी तक पता क्यों नईं चला ? उनूँ मिल गये, तो क्या उनको भी फाँसी हो जाएँगी ?"

"आप काहे करे ऐसी बाताँ ? मैं पहले ही बोला था, यह आस्तीन का साँप है !"

वह सहम गयी।

"अब पन्द्रह अगस्त आ रा न ! अपन भी होटल में रोशनी करेंगे। ज़रा खर्चों का बजट बना के लाइए !"

ऐसे अहम कामों से वह बहुत ख़ुश हो जाती थी।

चौदह अगस्त की शाम को लीडरों की तकरीरें सबने बड़े उत्साह से सुनीं।

सियासी झगड़ों से यूँ तो किसी हैदराबादी को दिलचस्पी नहीं होती, लेकिन यह झगड़े तो चाँद के पुर-अमन घर से बहुत दूर थे। वे सब साथ-साथ रोशनी देखने गये। चुन्नू नवाब तक किसी ने यह ख़ुशख़बरी पहुँचायी, तो इस ख़ुशी में उन्होंने एक शानदार पार्टी कर डाली।

"अब हिन्दुस्तान आज़ाद हो गया कते," पपा कह रहे थे, "अब हिन्दुस्तानियाँ हैदराबाद को सोने की कान (खदान) समझकर आना छोड़ देंगे। अब उनके पास ख़ुद सोना बरसेंगा !"

फिर तो कॉलेज में शिमाली (उत्तरी) हिन्द की जितनी लड़कियाँ पढ़ती थीं, बड़ी उदास हो गयीं। दिल्ली और यू. पी. के शहरों में किसी का मँगेतर मारा गया, किसी का भाई, किसी का चचा ! लोग घबराये-घबराये फिरते। नामपली स्टेशन पर ग्राण्ड-ट्रैंक एक्सप्रेस आती, तो प्लेटफ़ॉर्म लाशों से पट जाता। अख़बारों में आग और ख़ून के सिवा कुछ न होता।

"देखें सादिख़ (सादिक़) मियाँ, आप...?" बड़े मामू हज़त ज़िन्दगी में पहली बार परेशान लहजे में कह रहे थे।

"यह गुण्डे हराम के...अब चैन नईं लेने देते !"

"चुप ! हिन्दुओं को लूटते बोल के अमीरों को लूटने की बाताँ हैं," राज़क के अब्बा भी घबराये हुए थे।

"आप क्यों डरतीं भाभी जान ! यह झगड़े अपने मुल्क में हो रये, थोड़ी," पपा ने हस्बे-आदत बेफ़िक्री से जवाब दिया।

"अजी हज़त, अब हैदराबाद हिन्दुस्तान एकेच समझो !..." मामू हज़त ने ठण्डी साँस भरी।

"अँग्रेज़ चला गया, अब कौन सुनता अपनी। मैं तो सबको बोलताओं, जल्दी-जल्दी अपना रुपया पाकिस्तान में खिसकाओ, नईं तो अपना खसटा निकलता..."

"कैसी बाताँ कह रएँ, भाई जान, आप ?" पपा झुँझला गये, "अजी, पब्लिक को कुछ बोलने दो, पन अमीर हिन्दुआँ तो अपने साथ हैं न !"

"पन यह सब मिलकर अब रियासत पर खबज़ा (कब्ज़ा) नईं किये, तो मेरे को बोलना !"

"कौन रे वह उजाड़ सूरत...! हमारी रियासत पर खबज़ा करनेवाला..." चमचा ख़व्वाल मिसी की डिबिया और आईना लिये खिड़की से बाहर झाँके।

"उसकी सूरत को अंघार लगने दो—माठी मिले को जलती लकड़ी से नईं मारा, तो मेरा नाम बहादुरअली ख़ाँ नक्को (न) रखो !"

उन्होंने सबकी हिम्मत बँधायी।

चाँद ने पहली बार अपने घर में इतनी परेशानी देखी और यह ख़बर सुनाने वह अमन्नी के कमरे में दौड़ी। फ़र्श पर बैठी वह सिसकियाँ ले रही थीं और उनके सामने बैठी फूफू माँ उन्हें समझाने में मसरूफ़ थीं।

"अजी, सल्तनते आसफ़िया के लाले पड़े न ! फिर जागीरदारों का क्या है, दुल्हन बेगम ?"

सल्तनते-आसफ़िया के इन नौहगरों (शोक करने वालों) पर चाँद को बड़ा गुस्सा आया।

अमन्नी को अपने मायके की शान-शौक़त पर बड़ा घमण्ड था। यही वजह थी कि वह न तो कभी पपा के साथ पार्टियों में घूमीं और न हर ऐरे-ग़ैरे को मुँह लगाया। उन्हें नौकरों पर हुकूमत करने से इतनी फ़ुरसत ही न मिलती। फिर बारी-बारी सब नमकख़्वार मामाओं और उनकी औलाद को सज़ा देना, आँखों में मिर्चें भरना, कई-कई दिन तक रस्सियों से बाँध के मारना, यह सब काम उन्हें थका डालते थे। घर में कोई कामायन (नौकरानी) ऐसी न थी, जिसके जिस्म पर जलने के दाग़ न हों और यह दाग़ अमन्नी हर आने-जानेवाले को अपनी बरतरी (श्रेष्ठता) और क़ाबिलियत की सनद बताकर दिखाया करती थीं।

उस दिन कॉलेज में सफ़िया के बजाय शाइर मौज़ूअ-ए-गुफ़्तगू (वार्तालाप का विषय) रहा।

"आजकल यशोदा भी उन लोगों के साथ मिलकर अमन-कमेटियाँ बना रई कते। कैसे भी यह झगड़े रुकना बोल के !"

रात काफ़ी गुज़र चुकी थी।

आबिद रोड से सैकण्ड शो के तमाशाई भी गुज़र चुके थे। बाग़ में चमगादड़ों ने दरख़्तों पर गिरना शुरू कर दिया था।

लेकिन पपा अभी तक बरामदे में कुरसी डाले अमन्नी को समझा रहे थे।

"अब यह मआशी (आर्थिक) नाकाबन्दी हुई तो अपनी चाँदी है। यह महीने में दो हज़ार पचहत्तर रुपये सवा पाँच आने की ज़्यादा आमदनी हुई। अब यह लड़ाइयों के बाद ऐसा ही एक और बँगला नईं बनाया, तो सादिख़ हुसैन नाम नक्को रखो। अपना कसिया भी करके यह लड़ाइयाँ करब बढ़ाना..." आज चाँद की समझ में आया कि पपा को यह झगड़े क्यों पसन्द हैं ?

जिधर देखो, सन्नाटा छाया हुआ। रेडियो से ड्रामे और संगीत के सारे प्रोग्राम

मुल्तवी हो गये। खिड़की खोलकर देखो, तो मुस्कराती लड़कियों और नज़रबाज़ लड़कों के बजाय फौजी लारियाँ गुर्राती फिरतीं।

सलीम के कहने से राज़क और चाँद ने भी बढ़-चढ़कर हिस्सा लिया। नवाब जानी पाकिस्तान की फ़िज़ा देखने चला गया।

"ख़ौम (क़ौम) के लिए क़ून (ख़ून) का आख़िरी ख़तरा (क़तरा) बहा देना चाहिए," सलीम पुरजोश लहजे में कहता और उसकी तकरीरें सुनकर हर मुल्की की ग़ैरत जाग उठती।

जुमेरात की रात वह अपना लिखा हुआ फ़ीचर 'नया हैदराबाद' ब्राडकास्ट करके लौट रही थी कि ख़ैराताबाद के चौराहे पर किसी ने कार रुकवायी। वह काँप गयी। आजकल पुरइसरार (रहस्यपूर्ण) क़त्ल की वारदातों में इज़ाफ़ा हो रहा था। "आज मैंने रेडियो से आपका प्रोग्राम सुना..." सड़क की धुँधली रोशनी में शायर बहुत थका हुआ नज़र आ रहा था।

"आपको पसन्द आया ?" उसने ख़ुश होकर पूछा।

"मुझे आपसे कुछ नहीं कहना चाहिए, लेकिन आप तो आर्टिस्ट का ज़ौक रखती थीं। फिर एक इन्सान की मजनूनाना (जुनूनी, पागलपन) ख़्वाहिश पर हज़ारों मासूम जानें क्यों क़ुरबान की जा रही हैं। कभी आप इस मसले पर भी सोचती हैं ?"

"ऊँह !...रोती सूरत..." उसने कार आगे बढ़ा ली।

घर आयी तो डॉक्टर वापस जा रहा था। कई दिन से पपा को दिल के दौरे पड़ने लगे थे। आजकल 'उसमानिया' की सारी चहल-पहल ख़त्म हो गयी थी। किचन में ख़ामोशी छायी रहती। काउण्टर सूना पड़ा था और मद्रासी मैनेजर दिन-भर आराम-कुर्सी पर बैठा अपने घर का बजट बना-बनाकर फाड़े जाता।

राज़क को चन्द महीनों बाद ही हुकूमत ने सर्विस में ले लिया और उसके औरंगाबाद जाने से तो दिल की उदासी और भी बढ़ गयी। कॉलेज चन्द दिनों के लिए बन्द हो गये। लड़कियाँ फ़र्स्ट-एड सीखने लगीं।

अब सुबह उठकर चाँद अकेली दरख़्तों को पानी देती। दीवानखाना साफ़ करती। ज़रा पपा अच्छे हुए, तो माली की शामत आती।

मोगरे की क्यारियाँ सूखी जा रही हैं और ख़ाइम अली ने पपा की संगमर्मर वाली मेज़ पर ख़राशें डाल दी हैं।

गुलाब के झाड़ों में नयी कलियाँ आ रही हैं। रात चमगादड़ों ने सारे कच्चे फल

कुतर डाले।

फ़र, नवाब और हाशम आपा—सब लड़कियाँ अपने-अपने घरों में पड़ी न जाने क्या करती होंगी। सुना है, गौरी माँ मेज़ पर झुकी रोये जाती है। न जाने किसके लिए...?

लड़कियों को आर्गेनाइज़ करने के लिए एक दिन सलीम से मश्‌वरा लेने गयी तो ड्योढ़ी ख़ाली पड़ी थी। बड़ी ख़ामोशी से ख़ानदान, दौलत और क़ौम पर बहानेवाले आख़िरी ख़ून के क़तरे समेत सलीम पाकिस्तान चला गया था। बड़े मामू हज़्रत अपनी जागीर और सूबेदारी की ख़ातिर अकेले बैठे ड्योढ़ी की निगहबानी (देखभाल) कर रहे थे। आजकल अमन्नी का गुस्सा बहुत बढ़ गया था और साथ ही नौकरों की सज़ाओं में भी इज़ाफ़ा हो रहा था। बेज़ार होकर चाँद प्यानो पर गाये जाती—न जाने किधर आज मेरी नाव चली रे !...

अगर चन्द दिनों और यही हालत रही, तो अशोक कुमार की नयी फ़िल्में आना भी बन्द हो जाएँगी। यह मआशी मुकातआ (आर्थिक सम्बन्ध-विच्छेद) हैदराबादियों के लिए तो ख़ासा तकलीफ़देह है, फिर पपा क्यों इतना पसन्द करते हैं ?

रात को जंग होने का ऐलान हुआ। अमन्नी खाने की मेज़ से उठ गयीं। पपा को बड़े ज़ोर का फन्दा लगा। सिर्फ़ चाँद अम्बाड़े की भाजी में चमचा घँघोलती रही।

"रात जेब-जबड़े की लाश हुसेन सागर में मिली कते !..." फ़र टेलीफ़ोन पर सुना रही थी।

अब मामू हज़्रत किसको फाँसी पर चढ़ाएँगे ? गौरी माँ किसको मुँह चिढ़ाएगी ?

रंज के मारे चाँद का हलक ख़ुश्क हो गया। वह हयात की मौत का ऐलान सुनने को तैयार न थी ! आज उसने सबको मुँह चिढ़ाया है। वह रंगीन बैलून की तरह ऊपर उठ रहा है। आसमान पर सितारों की तरह मुस्करा रहा है। ज़माना आगे बढ़ता भी है या नहीं !...फ़रहाद के मरने को तो आज भी तेशा (कुदाल) चाहिए !

आज रातों को आवारागर्दी करनेवाले, शेर पढ़नेवाले और चाँद को खिड़की में देखकर फ़िकरे कसनेवाले नौजवान, उसकी खिड़की के नीचे से बहुत दूर हट रहे थे। इस सल्तनत को बचाने के लिए अपने-आपको मजबूरियों के नीचे धकेल रहे थे, जहाँ उन्हें कभी पेट-भर खाना नहीं मिला।

"यह सब क्यों हो रहा है ?" अशोक कुमार ने फ़ोटो के फ्रेम से बाहर निकलकर उससे पूछा।

"आज तीन दिन से राज़ख का ख़त नईं आया," मसहरी पर गिरकर वह सिसकियाँ लेने लगी।

आज तक वह इतनी उदास कभी नहीं हुई थी। आज तक बड़े मामू हज़्रत यूँ बग़ैर दस्तार और चपरासियों के आधी रात को दौड़ते हुए नहीं आये थे।

"सादिख़ मियाँ, मैं आक़िरी बार बोलता ऊँ—बेफ़िज़ूल ज़िद नक्को करो। बच्ची को लेकर पाकिस्तान चले जाओ !"

"यह ज़माना तो कमाने का है, भाई जान ! अभी पाकिस्तान जाने का वख़त (वक़्त) नईं आया।" जब बड़े मामू हज़त चले गये, तो पपा ने बड़े अज़म (दृढ़ता) से कहा, "मेरे ऊपर कौन हाथ उठा सकता है। कोई भी आने दो। अपन सबको ख़ुश रखेंगे। अजी, यह धेड़ाँ चमाराँ क्या इधर देखने की हिम्मत करते...?"

होटल में हर तरफ़ ख़ामोशी चीख़ती फिरती। दुकानों और सिनेमा-हाउसों के गेट बन्द पड़े थे। आबिद रोड लाख सदाओं (आवाज़ों) की मय्यत बनी अँधियारे के क़ब्रिस्तान में पड़ी थी।

फिर फ़ोन की घण्टी ज़ोर-ज़ोर से बजी। बनजारा हिल्स से फ़र बड़ी परेशानी में कह रही थी—

"राज़ख भाई की कोई क़ैरियत (ख़ैरियत) मालूम नईं हुई। चाँद, तू खालू हज़त को बोल के दारुस्सलाम जा। शायद वाँ ओहदेदारों की क़ैरियत आ गयी होंगी...", फ़ोन चाँद के हाथ में काँपने लगा और वह कोई जवाब न दे सकी।

"अजी, अब वुज़ू बनाकर तौबा भी तो करो न जी !..." अमन्नी ख़ौफ़ज़दा (भयभीत)-सी खड़ी थीं अपने गुनाहों पर शर्मसार !

"बेफ़िज़ूल है," पपा थके हुए से कमरे में आये और टोपी उतारकर सोफ़े पर गिर गये।

"अब्र तौबा का वख़त निकल गया सरदार! अपनी जान बचने की दुआ माँगो, मगर नक्को—मैं हिमाखत (मूर्खता) किया..." वह हाथ मलने लगे।

फ़ोन की मेज़ से लगी चाँद साकित (ख़ामोश) खड़ी थी। आज सारे छोटे-बड़े खुदाओं से पपा कैसा मायूस हो गये...?

"पपा..." वह दिल फाड़ के रो पड़ी, "मैं पहाड़ी शरीफ़ जाऊँगा !" पपा ने कोई जवाब न दिया।

"बिना सैयाँ मनाये, मैं नाहीं मानूँगी..." सब्ज़ हमरो की शेरवानी पहने, गुनगुनाते हुए चुन्नू नवाब अन्दर आये, "अजी, यह बी जी, चमगली वाला दुकान क्यों बन्द कर दिया—उजाड़ सूरत !...मैं सारंगी ठीक करने को दिया था न ?" कमर पर हाथ रखकर उन्होंने बड़े नाज़ से शिकायत की और पपा को देखकर जल्दी से कुर्नुश (सलाम) बजा लाये, "ख़दम बोसी, दूलहा भाई ! नसीबे-दुश्मनाँ क्या मिज़ाज बराबर नईं—अल्लाह आपका...! अल्ला मेरी ख़सम, बताइए न ?"

"चुन्नू मियाँ, जल्दी घर जाओ। यूनियन की फ़ौजाँ आ रईं। बाहर नक्को निकलो !" अमन्नी ने उन्हें बाहर ढकेलना चाहा।

"अजी, फौजाँ आए तो अपना क्या बिगाड़ते, पाप बिचारे !...पन मेरी सारंगी

के सुराँ ठप हो गये न ?"

वह बड़बड़ाते हुए चले गये।

थोड़ी देर बाद फ़र फिर चीख़ रही थी। उसने डायल हटाकर अलग रख दिया।

"चुप बैठ, फ़र...अब मैं कोई चीख़ नईं सुन सकता। राज़क भी वईं चला गया, जहाँ सल्तनते-आसफ़िया को बचाने के वास्ते सलीम सबको भेजकर चला गया। दारुस्सलाम में अब कैरियत की कोई क़बर (ख़बर) नईं है। अब हर ड्योढ़ी में, हर बँगले में सिर्फ़ मौत के फ़रमान हैं–इन सब नौजवानों के नाम, जिनके हाथों से ज़िन्दगी पर लिखी हुई नज़्में छीन ली गयीं। वह तपती हुई धूप में बैठे अपने नसीबों की सवारी का इन्तज़ार करते रहे। वे मुहब्बत और ईसार (त्याग) बेचने वाले बनजारे थे, जिन्हें नगर-नगर लूटा गया। वे हक़ पर बोलने वाले सुकरात थे, जिन्हें ज़हर के प्याले पिलाये गये। वे सच बात कहनेवाले मसीह थे, जिन्हें सलीब पर चढ़ा दिया गया।

फ़र..अब तू घड़ी-घड़ी घण्टी बजाकर पपा को परेशान नक्को कर ! देख न, आज उनको दिल के दौरे पड़ रएँ। आज उनों ज़िन्दगी में पहली बार पछता रएँ।"

वह कुरसी के हत्थे पर बैठी ज़ोर-ज़ोर से पैर हिला रही थी।

दिन का राजा झुक-झुककर सीताफल के झाड़ों को आज की ख़बरें सुना रहा था। सारे दरख़्त गरदन उठाये हमा-तन-ग़ोश (एकाग्रचित्त) थे। दक्कन रेडियो से सहगल चीख़ रहा था–यह कैसा अन्याय है दाता...

न जाने कब तक सहगल भगवान् से इन्साफ़ तलब करता रहा और अमन्नी उसका खौफ़ दूर करने के लिए क्या-क्या समझाती रहीं।

फ़र...गौरी माँ...बड़े मामू हज़त...हर जगह फ़ोन करके वह हार गयी, मगर किसी ने रिसीव न किया।

फिर उसकी पक्की दुश्मन यशोदा ने झुंझलाकर फ़ोन मिलाया, तो चाँद अपनी सिसकियाँ न रोक सकी।

"यशोदा जान...तुम्हारे को कोई भी मिला, तो बोलना, कि हम लोगाँ पाकिस्तान जा रएँ। हमारे घर को हमारे नौकराँ लूट ले रएँ।"

"मगर कैसे...?"

"पपा एक लाख रुपये देकर हवाई जहाज़ का इन्तज़ाम किये। बेदर तक कार में जाएँगे।"

"ठहरो, जल्दी नक्को करो, चाँद। हम लोगाँ अबी तुम्हारी मदद को आते।"

आज उसने हमेशा के लिए फ़ोन रख दिया। थोड़ी देर के बाद वह इस घर से, इस मेज़ से बहुत दूर हो गयी।

बाहर रामन्ना और उसके साथियों को आज लूट का ज़रीं (सुनहरी) मौक़ा हाथ

आया था।

आज उसे यशोदा ने तसल्ली दी थी। उस लड़की ने, जिससे वह ज़िन्दगी में आज पहली और आख़िरी बार बोली।

सैण्डल पहनते हुए उसने सोचा कि पाकिट भी उठा ले, लेकिन उसमें क्या-क्या रखा जा सकता है ?

हंगेरियंन आर्टिस्ट ने उसे कैसी दाइमी मुस्कराहट बख़्शी, जो आज भी ग़ायब न हुई। एक कोने में खड़ी वह चारों तरफ़ देख रही थी।

''पाशा जानी, सोब (सब) नमक-हरामाँ, मामा, छोकरियाँ भी मिलकर बाहर का सामना लूट ले रएँ...'' काइम अली घबराया हुआ कह रहा था।

उसने कुछ न सुना। काइम अली की आवाज़, न बाहर की चीख़ें और तोड़-फोड़ की आवाज़ें। वह मबहूत (चकित)-सी खड़ी हुई थी।

''आग—आग'' काइम अली थर्राकर चीख़ा।

''एक-एक को मार डालूँगी। सबको मज़ा चखाऊँगी। क्या समझें मेरे को...?'' अमन्नी पूरी क़ुव्वत (ताकत) से चीख़ रही थी।

शाही दौर के सारे भोई और बैरे आज अमन्नी की डाँट से लापरवाह बने, अपनी बुझी-बुझी तमन्नाएँ पूरी कर रहे थे। यूँ जैसे आज उनके जिस्मों पर लगे हुए चरके फिर से लौ दे उठे हों।

वह दौड़ी हुई पपा के कमरे में गयी और बड़ी एहतियात से दरवाज़ा खोलकर स्याह परदा मुँह पर डाल लिया।

''पपा—पपा—?'' परदा फेंककर उसने अपने-आपको सँभाला।

मसहरी पर फैले हुए बैंकों के चेक-बुक और फ़ाइलों के ढेर पड़े थे। उनके बीच में एक लकड़ी का क़लमदान सीने से लगाये हुए पपा बड़े तअस्सुफ़ (खेद) से कुछ सोचते रह गये थे।

''हइयो ! अपना सात लाख का घर छोड़कर कैसा चले जाएँगे ? आप इतने शौक़ से घर सजाये न ! मैं आपसे छुपाई जी आपके अंगूर में फूलाँ आगे न...आपकी इटली वाली संगमर्मर की मेज़ पर ख़ाइम अली खराशाँ डाल दिया...अजी, पपा...अब अफ़सोस नक्को करो...क्या ताजिराँ दीवालिए नईं होते...?''

वह गैराज की तरफ़ बढ़ी, लेकिन नूर मुहम्मद कार के साथ ग़ायब थी।

जल्दी-जल्दी बहुत-सी कलियाँ तोड़ने के बाद उसकी उखड़ी हुई साँस ठीक हो गयी।

वह तेज़ी से भागी जा रही थी। रास्ते में कितने ही सिपाहियों ने उसकी गर्द पाने की कोशिश की।

''यह हैदराबाद में कर्फ़्यू की पहली रात है। लोगाँ घबरा के भाग जा रएँ !''

पहरेदार आपस में कह रहे थे।

रास्ते में एक मोटर उसे धक्का देकर चली गयी। दो घण्टे बाद उसे होश आया और उसने सिर से बहता हुआ ख़ून पोंछे बग़ैर उठकर फिर भागना शुरू किया...

''ठहरो...'' ज़रा ही दूर पर किसी ने ज़बर्दस्ती उसे पकड़ लिया।

''क्यों पकड़ लिये जी मेरे को, संगीता चट्टोपाध्याय ?''

''जब ऐसी भयानक रातें आती हैं, तो मैं चाँद को ढूँढ़ने निकलती हूँ। हम लोग तुम्हारे पास आ रहे थे !''

''अब काँ का चाँद ? आज तो अमावस की रात है जी ! अब तो फ़क़त तारे आसमान पर चमकते !''

''अरे, वख़ार, तू बुरी तरह ज़ख़्मी हो गयी है। तू इतनी तेज़ी से कैसा भाग जा रये थे...!'' यशोदा ने ताज्जुब से पूछा।

''मेरे को नक्को पकड़ो। अब मेरे पास कुछ भी नई है। यह कलियाँ ज़िन्दा हैं। बाख़ी (बाक़ी) सब मर गये। अब मैं भी सलीम के पास चला जाऊँगा ! सारे नमकहरामों को मज़ा चख़ा दूँगा। कैसा समझ रयें मेरे को ?''...

''घबराइए मत। आप जल्दी अच्छी हो जाएँगी !''

आँखें फाड़ के उसने अज़ली प्यासी आँखें देखीं। वही खरजदार (गरजदार) आवाज़, जिसका आख़िरी सुर मुब्हम (अस्पष्ट)-सी सरग़ोशी में गुम हो जाता था–''जाइए मेरे साथी आपको महफ़ूज़ कैम्प में ले जाएँगे।''

''शाइर–तुम भी आओ न–'' ज़बर्दस्ती मोटर में ढकेली जाने पर वह क़तई तैयार न थी।

''चली जाओ बीबी ! अब मैं अमन का सिपाही हूँ, शाइर नहीं। मैं सुबह का इन्तज़ार कर रहा हूँ !''

''क्या इस रात की भी सुबह होगी ?'' उसने ग़ैर-यक़ीनी अन्दाज़ में सोचा।

यह मोटर में कौन बैठा है, जिनके चेहरे नज़र नहीं आते, लेकिन उनकी हमदर्दी, उनकी दोस्ती थामे बैठी है।

यह न जाने कौन-सा चौराहा है ? यहाँ एक रास्ते से सुबह आएगी, जिसका शाइर इन्तज़ार कर रहा है और एक रास्ते में रात मिलेगी, जहाँ मैं भागा जा रहा हूँ...वह हराम का मुसव्विर (चित्रकार) मेरे को अधूरा क्यों छोड़ दिया ?...

''अजी, मेरी सारंगी के सुराँ ठप होंगे न आज !...''

आहिस्ता-आहिस्ता वह ख़ामोश हो गयी।

□